中篇小说金库
林贤治　肖建国 主编

蛐蛐四爷

QuQuSiYe

林　希著

南方出版传媒　花城出版社
中国·广州

图书在版编目（CIP）数据

蛐蛐四爷 / 林希著. -- 广州 : 花城出版社,
2016.5
（中篇小说金库 / 林贤治，肖建国主编. 第六辑）
ISBN 978-7-5360-7914-4

Ⅰ. ①蛐… Ⅱ. ①林… Ⅲ. ①中篇小说－小说集－中国－当代 Ⅳ. ①I247.5

中国版本图书馆CIP数据核字(2016)第081465号

出 版 人：詹秀敏
责任编辑：秦爱珍
技术编辑：薛伟民　凌春梅
装帧设计：林露茜

书　　名　蛐蛐四爷
　　　　　QUQU SI YE
出版发行　花城出版社
　　　　　（广州市环市东路水荫路 11 号）
经　　销　全国新华书店
印　　刷　佛山市浩文彩色印刷有限公司
　　　　　（广东省佛山市南海区狮山科技工业园 A 区）
开　　本　880 毫米 × 1230 毫米　32 开
印　　张　10　2 插页
字　　数　205,000 字
版　　次　2016 年 5 月第 1 版　2016 年 5 月第 1 次印刷
定　　价　28.00 元

如发现印装质量问题，请直接与印刷厂联系调换。
购书热线：020－37604658　37602954
花城出版社网站：http://www.fcph.com.cn

总 序

在中国，“小说”一词使用已久，最早见于《庄子》，《汉书·艺文志》说是“小说家者流，盖出于稗官；街谈巷语，道听涂说者之所造也”。小说的雏形是神话传说的简略记录，后来发展到《搜神记》一类志怪小说和《世说新语》一类志人小说，结构都很简单。及至出现唐人传奇，宋元话本，小说乃由粗具梗概变得枝繁叶茂起来。鲁迅指出，“是时则始有意为小说”，就是说，小说创作的自觉意识直到这时方始建立，结果是：小说有了中篇的规模，题材有所拓展，最突出的是情节性大大加强，而语言也趋于通俗，更富于表现力。明初《三国演义》、《水浒传》的制作，标志着古典小说趋向成熟；随着清代《红楼梦》的出现，达致巅峰状态。盛极而衰，紧接着，变革时代也就适时而至了。

宋元“说话”中有一类名为“小说”，指的是话本中的短篇故事，与我们现今使用的概念相去甚远。我们说的“小说”，实际上是晚近的舶来品，可以说，是由欧洲的小说观念再命名的。

在欧洲，小说发展的道路与我国大体相似，即由神话而传奇而故事，由短篇而中篇而长篇。至十九世纪，长篇小说十分鼎盛，致使黑格尔断言极限来临。及世纪末，现代主义小说很快出现，传统的主题和写法被打破了。其实，十八世纪末以前，欧洲小说的体式已经相当完备，只是小说(novel)之名迟至此时才正式流行起来罢了。

几乎与此同时，有了中篇小说(novelette或novella)的名目。中篇小说是中型的叙事散文作品，一般而言，以篇幅的长短划界，但因此也就有了相当的弹性，需要把所叙的事件的规模、时间长度、结构的复杂与完整的程度同时作为参照。绥拉菲摩维奇的中篇《铁流》，论结构，可以算作长篇；莫泊桑的《俊友》本是中长篇，意大利作家莫拉维亚却是把它当做注水的短篇来看的。

五四新文学运动把中国文学分为前后两截。语言由文言改为白话，表面上是语言层面的变革，实质上是一场带根本意义的文学观念的革命。胡适写《白话文学史》，所说的白话，仍是古典的白话，与五四时期语法相当欧化的白话很不相同。

五四的小说，一、凸显文学的主体性，自觉性，叛逆性，个性解放与人道主义成为小说的主旋律；二、题材和主题有所扩展，社会问题进入小说，“神圣劳工”及知识分子形象组成了新的人物画廊；三、小说结构基本上是西式的，块状的，自由组合的，而非线性的、连环组接的传统章回体。除了思想观念，还有形式技法，都是现代的，面向西方，学习西方，而有了东方式的创造。

现代小说仍以短篇先行，几年后，中长篇相继产生。1922年，鲁迅的《阿Q正传》正式发表。以中篇的篇幅容纳了一个革命的时代，统摄了一个民族的灵魂，这确实是一个奇迹，尤其出现在新文学的发轫期。当时，郁达夫、庐隐、废名等都有中篇问世，但多流于粗浅。

直到三十年代，一批作家和作品挣脱自叙传性质而向广大的社会面开拓，开始走向成熟。茅盾除了长篇《子夜》，又以中篇《林家铺子》、《春蚕》反映中国社会的变动。乡土题材聚集了众多作家，萧红、沈从文、王鲁彦、吴组缃、沙汀，还有废名，都有相当数量的作品。其中《生死场》和《边城》，或凄厉，或幽婉，更富于鲜明的艺术特色。左翼作家蒋光慈、叶紫、丁玲，均著有反映革命斗争的中篇，对于充斥着帝王将相、才子佳人，而且往往有着“大团圆”结局的传统小说来说，本身也不失为一种革命。其中，蒋光慈较早揭示革命与人性的冲突，并因此遭到内部批判，作为文学史上的一个典型案例，是很可注意的。柔石的《二月》，写大时代里的边缘人，有所批判，有所省思，也有所顾惜，是另一种笔墨。丁玲从《莎菲女士的日记》到《水》，从个人主义到集体主义，宿命般地显示了中国现代作家群体角色的演变过程。上海一批作家，如施蛰存、刘呐鸥、穆时英等，不重现实而重审美、重感觉、重印象、重情调，以中产阶级趣味烹制都市文学。在此期间，巴金、老舍、张天翼都是有影响的小说家，且都有中篇制作。巴金后来写的《憩园》，一种挽歌调子，似乎与他早年激越的文字颇异样。

四十年代的延安文学是一种新型文学，但是实质上，在“为政治服务”和“为工农兵所利用”的背后，却混杂了不少传统主义、民粹主义的因素，意识形态代替了个人思想，形式——所谓“民族形式”——比较单一。赵树理小说《小二黑结婚》、《李有才板话》，在当时可以看作是一种具有方向性的作品。此间，丁玲的《在医院中》和《我在霞村的时候》，对个人理想和女性主义作最后的坚持，可谓弥足珍贵。在“国统区”，包括抗战时的“沦陷区”，张爱玲写下《金锁记》、《倾城之恋》，以第三只眼看人世，着意经营现代传奇。还有师陀，他的《落日光》、《果园城记》，在艺术上非常讲究，很有特色。青年路翎异军突起，写作《饥饿的郭素娥》，从形象、情节到语言，则明显地带有一种野性，富含力的美。

1949年以后，小说家同其他作家和知识分子一样，经历了长达三十年的思想改造的过程；而创作，隶属于这一过程而基本上成为被改造的产物。一些著名小说家停止了小说写作，如进入领导层的茅盾、巴金；一批“国统区”作家对新政权心存疑惧而逃逸，如张爱玲；而沉默，如沈从文；而改变作风，如老舍。“解放区”作家一路高歌猛进，柳青的长篇《创业史》名重一时，还有赵树理的《三里湾》、《锻炼锻炼》等；然而到后来，也遭到了批判，在“文革”中被迫害致死。在这样的语境中产生的小说，主题基本上是“写中心”的，因此很难具备优秀的品质，中篇的数量也不大。

五十年代中期，出现了一批中短篇作品，主题有所开拓。其中，王蒙的《组织部来了个年轻人》是有代表性的。青年作者是严肃的，敏锐的，小说揭露官僚主义者的丑恶，闪耀着一个“少布”的理想主义的光芒。宗璞的《红豆》，忠实于对校园知识分子爱情生活的描写，无意中涉入禁区。但是，这些颇有“离经叛道”倾向的思想和作品，很快销声匿迹。像路翎、丁玲这些出色的小说家，在“肃反”及“反右”斗争中，先后遭到整肃，给中国文学带来很大的伤害。

至七十年代末，一场浩劫过后，社会思想包括文学思想活跃一时，一批作家解除了荆冠，恢复了写作的权利；另一批青年流放者从农村归来，正式练习笔耕，小说家队伍于是迅速壮大。这时，西方大批思想文化读物及文学经典，包括现代小说被介绍进来，大型文学刊物纷纷创刊，这就给中篇小说的繁荣准备了温床。

继“重放的鲜花”之后，一批带有创伤记忆的作品问世，其中有《天云山传奇》、《犯人李铜钟的故事》、《大墙下的红玉兰》、《绿化树》、《一个冬天的童话》、《被爱情遗忘的角落》等。叙述知青生活的小说不断涌现，形成了一个小小的浪潮。其中大多数把上山下乡运动当成一场人生劫难来描写，像张承志的《北方的河》、《黑骏马》这样作积极的浪漫主义的回顾，表达对土地和人民的灵魂的皈依者为数极少。王小波属于明显的异类，他的《黄金时代》表现“文革”的禁锢与荒诞，想象大胆、奇特，在形式上有很大的独创性。至于阿城的《棋王》，体现一种道教传统文化的逍遥心态，恐怕是唯一的。很快地，小说开始向现实生活掘进，一类着重于生存困境的揭示，如描写技术知识分子的《人到中年》，描写农村青年男女的《人生》；一类倾力表现中国面临的社会变迁，包括农村的责任承包，城市的企业改制，等等。高晓声的《陈奂生上城》和蒋子龙的《乔厂长上任记》，可以作为代表。此间，一批描写民俗，表现人性的作品出现了，如汪曾祺的《受戒》、《大淖纪事》，张洁的《爱是不能忘记的》等，另外还有一些无法归类的小说。

比起前三十年，这个时期中篇小说的数量陡增，题材变得更加丰富多样，然而在主题的发掘方面，多满足于形象地复制意识形态结论，整体风格“温柔敦厚”，缺乏作家个人判断的独立性和社会批判的深刻性。关于改革，未及完全跳出长期以来形成的“歌颂”与“暴露”二元对立模式，对现实中的黑暗面、矛盾与冲突的复杂性缺少充分的揭示，主观意识往往与现存秩序相妥协。即便如此，喧哗一时的中篇小说，仍然显示出为五十年代以来所未有的突破性成就。

及至八十年代中期，小说界的风气很快偏移了被称作“思想解放运动”时期所确立的关于人的历史命运的悲剧主题，出现了一种形式主义的倾向。在此期间，有两大创作现象是值得注意的。一是“寻根文学”，即从现实生活中寻找人类学、文化学的源头。从表面上看，“寻根”是现实问题的深化，实际上大多数作品都脱离了现实政治，否弃了对现存体制的实质性追询，公式化、符码化。王安忆的中篇《小鲍庄》，在国民性的探寻中依然保持了生活的饱满的汁液，是这一路文学中少有的佳作。还有一个现象是“先锋小说”，旨在形式上做实验，内容相对单薄，有不少西方现代主义的赝品。但是，无可否认的是，个别小说活跃着新的思想元素，如刘索拉的《你别无选择》、徐星的《无主题变奏》；但是大体上，这些实验小说颇类三十年代的“海派”，作品不求大，不求深，但求领异标新，多少丰富了中国小说的叙事形式。

九十年代小说整体乏善可陈。当此艰难时世，有人倡言“新写实主义”，“躲避崇高”，“分享艰难”。应运而生的这一类小说，可以说是正统文学的代表，政治力求正确，艺术追摹宏大；个别作家貌似解构正统，如王朔，实质上是一种“别裁”，一种补充。由于有着各种权力资源的支持，潜在势力是雄厚的。但这时，一种相反的文学趋势也起来了，就是所谓的“个人化叙事”。叙事的个人性，在这里竟成了反社会的一个遁词；正如有人标榜“女性主义写作”，却置换了这个源自西方用语中的自由、平等这样带政治学、社会学的内容，而从事纯个人题材的写作，琐碎、淫靡、空洞，甚至充满色情描写。此时，又有所谓“新生代”群体顺次登场，批评家为之鼓吹，出版界推波助澜，呈崛起之势。其实这批青少年作者普遍缺乏社会生活方面的体验，也缺乏文学训练，浮嚣有余而坚实不足。

新世纪以来，又有人提出“底层文学”的口号。倘若能够正视现实，关注底层，对于有着几千年“瞒和骗”传统的中国文学来说，应当说是一种根本的转变。但是，以我们的作家目前的素质和状态，要高张并坚持一种现实主义的文学精神，并非轻而易举的事。一些被称为“大腕”的人物继续编造冗长的故事，即使抓住“苦难”作题材，也是随意编织材料，违背生活逻辑；而且在主体方面，也缺乏起码的诚爱与同情。作品的

“酷”，不仅仅在于技术上的冷处理。具有一定的底层生活经

验的作者，作品大多显得粗糙，因此在总体上比起八十年代，中篇小说创作不见得有长足的进步。较为优秀的作品，有尤凤伟的《小灯》和林白的《回廊之椅》，两者对土改历史都有颠覆性的叙述；描写矿工生活的，有迟子建的《世界上所有的夜晚》；反映农村题材的，有刘庆邦的《到城里去》，胡学文的《命案高悬》，以及徐则臣写农民工的“北漂”系列小说。此外，像薛忆沩的《通往天堂的最后一段路程》，钟晶晶的《第三个人》，则以其哲理性和诗性，在众多以故事性见长的小说中显出一种罕有的杂色来。

近百年间，中篇小说从题材、主题、体式、技巧等各个方面，不断地有所开拓，有所发展。但是，一个颇具讽刺意味的现象是，最早出现在现代小说史上的《阿Q正传》，至今仍然是一座无法逾越的高峰。比起二三十年代的小说来，当代小说虽然在叙述故事和刻画人物等手段方面，相对显得娴熟，但是艺术个性并不突出。首先，表现在文学语言本身，就缺少个人笔调；在现实生活中，长期的集体主义教育，使个人性受到遏制，或许是根本的原因。同时，语言也缺少优雅的气质，缺少精致，缺少韵味，这同长期推广“工农兵文艺”，以文学为政治宣传的工具不无关系；扩而言之，同汉语语境遭到破坏，同整个社会语言的粗鄙化有关。在形式上，中国小说满足于讲故事，讲究“好看”，缺乏西方小说的那种精神性，缺乏思想深度。

中篇小说的繁荣，从根本上说，有赖于一个民族的文化和文学的繁荣。道路是漫长的，但因此，前景也未尝不可能说是开阔的。单就现代小说发展来说，从五四到现在也不过一百年的历史，具有经典性价值的作品极少，而真正堪称优秀的作品也不会很多。在此，我们编选了这套“中篇小说金库”，旨在集中这类具有较高的思想价值和艺术价值的作品，以利于流播；反过来，也可以充作进一步滋养小说创作的一份泥土和养料。需要说明的是：其中有个别作品，编者并不认为属于最优秀的部分，但是不可否认，它们自问世之后在文学界和读书界中造成的影响，从文学社会学的意义上考虑，这也未尝不可以算作是一种“含金量”，因此一并予以收入。

“中篇小说金库”分辑陆续出版，希望得到作家、批评家、文学史家及广大读者的大力推荐，以确保它作为中国现代小说的一个文本系统的完整性。

编选说明

一、“中篇小说金库”，以小说文本为主体，版本或按初次发表，或以作者后来认定为准，不作一致要求。必要时，个别版本有所说明。

二、小说以单一中篇为主，或同时收入题材或主题相近的其他中短篇，旨在加强读者对作家的主要的中篇小说，或某一方面的创作思想的了解。

三、除小说文本外，附录作者回忆录、自述或访谈，以及相关的传记材料及重要评论。个别作品的评论具有争鸣性质，意在反映小说的社会影响的实况，也可供作文学史研究之需。

四、附录作者简历、年表。

五、附录作者照片及手稿，部分为编者所收集，部分为作家及家属首次提供。

林希

作者简介

原名侯鸿萼、侯红鹅。

1935年生于天津，我国当代著名诗人、小说家。“津味小说”的杰出代表。

1952年在唐山开滦煤矿工作。后调入天津文联机关。

1955年受胡风案株连，被审查，定为胡风分子。

1957年被定为右派分子，随后相继被送往劳动农场、农村、工厂。

1980年平反，调回天津作家协会。著有长篇小说《北洋遗怨》《买办之家》《爱、恨、仇》《桃儿杏儿》《爱的荒原》等，出版诗集及中短篇小说集等30余部，500多万字。其中，《林希小说选》被翻译成英、法文版在海外发行。诗集《无名河》获1981年全国中青年诗人优秀作品奖。中篇小说《小的儿》获第一届鲁迅文学奖。《丑末寅初》《高买》获《中国作家》优秀作品奖。近年来，其作品《买办之家》《蛐蛐四爷》《天津闲人》《高买》《醉月娘娘》《相士无非子》等被改编成电影、电视剧、话剧。

15岁，就读于师范学校

17岁，在开滦煤矿工作

1956年新年摄影留念，时年20岁

1966年前，全家福。

1980年平反，去庐山休养。

大约在90年代，家中。

1997年出访罗马尼亚

在新疆

1970年，偏瘫后照片

2000年后，在美探亲，老夫妻在纽约留影

美国居所

弥留之际，母亲将我紧紧地搂在她的怀里，这时的母亲早已经哭干了泪水，哭得失去了声音。她只是把我的脸颊贴在她的唇边，没有一丝力气，几乎感不到一点动弹，一字一字，娘只是对我说："孩子，娘败了，小的儿胜了。你是娘的儿子，顶天立地的男子汉，你可要给娘争这口气！"说罢，娘就咽了气，那年，娘，43岁，而我，只有13岁。

母亲的娘家姓马，母亲的名字叫马宜南，名字是俗了一点，但那是家谱早就规定了的，赶上哪个字，就是哪个字，根本没有选择的余地。天津的马姓人家是名噪遐迩的大户，论财势，堪称是天津的首富，论品位，也更是书香门第，而且一不依仗官府势力，二不在天津卫称雄称霸，积善人家，必有余庆，马姓人家在天津独享殊荣。

林希手稿

目录

中篇小说金库

蛐蛐四爷

林　希

一

天津卫每年秋季玩蛐蛐的爷们儿有成千上万，但是其中玩出了名份的，只有两位爷：其一是家住河北小河沿的余四爷；另一位便是余四爷玩蛐蛐的搭档、蛐蛐把式常爷。常爷是仆，余四爷是主，天津卫大名鼎鼎的蛐蛐四爷，指的则是这位余四爷。

余四爷大号余之诚，父辈是行伍出身，威震一方的余大将军。这位余大将军于张勋复辟清室时，曾被封为一等护国公，常威大将军，原是打算着实地把破碎的江山护一家伙的，谁料天公不作美，还没容得余大将军施展武略，张勋便倒台逃之夭夭了；无奈，余大将军只得自立旗号，从此走南闯北打天下，总惦着有朝一日能面南登极。

按理说，身为余大将军第四员虎子的余之诚，应该住在余大将军的府邸里面，而被天津人称为余家花园的余将军公馆就在新开河畔占据着几十亩田地，只是余之诚的宅邸却在余家花园的地界之外。不过，这倒不妨碍他身上流着余氏宗族的血脉，因为说不定余将军暗中有位什么宠爱因不能安置院中，便只能于近处另设一处宅门。不过，论势派，余之诚的家不次于余将军的大花园和分别设于租界地的几处公馆，余之诚和他的母亲吴氏住着一套三进院落的大青砖瓦房，院里回廊、花园、假山、小溪应有尽有，母子二人起居饮食处处要人侍候，前院后院男女佣人少说也有三四十名，其中光是侍候老太太晚上念经做佛事的丫环就有四个，你想想该是多大的气派。

说来也可怜，余之诚生来没见过自己的父亲。余之诚只知道父亲生前率兵打仗，在广袤的华夏大地上放过几把火，杀了不少人；所以余之诚的母亲自从随了余姓人家之后便吃素念佛，每晚向着佛像磕一百个头，为战死沙场的老爷赎罪超生。有人说余之诚的父亲战火中丧生之后，连尸身都没有找回来，后来在余家坟茔下葬的只是一套衣冠，后院佛堂旁边至今还有一间大房供奉着余之诚父亲的遗像，穿着长袍、马褂，十足的儒子斯文，只有在跪拜父亲遗像时，母亲吴氏才指着父亲的大相片对儿子说："看，你先父眉宇间有一股杀气，一生的罪孽皆隐于其中。"说罢，老太太又看看儿子的双眉，因余之诚满面善相才终得释然，"阿弥陀佛，余姓人家从此永结善缘。"

余之诚在余氏弟兄中排行第四，按照家谱辈份，余姓人家的这一代，男子命名皆从于一个"之"字，老大余之忠，老二余之孝，老三余之仁，老四便是余之诚。但是，因为之诚自幼便和母亲单独住在一处宅院里，所以和上面的三个哥哥几乎没有什么来往，余族家规，每年除夕祭祖，春节贺拜，清明上坟，四位男子汉共聚一堂，衣冠齐整，道貌岸然，强忍着性子演上一天正经戏，一场表演结束，四兄弟彼此连个招呼都不打，立即作鸟兽散，便各奔各的玩处去了。老大余之忠到底有什么喜好，一家老小谁也说不清，只是余氏人家的一大半财产已然断送在他手里了。老二余之孝别无所好，只知一个赌字，而且不押宝，不推牌九，不掷骰子，只打麻将牌，最光荣记录，他在牌桌上竟然连坐了七天七夜，当然要有人捶背，有人捶腿，有人按摩，不停侍候，最后若不是前方传来余老爷子阵亡的消息，他还能再坐七天七夜，就这样在赶到老龙头火车站跪迎老爹灵位的时候，他手里还捏着一张八条。老三余之仁跪迎老爹灵位的时候，紧挨在二哥余之孝的下位，见到老爹灵位，痛不欲生，当即哇地一声哭了起来："父亲大人九泉瞑目，此仇不报，孩儿誓不为人！"哭着便去衣兜里掏手绢拭泪，呼啦啦一连串扯出来十几条花手绢，一条比一条艳，一条比一条香，当即便把手捧先父灵位的大哥余之忠逗得噗哧一下笑出了声。只有老四知礼，他不大哭不大闹，只一声声瓮里瓮气地抽泣，而且手里没捏麻将牌，兜里没揣花手帕，绝对的一板正经。但是，灵位从老龙头火车站迎到，当场孝子们要封鞋披麻戴孝，就在主办丧礼的执事给余之诚更衣的时候，只听见余之诚的衣襟传出来了"嘟嘟"的叫声。最先众人以为是有人捣乱，故意在余氏人家举家痛哭的时候玩一点小小游戏，当即余大将军生前的贴身得宠马弁"刷"地一下便拔出了军刀，谁料这"嘟嘟"之声越听越真，越响越近，最后还是大哥余之忠见过世面，他低声向远处的四弟传话道："山东母大虫，好货。"随之，余之诚也悄声地向大哥回答说："若不怎么不放心托付给别人呢，老娘说不让我揣来的。"谁料余之诚的回答惹恼了大哥余之忠，立即他便沉下脸来，怒气冲冲地向老四余之诚斥责道："什么老娘？吴氏，那是你娘，太夫人说了，迎灵位不许十二的来，她没过门！"

余之诚在弟兄们之间受气，就因为这个根儿不正，对自己被承认是余氏后辈，而且余之诚三个字被堂堂正正地写进神圣无比的家谱之中，他感到喜出望外。当年余之诚降世时太夫人曾经告过话："是男是女的只管养着，吃余家的饭，不算余家的人。"的的确确，若是把所有被余大元帅所染而生下来的男女童子都写进余氏家谱的话，那余氏宗族这一辈至少也能成立一个加强营，名不正言不顺的，给上几个钱打发走就完了，有的连姓余都不允许。前几年太夫人从浙江买来一个丫环，领进家来越端详越像余大元帅，方脸，塌鼻子，细眼睛，仔细盘问，这丫环说妈妈原是个乡下女子，一天夜里村里来过兵……不容分说，太夫人好歹给这个丫环一点钱，派个人把她送回老家去了，太夫人倒不是怕这个丫环敲诈，她是害怕自己的几个孽障儿子万一哪个起了歹心做下什么缺德事，自己对不起祖宗。

凭余之诚一个偏室小子，何以能被太夫人收认为子，并入了大排行，姓了余，进了之字辈，还忠孝仁诚地得了名号？没有别的原因，他的八字好，甲寅、乙寅、丙寅、丁寅，年月日时居然全赶在了一个“寅”字上。而且甲乙丙丁排列有序，余大元帅帐下的八卦军师一算，此子大贵，来日必成大业。好不容易蒙上个有用项的宝贝，不能让外人捡了便宜，如此，这个余之诚才敢大摇大摆地出入余家花园。当然，余之诚的生母知趣，她深知自己出身寒微，虽然也得过余大元帅的一夜宠爱，但是武夫霸道，强占民女的事本来不算稀奇。说来也不知是余家捡了个便宜，还是余之诚的母亲捡了个便宜，十月怀胎，居然生了个命相大贵的儿子，从此余之诚的母亲吴氏虽仍未能被认定为是妻妾偏室，但总还是有了个不高不低的身价，再加上吴氏本分，从生下余之诚之后便吃斋念佛，一心为余大元帅赎罪，久而久之，便连余大元帅的正夫人也不忍心打发她走了。

余之诚果然出息，从小到大，至今已是而立之年，没有沾染上一星儿恶习，不嫖不赌不抽，无论前三个哥哥和后几个弟弟如何胡作非为，余之诚一概不和他们搀和，这些年来余氏家族数不清的后辈惹下了不知多少数不清的祸灾，从吃烧饼不付钱到玩相公，从买烟土到买人命，忙得官府几乎天天来余家公馆交涉，但是其中没有一件与余之诚有关。就连太夫人有时都觉得于心有愧，逢年过节地就让人给之诚送过来个三万两万的，“买蛐蛐玩吧，好歹惹个祸，也得赔人家个十万八万的。”

男子汉而玩蛐蛐，实在是绝对的圣贤；争强好胜之心，人皆有之，而身为一个堂堂七尺须眉，他居然把争强好胜之心交付在了蛐蛐身上，你想他心中除了忠孝廉耻仁义道德之外，还会再有什么？全世界各色人种，只有黄脸汉子玩蛐蛐。也不是所有的黄色人种都玩蛐蛐，东瀛日本大和民族就不玩蛐蛐，他们尚武，讲武士精神，喜欢人和人比划，动不动地便要分个强弱高低。只是华夏汉族的黄脸汉子玩蛐蛐，谁强谁弱，谁胜谁败，咱两人别交手，拉开场子捉两只虫儿来较量，我的虫儿胜了我便胜了，你的虫儿败了你便败了，而且不许耍赖，你瞅瞅，这是何等地道的儒雅襟怀！

余之诚玩蛐蛐从断奶的那天开始，但是余之诚爱蛐蛐，却是与生俱来的天性。据背着太夫人自称是余夫人的余之诚的生母回忆，余之诚生在头伏，偏又苦夏，吃的奶少，吐的奶多，临到过百日时已瘦得成了一把骨头，活赛只小猫。谁料秋风初起，蛐蛐鸣唱，小之诚一头扎在娘的怀里，两只奶子轮番地吃，蛐蛐叫得越欢，他吃得越多，待到蛐蛐叫得没精神了，小之诚早变成了大胖娃娃了。可叹蛐蛐短命，只有三个月的命限，人称为是百日虫，一天天听不见蛐蛐叫了，小之诚又不肯好好吃奶了。情景禀告进余家花园，禀报到太夫人房里，太夫人传下旨意，给十二房里的之诚买越冬蛐蛐。派出人马，遍访津城，一只一只买来了上百只越冬蛐蛐，十二房室内蛐蛐叫声又起，小之诚又咕咚咕咚吃起奶来了。从此，余之诚先是不听蛐蛐叫不吃奶，后来是不听蛐蛐叫不吃饭，再后来越演越烈，余之诚已是不听蛐蛐叫不读书，不听蛐蛐叫不起床，不听蛐蛐叫不入睡，不听蛐蛐叫不叫娘，不听蛐蛐叫不给老爹的遗像磕头，不听蛐蛐叫不相亲，直到洞房花烛，他还是不听蛐蛐叫不娶媳妇，不听蛐蛐叫不拜天地了。

余之诚七岁开始养蛐蛐，每年养多少？不知道，以蛐蛐罐说，每十只为一“把儿”，多少“把儿”？不知道。反正第三进后院，全院都是蛐蛐罐，每年蛐蛐罐换土，新土要用大马车拉，有人估计余之诚一个人把半个中国的蛐蛐全养在自己家里了。逢到夜半，余家宅邸后院的蛐蛐一齐鸣叫，近在咫尺的老龙头火车站，火车拉笛声，没听出来，致使南来北往的客商总是登错了车。

“这是哪里打雷呀，怎么一声声连下来没完没了？”火车站上候车的旅客将嘴巴俯在另一个旅客的耳边，扯着嗓子喊叫地询问。

“你问嘛？噢，是问这铺天盖地的响声从哪里来呀？告诉你吧，这是河北蛐蛐四爷余之诚家的蛐蛐叫唤，听清楚了吗？”

“哎哟，我的天爷！”

二

蛐蛐四爷余之诚养着万八千只蛐蛐，这该要用多少人侍候呀？说出来又是令人吃惊，一百名童子，用常威大将军余大将军当年在世时常用的语汇：一个营的弟兄。这些童子全是每年三伏一过招募来的，进了余家府邸，从此要直到头场大雪才结账回家，干上一季一百多天，一个童子能赚上一年的吃喝，比做小买卖、拉小绊儿赚得多。在余家府邸，侍候蛐蛐的童子集体住在另一处跨院里，一日三餐烧饼馃子可着肚量吃，不立灶，吃不上什么鱼肉青菜，河北大街单有几家烧饼店馃子铺每到秋季专给余家府邸包伙，偏偏这群童子胃口大，不知道饱，一只烧饼一根馃子不停歇地吃，早点吃十分钟，午饭吃半个钟头，晚饭吃到天黑，据不科学估算，这一百名童子每天要吃掉五千只烧饼，五千根馃子，哪里是养蛐蛐，明明是养蝗虫。

负责管理这一百名童子的，是位名震一方的老把式，姓常，没有名号，上上下下齐称他是常爷，九河七十二沽共尊为天津异人。

从余之诚七岁开始玩蛐蛐，常爷被请来余府做蛐蛐把式，至今已经三十多年了，这三十多年光阴，常爷吃在余府，长在余府，他已经成了余氏府邸的第三号人物了。第一号主子，自称是余夫人的吴氏，大权在握；第二号主人，余之诚，顶门立户；第三位半主半奴，便是这位常爷。主家敬重他，奴辈哄着他，久而久之，常爷早成了举足轻重的人物了。

说到这位常爷，还果然是与众不同，人极瘦，精气神足，前半年睡不醒，后半年不睡觉，只到秋风一起，他是日日夜夜提着十足的精神头，整整四五个月不睡整夜的觉，每天夜里直到黎明丑时已过，蛐蛐们洒洒脱脱地齐声吼叫过一通之后，常爷这才在童子们侍候下沏上一壶清茶，舒舒服服地半躺在大躺椅上由童子们捶捶背，虚眯上眼睛似睡非睡地休息片刻。刚刚躺到旭日东升，他又抖擞精神忙起来，指挥着这一百名童子给蛐蛐们喂食了。

人人都知道常爷古怪，他有三大爱好，第一，爱金货。满嘴的金牙，稍一张口便金光闪闪，两只手除了一对大拇指之外，共戴着八只大金戒指。天津人称戒指为“嘎子”，常爷的绰号叫“八嘎子”，常爷不喜欢这个绰号，谁管常爷叫“八嘎子”，若是被常爷听见了，常爷能把他的须子翅子大腿一古脑全拆下来。第二宗爱好，常爷好干净，过分地癖好清洁其实是一种病症。常爷有几双鞋，一双在宅院里穿，回到自己房里，立即又换上在屋内穿的一双布鞋，每日清晨入厕，常爷要里里外外全换上整套的行头，再穿上去厕所的鞋子，然后这才似皇帝上朝一般地直奔厕所而去，从厕所回来，原套衣裤脱在室外，早在小跨院外就换上了平常穿的便鞋，然后无论是三伏三九，都要在院里大洗一番。也是人家常爷有福，吃的少拉的少，这若是遇上个造粪机器，一天光往厕所跑，那得活活把常爷累成了无常鬼。常爷的第三大爱好：品茶。常爷认为世上最洁净的东西只有茶叶，常爷不仅喝茶，常爷还吃茶，一日二十四小时，嘴里总要嚼上一片清茶。为了调理蛐蛐，常爷不吸烟不喝酒，据常爷说蛐蛐这玩艺儿最是歹毒，有一丝烟味、酒味便要失去天分秉性，有一等鸦片烟鬼、酒色之徒也自不量力地要玩蛐蛐，无论多珍贵的蛐蛐一到他们手里，不多时便被熏坏了。有人不明白此中道理，还总揣着蛐蛐上蛐蛐会去咬斗赌钱，其实十个去了十个输，白给人家送金银财宝。常爷所以能在天津卫众多的蛐蛐把式中称雄，贵就贵在这不抽不喝不赌不近女色诸般好品德上了。但是好茶不是癖，这算得上是一种雅兴，为什么经过常爷调理的蛐蛐一个气死一个的全是英雄好汉，就因为常爷身上有一股青山绿水的气味，所以无论多混账的蛐蛐也听常爷摆布，服。

常爷有了这三大爱好，对于常爷，人们还有三个不知道。第一，人们不知道常爷会不会说话。这倒有趣了，除了哑巴，人怎么能不说话不出声？但是，常爷就不说话不出声，在余府宅邸，他只和余之诚一个人说话，而且还是在后院里一个人也没有的时候说话。蛐蛐把式这一行，规矩太多，类若徐庶进曹营，为什么一言不发？就因为徐庶侍候的不是曹操这只虫王。所以，只要院里有一个童子，常爷连见了余之诚也不说话。晚上，余之诚找到常爷，对常爷说："明日老地道蛐蛐会，找一个勇的下圈。"下圈，就是把两只蛐蛐放在一个大罐里斗，斗个你负我胜，斗个你死我活。常爷领到主子旨意，一声不出，第二天早早就把一只蛐蛐调理到一见了敌手便会拼命的地步，送上去，回头就走。平日吩咐童子们干活，常爷一用手势，二用眼神儿，有的童子跟着常爷干了一季活，临走时都说常爷不是哑巴，少说也是个死聋子，压根儿就没听见他说过话。对于常爷，人们第二件不知道的事，是不知道常爷有没有家室。常爷才进余氏府邸时只有二十岁年纪，如今三十年光阴过去，按道理说常爷该娶妻了，该生子了，该有家业了，但对此，余之诚不知道，余府宅邸里上下人等也不知道。第三件是人们不知道常爷的右手成年累月地缩在袖里干什么？这可是天机不可泄露，常爷只将左手伸出袖外，右手白天黑夜缩在衣袖里，而且不停地蠕动，干什么？不知道。半身不遂？不可能，常爷的右胳膊和右腿利索极了，只有右手不停地在袖里活动。当然，常爷的右手值钱，蛐蛐上阵之前，蛐蛐下圈之后，都要由常爷使右手持"茓"撩逗。"茓"，古字为"茷"，即是逗蛐蛐的"葭"，有的以鼠须粘在竹签上，有的以葭草中之细弱且又柔韧者"炼"成，是撩逗蛐蛐拼死搏杀的一种用具。这蛐蛐把式的功力全在于使用"芡"的秘招绝活上，而常爷又是以右手持芡的，所以他的右手常年缩在袖筒里，其中是有大讲究的。

凭了这三大好，三不知，常爷在天津卫被公认为是头把蛐蛐把式，在余府里哄着蛐蛐四爷玩了三十年蛐蛐，有人估算常爷少说赚下了两千亩良田，说不定在乡下的财势比余之诚大。但在余府里，常爷是个奴才班头，依然吃的是主家的赏赐。当然，余之诚不会怠慢常爷，每年给多少工钱，连余之诚自己也说不清；但是，实实在在，余之诚如今的一大半财产，还都是常爷给他赚来的呢。

蛐蛐四爷余之诚头一遭带着常爷下蛐蛐会的那年，余之诚只有十七岁，而常爷却已经三十七八岁了。那一年常爷调理出了一只"棺材头"，这只蛐蛐头方且大，一只身子竟然几乎一半是脑袋，身子短、粗，莫说是一只蛐蛐，就是牵一头老牛来，也休想把它顶过个儿来，腿脚硬，弹得起跳得高，全身带着一股混不讲理的神色。对方当然也不是平平之辈，一只"乌头金"，有讲究："乌头青项翅金黄，腿脚斑狸肉带苍；牙钳更生乌紫色，诸虫见了岂能当？"据对方讲，这只"乌头金"的上辈是蜈蚣与蛐蛐配出来的，无论是真是假，天下无敌。

过戥子，双方不差一毫一分，活赛西洋大力士打擂台之前的称量体重，全是重量级。上场交锋，对方带来的蛐蛐把式也是骨瘦如柴，人长得比蛐蛐还黑，两眼峻，面色铁青，活赛阎罗王。蛐蛐下圈之前，双方的蛐蛐把式用芡撩逗，常爷胸有成竹，不慌不急，把轻易不露出袖来的右手伸出来，轻轻地用三根手指捏住芡竿儿，一下，两下，三下，只见常爷右手手指上的四只戒指闪呀闪地发了一道光，当即对方的蛐蛐把式便回头对自己的主家说："爷，免吧！"免，就是高挂免战牌，认输，不上阵，不下赌注，栽的只是面子，不输钱。但对方的主家不服气，"下圈。"冷冷地一声下了命令，随之双方赌注讲好，两位把式退出，蛐蛐会的评判博士坐在正位，两只蛐蛐立即从两侧送到圈中。"咬！"决斗场合，双方主家不许出声，只是暗中发号施令，谁料还没容众人看清场面，早见圈里一道黑光闪出，嗖地一下子，那只不可一世的"乌头金"也不知是怎么一档子事，风儿一般地被余之诚的"棺材头"从罐里给扔了出来。众人顺势向圈里望去，"嘟嘟"，"棺材头"正在振动双翅为自己不费吹灰之力取得的胜利洋洋得意呢。

这场厮杀，余之诚赢了多少？常爷不知道，蛐蛐把式的规矩，只知胜负，不问输赢。只是回到府邸，余之诚给常爷送过来一只小金元宝，常爷一声不吭，照收不误。

何以世上有这么多顶天立地的男子能把自己的身家性命、名誉财产和终生的前程全押在两只蟋蟀的厮杀上了呢？此中真是让人费解，说是赌博，赌博的游戏有千千万，有文赌，有武赌，文赌的斯斯文文安安静静你一张东风我一张红中地抓来抓去，武赌的赤胸露臂足踏矮凳喝五吆六大喊大叫地掷骰子推牌九押宝，一是靠运气，二是靠智谋，那才是品不尽的赌场乐趣。两只蟋蟀厮杀，说到科学上，是成虫蟋蟀发情期为争夺配偶而进行的一场格斗，其实败的虽然仍为鳏夫，胜的也尝不到床第之欢，白让你咬一场，还是撩逗你，撩逗得七窍生烟，又拉上阵去，心想这次倘若得胜自必有美色赏赐了吧，拼杀一场得胜下来，依然装在小罐里熬你的火性。可是有人就是爱看斗，自己没本事斗，没资格斗，便各自捉只虫儿来斗，以此也算是一种心理补偿。余之诚的好养蛐蛐，莫非就是他先父大人的遗传？人家余大将军生为人杰死为鬼雄，叱咤风云，纵横沙场，血肉横飞，不枉为一生豪侠；生了几个儿子，一个比一个窝囊，唯一有点武夫气的，只有这个四儿余之诚，还只是斗蛐蛐而已，唉，家道衰败，振兴无望了。

余之诚有志气，胸怀鸿鹄之志，统帅千军万马，成者为王败者贼，他有那份胆量没那份机遇。如今北伐成功了，军阀易帜了，青天白日满地红，吃民国的卖民国的都归顺了民国。北洋英豪除了几个成势占山为王的，摇身一变又被委以省长、司令的要职之外，大部分都解甲归田，不少人寓居天津租界地当了寓公，信佛的信佛，念经的念经，有经商的，有办学的，文人下海，武夫上岸，在中国只有反串的角色最好看。余之诚呢？吃祖辈的产业？他是庶出，沾不上边，轮不到个，余大将军留下的财产由太夫人把持着，嫡出的几个儿子分享，余之诚连骨头都啃不着。经商？没有资本；办学？没有声望；唯一能干的营生，便是养蛐蛐，调教出一只虫王，可以包打天下，虽不似老爹那样显赫于世，至少也能落个气顺。每年几场大战，余之诚是长胜不败，几十年光阴下来，余之诚个人的财势，早压过一街之隔余家花园里的祖辈遗产了。余之诚凭着自己寒微的出身，得了一位异人常爷的辅佐，这养蛐蛐岂不是又好玩又开心又舒畅又实惠了吗？

三

秋风愈劲，秋日愈深，夜半三更，余之诚走到后院，已经要披上银鼠皮袍了。

这一年，常爷调理出来了一只常胜大将军，有分教：头方如斗，阔项驼背，脚长腿大，项间堆着一层绒绒的黑砂毛，翅有血筋相绊，一对虎牙，色如红花，全身青雾漫罩，放在阳光下细看，通体竟是血红颜色。珍品，上品，上上品，果然是人中的刘邦、项羽、朱元璋。蛐蛐谱所载，宋太祖登极称帝，开国为建隆，时在公元960年，山东鲁王进贡一只，赵匡胤一心治国，不喜玩物，当即吩咐宫人拿走喂鸡去了。三百年后，南宋摇摇欲坠，时在公元1250年，蟋蟀宰相贾似道得一只，由是贾似道视此虫为天神降世，每日以宫女肉身喂养蚊子，以蚊子喂养蜘蛛，再以活蜘蛛喂养常胜大将军，如此便留下了千古的骂名。再过五百年，公元1700年，清圣祖在位，太平盛世，国泰民安，正是康熙四十年，辽金故里异象环生，又有人得到了一只常胜大将军，直杀得汉人一个个俯首称臣。如今，又过去了将近三百年，也不知是华夏大地又要发生什么大乱，余之诚家的蛐蛐把式常爷，也不知从哪里又弄到了一只，真是到了天下要么大兴要么大败的时候了，何以这五百年才出一只的常胜大将军又降世了呢？

据蟋蟀谱所载，这常胜大将军乃胡蜂所变，胡蜂作恶一年，冬蛰未死，第二年再能从土里钻出来，便是蟋蟀常胜大将军了。何以这胡蜂在土里睡了一年就变成了蟋蟀，无从解答，这就和胡蜂何以能钻进土里越冬一样，全是千载难逢的稀罕，没有稀罕便不成其为世界，年年如是岁岁这般，日月岂不就要索然寡味。

自从得了这只常胜大将军，常爷便一连三个月下来，至今未曾上床睡过觉，这只常胜大将军只要在那只五百年的老瓦罐里一动，常爷无论身在什么地方，立时心间便是一沉。说来也忒奇了，世间难道真有这等感应吗？

但是对于常爷来说，此生此世能调理出一只常胜大将军来，已是不枉此生无愧祖先了。为了给常胜大将军选一只罐，常爷费了不知多少心血，他先一只一只罐地选来选去，什么官窑名瓷彩绘描金，直到七宝烧，蟋蟀盆四周镶上了无数的珍珠宝石，常爷连看也不看地扔到了一旁。余之诚明白常爷的心意，他知道凡是那等价值连城的蛐蛐盆，其实是主家摆阔气的，真正的虫王只要一放在里边，立时便变得萎靡不振了。那是公子哥的玩器，抱在主家怀里，显的是个威风，至于里面的蛐蛐，下不得圈，只听见谁的猛虫一叫，立即便抱头鼠窜了。

“常爷，你瞧这个盆如何？”

终于余之诚把一只宋朝官窑烧制的王府盆找出来了，这只盆看着极是古朴，呈褐紫色，圆形，底部有兽足四只，飞边盖，盖上有锦纹阳花，底部有“宣和年制”四个字，盆边还沾着许多泥土，看得出来是件出土的古物。

突然一下，常爷的眼睛亮了，如果常爷愿意说话，此时此际他必会大呼一声之后，再向余之诚说道：“宝物，真是无价的宝物，府上何以还有这样的宝物呢？”

这只蟋蟀盆，足足有八百年的历史。余之诚的老爹是草莽英雄，家里开宗立族的老古董，只有余大将军老爹喝水的一只水瓢，其余的一切古董玩器，全是余大将军走南闯北从大门大户搜罗来的。那时大船小船不停地往家里运，一箱一箱的，从金银财宝、绫罗绸缎到名人字画、古玩玉器，还有一次从南方运来了一只小木箱，木箱也不讲究，普普通通，打开一看，里面放着一缕短毛，极柔极细，又呈嫩黄色，一家老小端详半天认不出是什么宝物，有人说是金丝，金丝也不至于这样珍贵地专放在一只箱里保存呀，有人猜是什么天兽的毛须，普天之下凤有羽龙有鳞，什么毛毛如此值钱呢？猜来猜去不知费了多少心思，最后还是太夫人见过世面，她一挥手当即对众人说道：“什么值钱的宝物呀，这是大门大户的风习，一辈人之中头一个男孩生下来时，要把剃下来的胎发妥善保存，来日待这个顶门立户的弟子百年之后，再把一缕胎毛一起埋下。”呸，余大将军什么东西弄到手都往家里送，再送真的就要送女子的秽物了。

当然，其中还是有用的东西多，这只宋代的蛐蛐盆，不就是一件国宝吗？而且看得出来，还是一件出土的玩器，宋代一位显赫生时爱玩蛐蛐，死了下葬，便把他最喜爱的一只蛐蛐盆放在棺材下边了。一埋近千年，原来烧制时的火性全埋没了，这只蟋蟀盆已是融透了地气，常胜大将军住在这只盆里，就和住在荒郊野外的那座荒冢里一般，明明似鱼儿游在水中。

所向披靡，百战不殆，一路杀来，未及至秋末，余之诚早赢到手十几处房产和无数的金银财宝了。至于主家赢了多少财物，常爷还是一字不问，按照余家的老规矩，无论胜了一场赢多少钱，照例赏给常爷一只金元宝，九钱九。一只金元宝净重一两，一两合十钱，何以要铸成九钱九？图的是九九的大吉，十则为满，盈则溢，满则亏，中国腻歪这个十字。这一年秋季常爷发财，一只常胜大将军给他挣来了后三辈的吃喝。

按道理说，到了这等份儿上，蛐蛐会上便不会再有人跟蛐蛐四爷余之诚叫板骂阵了，无论什么河东的河西的，也无论是什么二郎神霸一方下山虎混江龙，一个个谁也不敢和余之诚的常胜大将军较量了。谁能咬败这只虫中王呀，常胜大将军斗疯了，咬狂了，上得阵去还没等开招数早已把对方治得服服帖帖，看常胜大将军在盆里一副战犹未酣、杀得不过瘾的神态，也让人觉得碰不上对手的英雄，原来最可怜。

从蛐蛐会里抱回来常胜大将军，常爷躺坐在后院的大躺椅上，噗籁噗籁地暗自流下了眼泪儿，恰这时余之诚赶来后院给常爷送元宝，看见常爷的伤心神态，一时弄得懵懵懂懂。

“常爷，有嘛事年底见。”余之诚猜测是常爷嫌赏赐太少，本来么，一次单刀赴会，余之诚少说也赢个十两八两的；小赌注，一千两千大洋，蛐蛐四爷余之诚没有闲时间哄你玩。可是每次只酬谢常爷一只小金元宝，太黑了，于情于理都说不过去。“有什么急用项，常爷只管到账房上去支，老娘有过吩咐的，凡是常爷支钱，无论是多大的数，一律照付。”

在余家府邸，余夫人当家，早以先余夫人吴氏就是太夫人房里的一个丫环，替太夫人掌管体己，代管各房里的日常花销。所以自幼练就成理财的一把好手。如今儿子尽管大了，但他一心只知玩蛐蛐，钱上的事还是余夫人操持。

常爷没有回答余之诚的询问，只心事重重地又叹息一声，然后便引着余之诚走到后院正中的一只木案上，那木案上放着那只宋窑的蛐蛐盆，这只蛐蛐盆里养的就是常胜大将军。

缓缓地，常爷将盆盖掀开，一左一右，常爷和余之诚一齐向盆中望去。

蛐蛐盆里，常胜大将军绷紧了六条腿支楞地立着，一双后腿更是几乎蹬翻了盆底的泥土，看得出来，它全身无限的力量正在期待着迸发。和所有的蛐蛐不一样，别的蛐蛐在盆里罐里闷了一天或是一夜时间，忽然盆盖被人掀开，突发的光亮铺天盖地充满整个空间，再加上一股新鲜的空气扑入，所有的蛐蛐都要为之一震，一个个都要兴奋得跳跳蹦蹦，更有卑贱者辈还会振动一双翅膀嘟嘟地鸣唱起来，一种媚态令人生厌。只有常胜大将军不同，它对于阳光和新鲜空气似是毫无感觉，盆盖掀开，它一动不动，尾向盆中，头顶着盆壁，一对虎牙龇开，似是在向主家询问，这次你又送来一只什么样的脓包，沙场无敌手，枉为虫王也！

余之诚明白了，他也陪着常爷叹息了一声。

“虫性便是人性。”沉吟了片刻，余之诚对常爷感慨地说着，“人生在世，百战不殆，称雄天下的人，其实最是可怜；横行天下，所向披靡，为所欲为，说一不二，遍天下没有对手，是个喘气的就得服服帖帖地听他辖制，他一皱眉，便是人头落地，他一动怒，便是血洗城池，世上的人一听说他的名字便不寒而栗，没有一个人敢在他面前说个不字，他可以指鹿为马，他可以把黑的说成白的，把方的说成圆的，他想要什么，立即便能得到什么，想要月亮，不敢给星星，想要嫦娥，不敢给西施，终日泡在甜言蜜语之中，你道这种人心里想什么？怕他的人都以为他得意，其实他自己觉着活得不带劲。”余之诚说得头头是道，常爷也连连点头。“就拿我说吧，”余之诚又接着往下说，“我喜好蛐蛐，小时候一年盼秋天，到了秋天盼老娘带上自己回乡下姥姥家，到了姥姥家盼跟表兄弟结伴去地里捉蛐蛐，捉到个好蛐蛐又盼着早点回城来找人斗。可是现在呢？不等秋风起，一百名童子早有人给招募齐了，不等我过问，成千的蛐蛐早送到府里来了，有时我都觉得不带劲，恨不能自己亲自下荒地再去捉一只。到了蛐蛐会，赴局，头一场，看得高兴，不知是输是赢，蛐蛐在圈里斗，我在圈外攥得拳头咯吧咯吧响。可是几局下来，场场都是我胜，没精神了，懒得看了，懒得去了。有时见对方下赌注，我都嫌麻烦，走这个过场干什么呢？索性你们把这些钱财房产乖乖地送到咱余家大院里来算了，多清爽多省事。正儿八经地将常胜大将军下了圈，还没咬上一个回合，对方死了，肚儿朝天了，莫说是常胜大将军，就是我都恨不能跳到圈里把那个无能之辈踢起来再咬上一口，没那份本事你别上阵呀，上阵来交不上手，你这不是撩人的火吗？可怜呀，可怜，我的常胜大将军。”

余之诚一番叹谓，宋窑老盆里的常胜大将军自然是一个字也听不懂，但它却一直一动不动地头顶着盆壁立着，那样子不像是一只活虫，像是一只蟋蟀的标本，像是一具干尸，像是一只期待着扑食的猛虎，像是一条期待着搏击波浪的纹龙，像是一声期待暴响的惊雷，像是一座期待爆发的火山，常胜大将军，只要它一蹬后腿，这只宋窑老盆便立即会被它撞得粉粉碎。

无可奈何，常爷只得无精打采地将盒盖扣上，深深地叹息一声，看看后院中确实没有其他人，常爷这才向余之诚问道："之诚记得前年的那只天牛吗？"

说来也是蹊跷，华夏礼仪之邦，一切总是君臣父子主仆等级森严，臣子效忠君王，儿子孝顺父亲，仆人服从主子；可是偏偏一到了这蛐蛐道上，或者说得雅些，是在这吟蛩话系，一切的规矩礼法便全被颠倒过来了，君臣父子不提，只在这主仆之间，主子要称把式为爷，而把式却直呼主子的名号，有时还叫乳名："二梆子，明日带上这只去斗。"明明是奴欺主。

只有余之诚习惯，本来么，常爷初来余府做蛐蛐把式的时候，余之诚还被举家上下人等称之为"四儿"呢，两个字会成一个音，拖着长长的儿音，听着就不尊贵。如今余之诚三十多岁了，常爷再叫他"四儿"不合适了，这才直呼他的大名，之–诚。

"怎么不记得呢？"余之诚勾起了伤心事，目光中罩上了一层乌云，"那也是长胜不败的虫王，只剩明日一局，蛐蛐会就要封局了，一连咬了几十局，天下无敌，谁料第二天掀开盆盖一看，死了，是自己在盆里撞死。这虫性也和人性一样，光收拾手下败将，它就前无古人，后无来者，哪儿硬就往哪儿撞了。"

只是，如今的常胜大将军也是只剩下最后一局了……

前面说过，按照常理，常胜大将军到了这个份儿上，是不该再有人敢出来叫阵了，由它稳操今年虫王胜券，待到立冬之日一到，寿终正寝之后，好生发丧它一场也就是了。

但是偏偏一张帖子送到余家府邸："余之诚大人台鉴，秋日愈深，战事渐息，胜负成败，已见分明，唯不才杨来春以一员朱砂虎誓与余之诚大人之常胜大将军一决雌雄，并以黄金二十两布局设阵，为此恭候屈尊光临。"明明是叫阵，不去，就要乖乖地派人给对方送去二十两黄金，这叫规矩板眼。既不敢应阵，又不送谢礼，那是耍赖，从今后休想再在蛐蛐会上露面，连市井胡同里的童子都不屑于和你斗蛐蛐，三尾巴腔子"母"，嘛难听数落你嘛，栽了。

杨来春是个什么人物？他怎么就敢来老虎嘴里拔这颗牙？他又有多大的财势？哪里来的二十两黄金下赌注？他哪里来的这么大胆量？

杨来春，一介草民而已。天津卫有八大家，杨家算是一家，但姓杨的人多了，人家有名望的杨家祖辈上吃俸禄，这个杨来春的杨家，祖辈上卖菜。卖菜的人家怎么出了个玩蛐蛐的后辈？此中没什么奥秘，蛐蛐吃蜘蛛，每天早晨要餐露水，而且是落在嫩草叶尖上的那滴露珠。杨来春的老爹早晨寅时进城卖菜，天亮前在菜园里下菜的时候，小来春在田边上捉蜘蛛割嫩草，父子两个都上足了货，再一个挑担，一个挎篮地往城里走，杨来春的老爹沿街叫卖青莱萝卜，杨来春挨门挨户去送嫩草露珠活蜘蛛。给蛐蛐送食的人免不了会喜爱上蛐蛐，几年光阴，待到杨来春过了而立之年，在天津卫养蛐蛐玩蛐蛐的爷们儿之中，早已是声名显赫了。

杨来春苦孩子出身，他调理出来的蛐蛐全是自己捉来的，他没有本钱每年下山东走包头，稍微有个价钱的蛐蛐，他也买不起。但是杨来春会调理，这几年他很是调理出了几员名将。不过杨来春不似余之诚，每年必在蛐蛐会上坐镇，天不怕地不怕，谁不服气和谁来；人家杨来春自在，调理出来了骁勇大将，今年就出来搀和搀和，没调理出来名堂，就整整一年不露面，蛐蛐会上也没人指名道姓地给他下帖子，更没有人等他下局定虫王，杨来春是个无足轻重的人，俗称是个“油子”。

但是，蛐蛐会上，最可怕的就是这类油子，他们时来时不来，今年冒出个张三，明年又冒出来一个李四，老世家全不知他们的底细，进的是哪路货？调理的是哪套路数？谁的徒弟？什么把式？一概不知。也许就是蒙世，人模狗样地怀里揣个盆儿罐儿地来了，看着有利可图，瞅冷子叫阵下圈，三下两下，被人家咬败了。输个十元八元，从此销声匿迹，一猛子说不定几年看不见他的影子。也有的能招架几局，但没有后劲，赌注大了，大局决定了，他们也就退避三舍了，没那么大财势，赢得起输不起，天生是赚小钱的货色，成不了大气候。至于似杨来春那样，一路青云能够叫阵要争虫王宝座的，也是五百年出一个，天下奇闻了。

杨来春，一介市井闲散，哪里来的二十两黄金敢和余之诚叫阵？倘若这二十两黄金是他自已的，他早用它置买家产、开布店、贩米粮，再不必终日挟着蛐蛐盆低三下四地在蛐蛐会里吃残羹剩饭了；倘若这二十两黄金不是他的，他又哪里有胆量借来孤注一掷，何况还是准输不赢，二十两黄金白送给了余之诚，日后他又该如何偿还？也许，说不定这个杨来春不过是个替身，他背后受高人操纵，让他赌就赌，是输是赢由主家承担。不过也有另一种“码密”，一个平民百姓得了一只猛虫，向他买他不肯出手，那便合伙下局，一局多少赌注，输赢两家或四六、或三七地分成，一只蛐蛐发两户人家。

且不问杨来春是个什么人物、又是个什么背景吧，眼睁睁他是向余之诚叫阵了，而且是向余之诚百战百胜的常胜大将军叫阵了。

四

“之诚，‘崴’了！”

当当当，一阵急促的敲窗声，常爷把余之诚从睡梦中叫醒，余之诚一骨碌从床上跳下来，未及披衣就往院里跑，活像是前院失火，更赛过老娘归天。

常爷会遇到什么“崴泥”的事呢？不外就是蛐蛐，凭着一种直觉，余之诚已经猜测到这件崴泥的事就出在常胜大将军身上，昨日晚上就见它头顶着盆壁，大有撞盆之势，说不定此时它早已悲夫壮夫地“风萧萧兮易水寒”了。走进院来，常爷连个招呼也不打，返身引着余之诚就往后院走，才跨进后院回廊，便听见一阵“嘟嘟”的躁叫！是常胜大将军，它正在盆里发疯呢。

余之诚先是深深地舒了一口气，为常胜大将军依然健在感到欣慰，但一听常胜大将军的躁叫，余之诚心中又是一沉，天躁有雨，人躁有灾，这虫躁，便是有祸了。听着常胜大将军发疯般地躁叫，说得准确些是吼叫，令人感到无地自容，何以这天下就没有把一只能与常胜大将军对阵的豪杰造就出来？既然没有造就出强者，何以还偏先有了一个强中强？常胜大将军生不逢时，怀才不遇，它已是在骂天骂地骂父骂母骂自己了。

随着常爷，余之诚来到跨院正中的大案上，好大的一只宋窑老盆，盆盖掀开，西沉的月光下，常胜大将军立在盆的中央，振翅吼叫，看它全身绷得紧紧的每一条腿，看它一对触须早立起来如同一双钢条，不难估料，只要它再一发疯，“当”地一声，常胜大将军就要以一死谢天下了。

“常爷要想个办法呀！”余之诚可怜巴巴地向着常爷央求着。

常爷何以会不想办法呢？你看就在这张大案上，宋窑老盆旁边还放着一只大盆，但这只蛐蛐盆里空空荡荡，倒是在蛐蛐盆外躺着一只死蛐蛐，肚子朝天，身子已是僵了。

“这不是那只青龙吗？”余之诚走在路上未必能认出混在人海里的亲手足兄弟，但每年他养的这些蛐蛐，至少其中的几位名家勇将，他都能叫上名来，认出样儿来。

“一个月之前，我拿青龙调教常胜大将军。”常爷把僵直的死青龙托在手心里，对余之诚说，“论个头，牙口，精神头，青龙和常胜大将军棋逢对手、将遇良才，谁料想上得阵去只几个回合，青龙的一条大腿便被常胜大将军咬了下来。”

对于那场厮杀，余之诚记忆犹新，那一天下晌，他两个人把童子们全撵出后院，一人手里使着一根芡子，分别撩逗常胜大将军和青龙，两只虫下到圈里，你来我往，张牙舞爪，看得余之诚全身血液沸腾，眼看着常胜大将军咬住了青龙的一条后腿，余之诚五根手指也掐住了自己的大腿，一道黑光闪过，青龙被常胜大将军从盆里高高地扔出来，余之诚心疼地张开双手去接，突然间几滴鲜血从余之诚指甲上滴了下来。莫非蛐蛐断腿也要流血吗？不是，是余之诚观阵时暗自使劲，不知不觉中把自己腿上的皮肤抓破了。

青龙败下阵来之后，常爷没有将它扔了去喂鸡，他反而将青龙恭恭敬敬地放到盆里，沐浴，净身……这倒又有个分教了，蛐蛐赴会，无论胜负，下得阵来都要有一番安抚，胜要沐浴，败要治伤，此时最忌下食，万不可似养狗，稍有作为，便要立即赏赐有加。蟋蟀者，豪杰者也，人好斗，争名夺利，蟋蟀不知有名不知有利，其好斗乃绝对英雄豪气也，下阵后立即喂食，拿咱爷们儿儿戏了，下次再上阵，必是吊儿郎当。胜者沐浴，井水净器，以手搅之，使水旋转不已，此时置虫水中，任其娇跳，类若巴黎汽车拉力赛胜者之喷香槟酒，得意非凡，礼仪隆重，拿哥们儿当人，下次更为卖命。败者沐浴医伤，即取童便清水，和匀，以水槽盛之，提虫后腿，倒置槽中，须臾提出，再以清水洗净，后以青草研汁敷于伤处，重放盆中，以光荣负伤挂彩待之，待复出，便一亡命徒也。

把青龙放在一只盆里，放在一个阴凉处，整整三十天，常爷没有理它，每日只让童子给他吃青豆瓣，连一点荤腥油水也摸不着。虫儿有灵，它自知凭自己一员勇将何以受此冷落，心中便最是仇恨难消，养精蓄锐，它早盼着再重新披挂上阵复仇雪耻了。

将青龙扔在一旁，常爷心里可总想着它，虫也，人也，越是败将，越是狠毒，背水一战，哀兵必胜，孤注一掷，破罐破摔，讲的全是反败为胜的个中奥秘。留下一只青龙，倒不是指望它来日去打天下；卷土重来，大多是有前劲没后劲的猛夫，只有前三脚的凶悍，没有厮杀较量的功力。留下青龙来，只有一个用场，来日有了虫王，于它百战百胜之日，于它不可一世之时，青龙放出来煞一下它的威风，好让它心中也有不得志时，再上阵，不敢轻敌。

狂躁的猛虫是不能上阵的，与杨来春下局的日子越近，常爷的心里越是没底儿。你想想呀，那杨来春也不是等闲之辈，他是不会把二十两黄金往海里扔，更是不会拿自己当鸡蛋往石头上碰的。杨来春选定今年蛐蛐会最后一局和常胜大将军叫阵，要的就是你骄者必败的最后结局，想那杨来春必是将他的猛士胜胜负负地调教到了极好的关节，只等着你一路杀来过五关斩六将的豪杰夜走麦城。此计最奸最毒，依然是虫性者人性也，当你无法战胜对手的时候，你就宁肯光哄着他宠着他依着他，一直要到他发疯的时候你再收拾他，那就比捉只虫儿还要轻易。

已是夜半三更，常胜大将军又在躁叫了，一声声撕心裂腑，躁得常爷都要蹦起来撞墙。搓着一双手掌，常爷围着宋窑老盆绕了几十个圈儿，唉呀，忽然灵机一动，我何不将那只青龙请来煞一煞常胜大将军的威风？一个月前，青龙与常胜大将军对阵，几个回合被常胜大将军抛出圈来，至今在个小罐罐里不得志地已是坐了一个月的冷板凳了，放它出来，如同放猛虎下山，凭它一股豪气，只要上得阵去先把常胜大将军顶个跟斗，然后便“抬”出来，扔去喂鸡，也算是英雄有了用武之时。

不容分说，常爷立即走到后院墙脚处，俯身将一只小罐儿取来，罐儿里“当”的一声，震得常爷手腕颠了一下，好，青龙已是感应到自己报仇雪耻的时刻到了。托着小罐儿放到宋窑老盆旁边，常爷手持芡子，先触青龙触须，青龙立即弓腿缩背，作好了迎敌的准备，然后再打开宋窑老盆，用芡子触一下常胜大将军的尾部。有分教，这明明是下偏手，激青龙之勇，而灭常胜大将军之志，常胜大将军不理睬，仍头顶着盆壁静立。随后常爷再用芡子去撩逗青龙，激得青龙怒不可遏，然后将手指下到罐儿里“抬”出青龙，迎面放在常胜大将军盆中。常胜大将军似无觉察，青龙已是杀气腾腾，振翅，躁叫，先退一步，再将触须立起，缩紧身子，跃起，猛然向常胜大将军扑去。谁料，就在青龙以万夫莫挡之势冲将上来的时候，常胜大将军分开一对牙钳，只一口便死死地咬住了青龙的项部，随之，常胜大将军将青龙用力地抡起来，猛猛地向盆壁砸去。常爷见状不好，才要伸下手指抢救青龙，谁想此时那常胜大将军早一个甩头便将青龙抛了出来，青龙落在盆外的案子上，动也不动，已是不知什么时候被常胜大将军咬死了。

“唉！”常爷摇摇头叹息了一声，“偏你命里注定要落个粉身碎骨呀！”常爷不是惋惜青龙，常爷是为常胜大将军担忧。本来，落到这个结局，常胜大将军便可称王了，天津卫各处蛐蛐会封局，有身份的爷们儿出来大宴庆祝，彼此杀了一个秋天有输有赢；最后封局再言归于好，约定明年再战，此时虫王的主家受众人贺拜，虫王也最后再受人瞻仰赞叹一番之后，众人散去，或经商或读书或念佛或赴沙场各奔前程。只虫王主家自己去忙着为他的虫王定制纯金小棺材一只，因为无须多日，他的虫王便要寿终正寝了，那时他不好生发丧虫王，明年便无颜再见七十二沽老少爷们儿了。

只是，常胜大将军，常胜大将军呀，你还未到称王的时候，最后一搏，明明是凶多吉少，天津卫俗话：见好就收。于此，你是不能了。

“唉！”看看青龙的尸身，听过常爷的叙述，余之诚也随之叹息一声，“哪里会有不败的豪杰？唯能于最后得胜者，才可独享尊荣，常胜大将军呀，你是因英雄气盛才自取身败下场的。”余之诚和常爷都已意识到，常胜大将军是必然以失败而自取灭亡了，一只猛虫，终生无敌，百战百胜，则最终必气死，躁死狂死。弱者之能制服强者，则就是这物极必反的道理。无可奈何，余之诚已是没有回天之术了，听天由命，那就等着输吧。

二十两黄金，对于余之诚来说算不得什么大赌注，只是今年未能津门称雄，余之诚实在太窝囊了，虫王的尊荣已是独享多年了，明明是煞我余之诚的威风，说不好从此一蹶不振。有很多玩蛐蛐的大户，就是于发旺之时突然急转直下，最后竟落到流落街头的地步的。

心中聚着一团郁闷，余之诚不愿再回房睡觉，信步走出跨院，信步走过回廊，又信步走过前院，走出大门，他已经来到自家府邸院外，来到他家院后的河边上了。

新月西沉，天地一片混沌，曙色未醒，阵阵秋风颇让人感到一阵凄凉。看看河道，涟漪微起，潺潺的河水流得无声；看看河畔的树林，树影婆娑，反显得更是宁静。再看看远处的朦胧天色，余之诚似看见了那茫茫苍穹下面的余家花园，想起大权独揽的太夫人，想起了三个不可一世的哥哥，又想起了那院中上上下下各色人等对自己的歧视目光。没有谁拿自己当人，把自己和自己的生母扔到一个宅院里，从来就没有人过问过余家四少爷是读书还是做官，每年只允许在春节时让自己进府给太夫人请安，平时连那院子都进不得的。生为七尺须眉，当有男子气概，自己虽不能做刻苦攻读的学子，也不知发迹暴富的诀窍，幸好老天爷造了一种虫儿，还给了余之诚一条奋发的道路，几年时间小有施展，只待有上三年五载，说不定余之诚也能成个人物，到那时余家花园便会来人请自己进府共享余家子孙的荣华富贵去了。

只是，谁料，世上没有如此好捡的便宜，眼看着，今年就要“栽”在一个叫杨来春的市井无赖手里了，从此一败涂地，只怕日后自己连姓余的资格也没有了。

左思右想，眼窝一阵发酸，不觉间泪珠竟然涌了出来，恰这时一阵寒风袭来，余之诚打了一个冷战，裹紧衣服，眨眨眼睛，突然，余之诚被河畔上的奇异景象吓呆了。

一片灰暗之中，河岸边明明有一个人影在走动，缩着肩膀，抱着胳膊，低垂着头，肩膀还在一动一动地抽泣。作贼？

不像，这人影并不四处张望，好像不是躲避官家的缉捕；渡河？也不像，此时此际河道里没有一条渡船，看他又不带焦急神态，似也不是忙着有什么事情要做。那么，这个人在河边要做什么呢？余之诚站在高处观望，这个人缓缓地走了一段路，停住，万般痛苦地用力顿足，急转身回来，匆匆地又往回跑，跑了没有几步，又停住，摇头叹息，举头望天，抽泣，捶胸，似是无声地号啕……跳河！余之诚心中一震，河岸边的这个人要投河寻短见，他已是轻生自弃了。

也不知从哪儿来的一股劲，余之诚拔腿便向河岸跑去，救人要紧，人命关天，绝不能眼望着一个人死在自己面前，“站住，你站住，身体发肤受之父母，你不可自践呀！”大声喊着，余之诚就向河畔跑下去。谁料河边上的那个黑影突然发现有人跑来，他竟于犹豫之中下了决心，返身便向大河投去。灰暗之中，只见一个人影跃起，双臂伸开，咕咚一声便激起一阵水花。“救人呀！”余之诚一阵风跑下堤来，俯身从河边的烂泥里把那个要投河的男子拉了上来。也是那个男子投河心切，他离着河道好远就起身跳跃，只一双鞋子甩到河里，身子却摔在了河边的泥塘里。

“这位君子，有什么为难的事，先和我回家歇息再说，无论是什么天塌下来的难事，啊，啊，你是，你是……”余之诚一面搀扶这个投河的男子，一面为这个男子拭去脸上的烂泥，一点一点，那个男子显露出了面容，余之诚望着大吃一惊，立即他便喊了一声：“大哥，你这是怎么啦？”

……

“四弟，我没法活啦！”

余之忠冲着余之诚唤了一声四弟，吓得余之诚险些没瘫在地上；自从余之诚以无可辩驳的存在降生人间，而且又堂哉皇哉地姓了余，并在三个哥哥的后面排在第四的位置以来，大哥余之忠就从来没承认过他是一个“弟”。面对面说话，总是“喂，喂”地称着，活赛是对待佣人小子，“喂，我说，那东西不是你摸的。”无论什么东西，都不许余之诚摸。实在不能不有个称呼了，“四儿——”长长的一个尾音，连老四的名分都挨不上，道理很简单，在余之忠的眼里，余之诚压根儿不算是余家的人。

但是如今，顶门立户的余家大爷却要投河了，而且也是老天故意捉弄，将大爷余之忠从河床里拖上来的，不是别人，正是他平日看不上眼儿的“四儿”，真是糟践人。

“大哥如此拂袖而去，究竟是殉国呀，还是殉职？”余之诚不敢直问大哥何以沦落到投河自尽的地步，嫖娼？赌博？都欠体面。堂堂余姓后辈，即使跳河投缳，也只是殉国殉职的悲壮英烈。只是殉国呢？时刻不对，大清国早完了，二十年后再有人出来为大清国殉国，于情于理都不太通，为当今的民国自殉，民国好好的，还不到殉的时候。那么殉职，带兵打仗，落荒而逃，丢失城池，街亭失守？他余之忠没有这份差事呀。殉什么呢？殉情？余之忠只知有色，不知有情，殉它个屁！

“我，我。”余之忠说着，双手在胸间猛烈地捶打，“四弟，我，我让蛐蛐给害了！”终于，余之忠才道出了自己活不下去的原因。

“啊！”这下，余之诚真瘫在地上了，幸亏地上有个矮凳，他一屁股便坐在了小凳儿上，“大哥何以有此雅兴？”余之诚还是恭维着余之忠，不敢询问大哥怎么上了这份鬼当。

“嗐，我哪里会玩蛐蛐呀！”余之忠平静一下心情，一五一十地向余之诚讲述着事件原委，“我下不起那份精神，我也没那些时间，可是我每年都要在蛐蛐会里得个十万八万，我有大花销呀。”

“明白，明白。”余之诚连连点头，他知道大哥与父亲相比，青出于蓝而胜于蓝，父亲讨生母为妾，立为十二房；大哥比父亲加一倍，四十岁才过，已经立了二十四房，当然中间的许多房打发了。但大哥不比父亲，父亲打发婢妾，只消一个开拔了事，带兵转移，一走拉倒，大哥没有兵权，且又赶上了平等共和，要想打发一个女子，必得律师法院地折腾一番，余家大院的一大半财产，就是如此被大哥打发掉的，你说他这一笔一笔花销去哪里讨呀？！

“自己不喂养，不调理蛐蛐，我就买。”余之忠向他的四弟说着。

“明白，明白，我全明白了。”余之诚忙点头回答，有这么一说，这叫买虎逞威，看准一只虫王，一路上看它横扫千军，最后到决战之时，出一笔重金买下来，三几场拼杀，分雌雄定胜负，不仅把买虫王的钱捞了回来，还能发一笔大财，这比起自己喂养，自己调理来，可是又省力、又发财的美事呀！

“今年，我买了一只混世魔王，四十两黄金呀，从入秋下局，它就一次也没败过……”余之忠抖擞着一双手掌，痛苦万般地说着。

“最后一局……”余之诚从矮凳上半站起身子，昂头向余之忠询问。

“败了。”余之忠沮丧地回答。

“虫呢？”余之诚一把抓住大哥的手问。

“还在我怀里。”余之忠撕开衣襟掏着。

“给我！”活像是发疯一般，余之诚从余之忠怀里掏出一个小罐儿，立时他的眼里闪出两道光芒，紧紧地将小蛐蛐罐举在胸前，余之诚返身便向院里跑去，一面跑着他还一面大声喊叫：“常爷，常爷，天不灭我，吉星高照呀！”

五

依照惯例，今年天津卫最后一局蛐蛐会，仍然设在天后宫大街的一山堂，天后宫大街中央是娘娘庙，也就是中国男女共同的母亲妈祖的佛堂，通往娘娘庙的东西南北四条大街，一年三百六十天不散的庙会，丝绸皮货，金银细软，土特产品，川贵药材，直到煎饼馃子、锅巴菜，高家少爷的冰糖葫芦、石头门坎大素包，应有尽有。一山堂每年深秋的一场蛐蛐决斗，从一个月之前就挂出幌子，一方四尺见方白布，上面用红布缝上一个大字：“王”。大旗下面一张黄纸，上面写着两只虫王的名号，还写着两只虫王各自的战绩。幌子一经挂出，天津卫的八方居民便开始往一山堂云集，你说这个胜，他说那个强，于是一山堂主人便于众人间穿针引线，赌注随意，多至百八十两少至三角两角，反正是赌胜负，赌一赔一；再赌斗局，你赌三局之中前两局胜，他赌三局之中前后两局胜，再有的赌第一局败，然后转败为胜，后二局连胜，如是，赌一赔五；再细分教，赌回合，赌结局，越分越有讲究，最高者是赌一得百，万一被蒙上，那是要发大财的。

一山堂者，取一山不留二虎之谓也，无论两只虫王各自如何不可一世，既然下到圈里，两相厮杀，最后必是一胜一败，平分秋色的事于人世可有于虫中绝无。打到半路上一琢磨不划算，握手言和，咱两家别给人家瞧笑话了，除了智力最发达的人之外，斗牛、斗鸡、斗鹅、斗虫，都不会出现这种结局。

早在双方虫主赴会的前三天，一山堂便打扫得一尘不染，而且用兰香整整熏了三天，堂厅之内已是一片幽香，再加上楠木大雕花案，双方主家的大红木座椅，一山堂主人决斗评判的太师椅，还有无数观众赌家的梨木座椅，堂厅之内更是一股陈年木器味道，令人心旷神怡。而且一山堂的规矩，进得堂来，不许吐痰，不许咳嗽，不许抽鼻子，不许打喷嚏，不许交头接耳，不许说话，不许走动，胜家不许喝彩，败家不许叹息，反正这么说吧，除了眨眼喘气之外，堂厅里的人，谁也不许发出一丝声音。

一山堂宽敞的大堂厅里，疏疏朗朗地坐满了百十位赌客观众。带住，一山堂每年虫王决战，下赌的人成千上万，何以堂厅之内只坐着百十人？不必大惊小怪，下赌的人多着呢，赌个百八十元的也想挤进来看个热闹，你有那份闲情，人家还没功夫侍候呢。一山堂老规矩，赌注在一两黄金以下的，不得观阵，人山人海只在大门外聚着，专门有一位执事唱战，“对芡！”是说双方虫主开始撩逗蛐蛐了，“下圈！”是说两只虫王放到一只盆里了，“动须”，“跷翅”，“对牙”……报告的是战局变幻。执事唱一声，众人“啊”地惊呼一声，每一点点变化，都牵动着万千人的心。

百十名赌客观众坐定须臾，一山堂主人出场了，这位一山堂主人年在八十以上，但却鹤发童颜，着布衣布袜布鞋，面色平和，无喜无怒无怨无恨，目不斜视，挺胸直背，看着就令人崇敬，一副中国老者主持公道的神态。一山堂主人坐定，似坐禅，似入静。须臾，两位虫主，并双方把式从南北两侧走进堂来。

又要带住，看来这一山堂的大堂厅不是东房便是西房了？正是，蛐蛐会大厅，不能设在南房、北房，设在南北方向的堂厅，双方虫主则要分别从东西两侧入厅，从东方入厅，自然吉祥，日出扶桑；从西侧入厅，忌讳，中国人祖祖辈辈把西边看作是阴曹地府，无论是到西方去，还是从西方来，都不会有好结局。

今天，余之诚是带着常爷从北边进到堂厅来的，余之诚双手捧着宋窑老盆，蛐蛐会规矩，无论是什么皇亲贵胄，哪怕你是当今万岁，来斗蛐蛐，也得自己抱着蛐蛐盆，防的是你输了不认账。这就和死了老爹，无论多金贵、多体面的人物都得亲自戴孝帽子一样，雇个人来代劳，死了的老爹可以不认，老爹留下的地契不可不要。

余之诚走到案前，将蛐蛐盆放在案上，就近坐在一张大椅子上，随后常爷走过来，高高地一扬胳膊，长长的衣袖褪下来，露出了青筋累累的胳膊和一只带着四只大戒指的手掌，手指间掐着一把“芡”子，他要下芡儿了。

对方杨来春，干巴人，穿着并不考究，更是自己抱着盆，将盆放在案上，抬左手将右胳膊衣袖挽起来，拾起一只“芡”子，他也准备撩逗蛐蛐了。原来这个杨来春既是虫主，又是把式。蛐蛐会里最毒不过这种死光棍，虫子一只，人命一条，一股脑地就全交待在这儿了。

一山堂主人稍稍起身，向双方老盆望望，抬手唤来执事，将两只虫王“定对”，先比头，次比腿，兼比色，再比丝，用戥子称过体重，察看了牙齿，证明不是钢牙，又验明翅下没有隐藏暗器，不至于像人间那样，仇人相见明打不是“个儿”，便暗中下黑手，专找要命的地方踢。虫儿到底光明磊落，胜也胜在明处，败也败得明白，不似人间那样，不见有什么真功夫，人家便胜了，明觉着咱极强，糊里糊涂地就被对方给玩败了，输了也窝囊。

“定对”妥切无误，执事退出，堂厅里已是静得不光能听见人们的呼吸声、心跳声，那是连人们血脉里血液的流动声都能听出来了。人，生而好观斗，两强相遇，斗鸡，叽叽咯咯，其势太凶，其状太惨，满天鸡毛飘飞，四周血渍斑斑，令人毛骨悚然；斗牛，其景也壮，其搏也狠，但牛能耕田，每日多少斤青草黑豆地喂养，真若因戏斗而死，主家舍不得，且牛也体大，天津城里拉来两头公牛，实在还找不到一处令其相斗的旷野空地。两虎相斗据说最壮观，最好看，最过瘾，你有那份胆量吗？况且万一两只恶虎于相互厮杀之前先共同约定将这伙看热闹的好事之徒先吃下肚去，然后彼此再分胜负，你道咱生为人也不是白让两只野兽给耍了吗？所以，中国人选定斗蛐蛐下赌观阵，实在是最最聪明不过的事了，人也，万物之灵欤！

坐在太师椅上，余之诚心地平静，就在他五步之遥，常爷开始下“芡”，一根长芡在手，常爷要大显神通了。

蛐蛐把式的成色品位，全在这“芡”上的功夫，会下芡，弱者能够战胜强者，不善使芡，英雄能变成脓包。蛐蛐把式下芡勾斗，犹如孙子用兵，诸葛施计，那是有一番天分在的，而且练习使芡，各家蛐蛐把式各有传授，全是秘而不宣的绝活。“持芡先提丹田气，把芡神仙使巧力；下芡犹如船使舵，勾芡诸葛施妙计”，你瞧，这蛐蛐把式的用芡，可比安邦治国还要复杂不知多少倍呢。

说到使芡，常爷在天津卫首屈一指，往明白浅显之处说吧，一根茨长六寸，下面系着一寸半长的细芡草，用厚厚的双层黑布蒙上常爷的眼睛，再领着常爷在院里打一百个窝窝旋儿，停下脚步，领着常爷的手下芡触蛐蛐，当即，常爷能给你说出这只蛐蛐的形状、体重，什么头，什么项背，什么腿，什么翅，什么牙口，什么触须。解下蒙眼的黑布，倘若有半丝半毫的差错，常爷跪在地上给你磕头拜师。

常爷怎么练就的这一手绝活？家传？不是，他爹老子河坝上扛活的，一辈子没玩过蛐蛐。师承？不是，常爷单枪匹马侍候着余之诚，从来没听他说过有什么师傅。与生俱来的？难说，常爷的右手，手指比普通人灵活得多，普通人活动手指，无论多么灵活轻快，别人看着总是五根手指，常爷活动手指，天花乱坠，耍得只见一团闪光，活赛是几十根手指在飞旋，令人眼花缭乱。怎么练就的这份本领，不是说过的吗，常爷一只手掌，除了大拇指之外，每个手指上戴着一只五钱重的戒指，而且一年三百六十天，常爷的右手缩在袖里蠕动，夜里睡觉，被窝里手指也在活动。如何活动？天机不可泄露，连余之诚都说不清楚。

杨来春久经沙场，他胸有成竹地高悬肘，低下芡，技法娴熟，似画伯泼墨，似书家挥毫，提、掺、点、诱、抹、挽、挑、带、兜，一套全活用到了家。他盆中的蛐蛐早被撩逗得似上阵的猛士，下山的猛虎，激浪的蛟龙，争夺食物的蝼蚁，争当县令的大学士，那是不杀个你死我活不会善罢甘休的。杨来春抬头望望一山堂主人，一山堂主人平平举起双手，手掌心对着手掌心一拢，下圈！一山堂里的虫主、看客，一个个的头发全竖立起来了。

大堂之内，静得似死了一般，圈里的虫王动一下须，声音便震得似响起惊雷，百多人的眼珠几乎要从眼窝里爆出来，一道道目光全聚在决斗场中，那里一对虫王正在交锋。

常胜大将军，今天出奇的骁勇，一反常态，它今天居然尾部向着圈壁，头部向着盆中，明明是一副豁命的亡命徒神态。杨来春暗中一震，不觉间咬紧了牙关，咯吧一声音响，随着圈内常胜大将军的一口狠咬，杨来春一伸脖子，他早把一颗被自己咬碎的牙齿，连同鲜血，用力地咽下肚里去了。

……

“不可能！”直到杨来春的猛虫被常胜大将军咬得肚皮朝

天，僵直地死在了圈里，杨来春还是不相信自己的失败；他一双拳头握得骨节咯咯响，当的一声砸下来，正砸在自己的蛐蛐老盆上，“哗”的又是一声，那只蛐蛐老盆已被砸得粉粉碎，而拳间的鲜血正在滴滴地往下流。

如果说头一局，杨来春的猛虫还招架了些时，那么常胜大将军在第一局取胜之后，第二局一对阵，便对杨来春的猛虫发下了一连串的攻击，先是抢了个跟斗，再咬紧项颈，抛起来，跌下去，狠狠地一对钳牙勒到对方的头颅里，再一个翻跳，杨来春的猛虫便再也不动弹了。

“不可能！”杨来春又是一声大吼，他一双脚狠狠地在地面上顿着，震得满堂厅里的椅子案子哗哗作响。

一声不吭，一山堂主人起身而去，剩下主家和看客们的输赢，就由执事们清理去了。

杨来春泪流满面，手扶着墙壁，拖着瘫软的身子往外挨，“完了，完了，全完了！”好不容易挨到院来，杨来春一屁股跌坐在一山堂门外的石头门墩上。大丈夫输得起赢得起，响当当一条好汉，但杨来春没有这份气节，胜了，小人得志，家门口子喝五吆六；败了，立时就孙子，横躺在地上耍赖，不怕寒碜。

余之诚趾高气扬，苍天成全，本来常胜大将军的气数尽了，谁料大哥余之忠的一条败将单条虎，瞅冷子送进常胜大将军的宋窑老盆里，还没容常胜大将军看清对手，上来打个措手不及，单条虎把常胜大将军顶了个大跟斗，常胜大将军跳身起来再想拼杀，常爷把单条虎从盆里抬出来，狠狠地扔在地上，一抬脚，把那个亡命徒踩成了一堆泥。要煞常胜大将军的威风，常爷费煞苦心没有找到强手，今天半路上杀出来个程咬金，一头顶在常胜大将军身上，摔倒的是虫，心疼的是常爷，一辈子没吃过这种窝囊气，你想他能不把单条虎踩死吗？

常胜大将军吃了窝心拳，横下心来报仇，只是对手不见了，随之盆盖合上，等呀等呀，终于等到对手出现了，仇人相见分外眼红，虫儿又不知道此次杨来春的猛虫不是昨日咬它的那只单条虎，疯了，有谁跟谁来，常胜大将军的威风又来了。

胜了这最后一局，常胜大将军做了天津虫王，功成名就，常爷将它放进一只金笼里，说是奉养，其实是等死去了。余之诚加倍赏了常爷两只金元宝。他自己得了多少？不知道，明的赌注是杨来春的二十两黄金，暗中，一山堂主人分给了余之诚三成的赚头。“码密”还有多少？外人不得而知。反正凭着这几笔进项，余之诚将大哥余之忠买猛虫的五十两黄金的债还上了，那原是用余家花园房地契作的抵押，还有几笔蛐蛐会欠下的赌债，共六十两，也还清了。唯有大哥余之忠赌输的一位宠幸娇女，叫小翠的烟花女子，那是余之忠花四两金子从班子里买出来的，四弟余之诚说等蛐蛐会封局之后再将翠嫂赎回来，余之忠说，嗐，算了，已经跟胜家走了一个月了，再赎回来也没意思。

险些儿将老宅院余家花园输掉，又一连欠下了几十两黄金的债，还搭上了一个心爱的女子，余之忠决心跳河，也不算一时糊涂。只是余之忠到底是个养尊处优的大公子，凡事总是有人代他去做，如今轮到自己要亲自跳河，实在也太难为他了。

幸亏是他距河太远，起跳太早，倘若真能跃起身来一步到位，只怕待余之诚赶来，他早就被湍急的河水冲走了。

“四弟！”

从一山堂出来，余之诚踌躇满志，正盘算着从今年冬天到明年夏季这九个月的时光如何打发，不料路上迎面走过来余之孝、余之仁二位哥哥，两个人一齐拱手施礼，满面赔笑地冲着余之诚施了一个大礼。

这若是在以前，余之诚又要吓一跳，幸好这几天和大哥余之忠相处，自己已经适应了这个“四弟”的身份，所以这才在二哥、三哥的抬举面前没太惊慌，泰然处之，一腆脸，便把个四弟的名分受下了。

“走走走，全聚德。”两个不成器的哥哥半路上拦住自己，不外就是讨钱花罢了，二哥好赌，三哥爱嫖，多大的家势也经不住他们折腾，看见自己这两年发了财，自然要来骚扰。

全聚德里一桌酒席摆好，余之孝、余之仁、余之诚兄弟三个越说越热乎，无须多时，他三个人已是热乎得真似一母所生的同胞兄弟一般了。

“四弟，有件难于启齿的事，我和之仁合计多时，真不知该如何与你商量。”酒过三巡，已是到了说正题的时候了，二哥之孝这才万般为难地对余之诚说着。

“自家手足兄弟，也没什么不好讲的话，二哥三哥用多少钱，直说吧，反正我是刚替大哥还了债。”余之诚答应着，同时提醒两个哥哥的价码儿别开得太高。

“嗐，你怎么想到钱上去了？”三哥余之仁接过话茬儿说着，“听大哥平日念叨，当初老爹不是没有打算，只是他老人家身遭横祸，家中许许多多的事都没个正式的交待，这才委屈了十二姨太和四弟，这许多年一直在外边住着，不知内情的人，还说是我们上面这三个哥哥太霸道呢。”

余之诚打了个冷战，没有想到，这二位哥哥何以今天提到了这么一个多年来大家都避而不谈的问题。十二姨太吴氏一直不被认为是余大将军的妻妾，百年之后连余家茔园都不得进，只能被当作野鬼埋在乱葬岗子里去，而自己虽被写进家谱，承认了老四的地位，但到底因为是庶出，而且太夫人一直没发下过住进府来的旨意，所以也一直是名不正言不顺地在外边住着，连人们问自己是不是余大将军的儿子，都不敢如实回答，实在是太窝囊。

“太夫人有了什么吩咐吗？”余之诚诚惶诚恐地询问，目光中充满着一种期待。

“嗐，老娘八十五了，连猫吃耗子还是耗子吃猫的事都闹不清楚，她还有什么吩咐呀！”二哥余之孝说着，“若说得有个人吩咐，那是大哥说了算，你救了大哥一条命，又保住了余家花园一片祖产，我替大哥做主，明日你就和十二姨太一同迁进府来，待到老娘归天，咱们就恭扶十二姨太正位。就这么定了！”

“我娘？归正位？”余之诚不相信自己的耳朵，他向二哥、三哥询问着，“前边还有几位过门的姨太呀！”

“四娘，七娘，来路都不正，只有十二姨太是咱们老娘带过来的暗房丫环，名正言顺。四弟，若不是因为你小几岁，我们就推立你为大哥了！”老三余之仁说得更直率，如今什么老大老二老三，依仗的全是老四一个人，有钱腰板硬，谁有钱谁当家。

“二哥，三哥！”尽管余之诚明白，今天这一切全是自己一个人打出来的江山，但对于这个打出来的江山能是这个结局，他依然是受宠若惊；当即，他便站起身来冲着二哥、三哥拱手施了一个大礼，然后感激得声泪俱下地大声说着，“人生在世，争的就是一个名分，之诚能在余家茔园里给生母争得一个穴位，能给自己争得一个余姓后人的身价，也算得是不枉为人，不虚此生了！”说到动情处，余之诚咕咚一下跪在了二哥、三哥面前，效仿余家开祖宗祠堂祭祖的大礼，拜谢两位哥哥对自己的无量宏恩。

六

十二姨太吴氏迁居余家花园之后，不到一个月的时间一连操办了两宗丧事，真是显示出了非凡的才干。

头一桩丧事，是太夫人归天。说来也怪，太夫人糊里糊涂在床上瘫坐了许多年，不知道白天黑夜，不知道春夏秋冬，虽说是老得到了火候，但却全身没有一点疾病，凑凑合合，少说还能有十年的寿数。谁料吴氏进府之后，头一件事便要去叩拜太夫人，太夫人好不容易撩起眼皮往下一看，真是不可思议，也不知怎么一回事，她那阵竟然明白过来了，顺手抓起床上的一只方枕，举起就向吴氏砸去，方枕举过头顶未及抛出，当地一声落下来，砸在了自己的头顶上，“嗷”地一下，太夫人就断了气。

太夫人的丧事办了七七四十九天，停灵在头进院，设灵堂，每日和尚、道士、喇嘛、尼姑地轮番念经，今天扎个纸牛烧了，明日扎个纸马烧了，纸扎的男女佣人更是烧了无数，倘这些纸马纸牛纸人真的到了冥府都有了生命，凭太夫人在世时的那点精神头，还真是操持不过来。反正排扬是够了，算得上是天津有史以来的几宗大丧事之一，前来吊唁的上至政府官员、各界贤达，下至远近亲朋、各方人士，每日出出入入的少说也有千八百人。这一来自然累坏了几个孝子，之忠、之孝、之仁、之诚，再下面的什么之礼、之义、之智……终日守在灵堂旁边，只等门外吹乐一响，不问来者是谁，立即一起齐声哭娘，其情其景，煞是好看。

太夫人出殡那天，殡仪队列长达二里，浩浩荡荡，前不见头，后不见尾，殡仪所过之处，各方人等还设路祭灵堂，闹得全天津市沸沸扬扬。偏偏天津人又爱看热闹，千千万万人涌到街头，全城空巷。“瞧人家这辈子”，众生对于余氏太夫人的结局无不钦羡赞叹。

太夫人的丧事才操办完，未出半月，吴氏又在余家花园办了一桩丧事，这桩丧事为谁？余家花园还有人到了大限？没有，人人都结结实实的，但这桩丧事确确实实是一桩丧事，谁？蛐蛐，常胜大将军寿终正寝了。

立即，刚刚被扶正为夫人的原来的十二姨太吴氏传下来吩咐：厚葬。于是，这第二桩丧事便又沸沸扬扬地操办起来了。

吴氏要厚葬常胜大将军，原因不言而喻，是常胜大将军给他儿子之诚赚到了大钱，是常胜大将军给之诚争来了余家四子的地位，更是常胜大将军的一路搏杀，才把她一个奴婢出身、又没有名媒正娶的姨娘争到了夫人的宝座，你说，她能委屈常胜大将军吗？

那还是前不久的事，太夫人下葬之后，三天圆坟，圆坟回到余家花园，开祠堂，供太夫人的灵牌归位，从此余家祠堂里便又多了一个灵位，在早于多少年前去世的常威大将军余大将军灵位下侧，放上了太夫人的灵位。悬影，将一轴太夫人恭坐在太师椅上的全身画像，敬悬在余大将军的右侧，此时钟磬齐鸣，香烟缭绕，祠堂里好生庄重肃穆，从之忠开始，之孝、之仁、之诚、之礼、之义……再有之忠、之孝的小儿子，所有余姓人家的男子都跪在祠堂里向太夫人的灵位和遗像叩头礼拜。之忠、之孝、之仁三兄弟有了妻室，妻子也跟着丈夫一起大摇大摆地走进祠堂祭祖，几个姨太太，对不起，谁也没资格进去，全跪在祠堂门外，随着里面唱礼师傅的喝令一起磕头，姨太太们的位置自然是排列有序，二、三、四、五……直到吴氏十二房，谁也不能往前篡位。二姨太神态很是得意，太夫人没有了，顺理成章，自己就要升迁了，她只等几个男子出来宣布太夫人遗嘱，由二姨太主持家政，那时她就是个人物了。等呀等呀，好不冗繁的一场大礼结束，之忠、之孝、之仁、之诚依次从祠堂出来，众位姨太也随之起身，这时只见老大余之忠面向众位姨太太挺直胸膛，正冠展衣，然后干咳一声，便拉着长声喝道：“太夫人遗嘱，余家宗室由原十二姨太主持家政！”

“啊！”内府大院里一片嗷嗷喊叫，几个姨太太当即把之忠围在了当中，但是几个男子之中没有人站出来说大哥伪造太夫人遗嘱，余之忠的宣布有效，谁闹的欢，谁日后的日子不好过，不如顺水推舟，只盼日后这位新继位的夫人别对自己过于苛刻也就是了。

哭的哭，笑的笑，余家花园里演出了一出改朝换代的闹剧，众位姨太一琢磨，此中也有道理，吴氏原是太夫人从娘家带来的陪房丫环，这么大的财势无论交给谁，太夫人九泉之下都不会瞑目，遗嘱交待由吴氏接替自己主持家政，此中也有一定道理。

立即，吴氏搬进了太夫人原来居住的正房，在吴氏的主持下，太夫人遗留下来的衣物体己，公平分配，各个房里都捡了不少便宜，一个一个，吴氏再悄悄地将上面的几房姨太请来，“这是我给你特意留下的一点玩物，留着给孩子们要去吧。”或金饰、或玉器、或自鸣钟怀表，买得各房都服服帖帖。对于余之忠，吴氏自然还要尊他为一家之主，夫亡从子，吴氏只管女人奴婢之间的事，余之忠的权威，不会有一点威胁，至于钱，吴氏就都揽过来了，太荒唐的招架不起，吃喝玩乐，不必发愁。

一切一切都安排停当之后，一天夜深，吴氏把自己亲生的儿子余之诚唤到了房里。

“儿呀，你可知道宋太祖赵匡胤的故事吗？”吴氏向儿子问道。

“孩儿知道。”自从迁住到余家花园之后，余之诚已是斯文多了，“千里送京娘，赵匡胤是个不背旧情的男子。”

“我是问你赵匡胤陈桥兵变、黄袍加身的事。”吴氏面色庄重地追问。

“赵匡胤率兵出征，至陈桥驿站，众将起事，以世宗年幼为由，推戴赵匡胤为新主，且黄袍加身，受群臣贺拜。”余之诚多少读过几部史书，再加上连本大套地去宝和轩听书，对于赵匡胤从人家孤儿寡母手里夺天下的事，多少有些了解。

“赵匡胤登极称帝，尊奉他的母亲为太后，太后不光没有高兴，她反而流下了眼泪。当即就有人问太后，母以子贵，如今你儿子做了皇帝，你怎么反而郁郁不乐呢？这时老太后便回答众人说，我儿子做了皇帝，如治国有道，那么这个皇帝宝座是再尊贵无比了；可是倘若他没有做皇帝的造化，只怕日后连个平头百姓的福分都没有了。”

咕咚一下，余之诚跪在了吴氏的面前，一股寒意，袭得他打了一个冷战：“之诚感激母亲教诲，今后一定事事当心，好自为之。”

“谁要听你这些？”吴氏一挥手打断了儿子的话，语重心长地继续说着，“我们母子二人能有今天，说是蛐蛐给挣来的，其实还是志气争来的，不能含辛茹苦、不能惨淡经营，养几只虫儿，何以会有这等的发旺？只是我儿当知，在今日之前，你是只知调理蛐蛐，只知造就凶猛，寻找战机，以勇取胜，以智取胜，说来说去是和蛐蛐打交道；可是从今之后，你身在余家花园之中，上有三个哥哥，下有一群弟弟，身左身右姑舅姨姐，一个一个心黑手狠，你可是从此就和虎狼打交道了。三个狗食哥哥，不会久居人下，一群姨娘姐妹，又时时冷枪暗箭，人可是不像蛐蛐那样好对付呀！”

“儿子记住。”余之诚答应着，那声音比铅还要沉重，“我早估料到余家花园里的日子不会轻松，玩蛐蛐，无勇不逞雄，玩人，老娘在上，恕儿子口冷，那可是无毒不丈夫呀！”

“罢了！我儿不凡！”说罢，吴氏起身将儿子扶起身来，母子二人这才结束了这场令人毛骨悚然的谈话。

……

为常胜大将军办丧事，自然不会似为太夫人办丧事那等排场，门外不可贴丧门报，不能设灵堂，不能穿孝服，也不会有人来吊唁，莫说是市政官员不会来，连亲戚朋友也不会来。当年南宋的蟋蟀宰相贾似道，视斗蛐蛐为军国重事，他的蛐蛐死了，也没办过大典，死只蛐蛐，那是比轻于鸿毛还要轻的。但经总是要念的，到余家蛐蛐茔园临时搭个棚，找些野道士念了一堂经，为常胜大将军超度，怕这位常胜大将军因一生咬伤、咬死过不少同类，到了阎罗王那里不受待敬，给小鞋穿事小，下辈子只怕连再生为蛐蛐的德性都没有了。人死之后都诅咒下辈子可别再生而为人了，虫儿兽儿死了，人们又都希望它们来世能好歹混上张人皮披披，己所不欲，勿施于人，在这点上，人不厚道。

为下葬常胜大将军，太夫人吴氏自己掏出只一两重的金元宝，为常胜大将军打了一只小金棺材。遵照吴氏的吩咐，将余家茔园旁边的半亩农田以余之诚的名义买下来，作为蛐蛐茔园，统由看坟茔的佃户一并照看，从此，余姓家族也有了自家的蛐蛐茔园。下葬的那天，吴氏和儿子余之诚，还有常爷分别雇了轿子马车，赶到城外祭奠，百感交集，吴氏还嘤嘤地滴了几滴眼泪。

“常胜大将军在上，小的给你磕头了。”

咕咚一下，突然一个汉子向着道士们念经的经棚，向着装殓有常胜大将军遗骸的小金棺材闯过来，跪在地上，一连磕了三个头。

“什么人？”吴氏看看儿子，看看常爷，又看看眼前跪在地上的不速之客，大声问着。

余之诚也是觉得诧异，谁会跑到这郊外荒野来给一只死蛐蛐磕头呢？必是歹人，他暗中探访常胜大将军葬在何处，好夜间来偷金棺材。其实他笨了，安葬虫王的金棺材那是偷偷埋葬的，蛐蛐不似人，死后留个坟头，立个牌位，为了留给后辈来扫墓摆供敬香烧纸，蛐蛐死了只深深地找个地方埋下，地面上虽说也立个碑石，但碑石离着小金棺好远；而且金子极重，据说埋在地里的金子自己会“跑”的，不消许久，这只小金棺材便跑得无影无踪了，任你多少人在原地方挖土，也是休想再把这只小金棺材挖出来的。

“这不是杨来春吗？”常爷认出了自己的手下败将，对余之诚说。

“他来干嘛？”余之诚问过之后，便向杨来春招手喊道：“杨爷，你过来。”

“余四爷。”杨来春乖乖地从地上爬起来，忙跑过来向余之诚施个大礼，这才毕恭毕敬地说着，“担待不起，免了那个‘爷’吧，你只叫我来春就是。”

“你干嘛要赶来给常胜大将军磕头？”吴氏坐在轿子马车里问着。

“这位是太夫人吧？”杨来春忙转过身去向吴氏施礼，“来春给太夫人请安了。我来给常胜大将军磕头，是我杨来春给虫王谢罪来的，凭我一个无能之辈，当初怎么就有胆子跟常胜大将军叫阵，我自不量力，输得应该！”

“服了？”余之诚问着。

“早就服了。”杨来春回答，“只是我有一件事不明白，难道这世上真有一局不败的虫王吗？依我当时的估算，这位常胜大将军，到了败阵的时候了。”

“这你就不知道了。”余之诚得意地说着，“有的事，你也没必要全知道，今后只管安分守己就是了，别总盯着强人较量。”

“谢谢余四爷开导，杨来春已发誓今生今世再不玩蛐蛐了。”杨来春低三下四地回答。

“过来。”轿子马车上，吴氏看杨来春可怜的样子动了恻隐之心，当即便对杨来春说着，“看你败家之后无以为生，这点零钱给你，做本钱做个小买卖，或是买辆洋车去拉座，好生糊口谋生去吧。”

“谢谢太夫人。”说着，杨来春又跪在地上，冲着吴氏一连磕了三个头。

七

自从吴氏主持家政以来，余家花园里各门各户相处得还算祥和，吴氏虽说是丫环出身，但终究是大户人家的奴婢，跟随主子多年，耳濡目染，早有了主政的才干，应该说也是自学成才。如今一旦拥为一家之主，那才是挥洒自如，上上下下打点得没一句怨言。

只是，余家花园的日月待到吴氏接管的时候，早已是只剩下一具空架子了，十几年时间太夫人卧床不起，家中的万贯家财早被几个儿子挥霍得一空二净。太夫人去世，吴氏入府，男佣女婢一齐伸手向吴氏要钱，说是他们的工钱已是一连两年没有发放了。吴氏问到账房，账房的先生托着大账簿给吴氏看，一笔一笔只有钱数没有名项，今天大先生支五千元，明天二先生支四千元，支钱去做什么？不能问，都说是太夫人的吩咐。“夫人，你说说这家势能不败落吗？”账房先生用手背拍打着账簿对吴氏述说，无可奈何。“原来是个空窟窿。”吴氏也只能是一阵感叹。

先掏出余之诚这几年的积攒把浮债还上，再各方核对，该收的收，该要的要，半年光景，余家花园又恢复了当年的威风，瘦死的骆驼比羊肥，好歹折腾折腾便依然是一门大户人家。当然，要给各房立规矩，哪些花销可以去账房支取，哪些花销不能支取；而且，大先生立外宅，二先生赌博，三先生嫖娼，一律不列为计划内必保项目，有本事赚，随你如何去荒唐，吴氏不管不问，没本事赚钱，老老实实在家里吃白食，反正一日三餐依然是酒肉大宴，几位爷嘴馋，还可以单独点几个菜，厨房单独安排。

令人为之欣慰的是，余府里的几位先生倒确也改邪归正了，大先生不往外跑了，二先生不去赌博了，三先生不逛班子了，诸位先生终日就是呆在余家花园里打发光阴，于是乎有人喝酒，有人品茗。大先生余之忠整天陪着几位姨娘打麻将，另外的几位姨娘又凑在一起玩纸牌，余之诚呢，依然春夏冬三季睡觉，秋风一起打起精神来，玩蛐蛐。

如今常爷也迁到余家花园来了，在花园的一角，吴氏为常爷盖了一个小跨院，紧挨着小跨院便是佣人们住的下房，侍候蛐蛐的童子一百名就挤在那一排红砖房里，依然是一日三餐烧饼馃子随便吃。最近几天，正对着余家花园后门一连开张了三家烧饼房，一家打芝麻烧饼，一家打油酥烧饼，还有一家山东吊炉烧饼，这种烧饼又大又厚又硬，一只烧饼半斤面，吃的时候要双手抱着啃，有人伸手想分一半，就得用斧子劈。

“四弟，我也跟你学点调理蛐蛐的诀窍吧。”秋季来到，成千上万只蛐蛐送进余家花园，一百名侍候蛐蛐的童子募招进府，常爷一身十足的精气神抖起来，余之诚一腔的心血又扑在了他的蟋蟀身上，大哥余之忠来跨院找到余之诚，心诚意切地对他的四弟说。

“大哥。”余之诚陪着余之忠一只一只地观赏他今年的珍奇猛虫，一面在跨院中走着，一面对余之忠说着，“以大哥的身价，只能作玩蛐蛐的主子，那调理蛐蛐的苦差事，连我都是吃不消的，苦呀，全是从小练的功力，家传的手艺，蛐蛐把式，也是一门行当。”

“这些年我只是买蛐蛐打天下，十次有九次吃了大亏，这就和靠招来的兵马打江山一样，没有亲兵休想把权势夺过来。”余之忠思量着自己的一次次惨败，说得极是痛切。

“大哥玩蛐蛐虽也是一种雅好，只是，只是，只是这句话我不知当说不当说。”余之诚犹豫着，明明是有难以启齿的话说不出口。

“嗐，我都败到这个份儿上了，你还有什么话不能说的？这是你厚道，养着我，还供奉着我，倘你霸道，一脚把我踢出去，这余家花园还不就是你一个人的天下？”

“大哥说这种话，可真是骂我不忠不悌了。”余之诚立即慌得心惊肉跳，忙拱着一双手对余之忠解释，“余家花园里立着祖宗祠堂，家谱上明文写着大哥为一家之主，我财势再大，也不敢妄为呀！”

“哈哈哈。”余之忠笑了笑又说下去，“我不过开个玩笑罢了，看把你吓的。四弟，大哥只把你一人看作是手足呀！”

抚慰了一番，余之忠还是要余之诚把刚才唇边的话讲出来，被追问得无奈，余之诚也只好直言了。

“依之诚的愚见，大哥玩蛐蛐，立于一个赌字，大哥是买虫王设擂台，以称王称霸之名，行设赌聚财之实，此所谓急功近利，亵渎灵虫，自然就只有一败再败，直到不可收拾了。”

“那你又是如何玩蛐蛐呢？”余之忠问。

“蟋蟀之为虫也，暖则在郊，寒则附人，拂其首而尾应之，拂其尾而首应之，此为解人意处，感人心也。君子之于爱虫，知所爱则知所养，知所养才知其可近可亲。之诚爱蟋蟀，每年也赴局厮斗，但之诚是先知蟋蟀之可爱可近。且顺其天性，才设局戏赌，如是才得灵虫之助，之诚发迹，实为灵虫报我知遇之恩也。”一番道理，讲的是自己本来是一腔的心血给了蟋蟀，视为友视为朋视为知己，然后顺乎其本性，征伐天下，这和买只蛐蛐来便想赌博发财的肮脏心地相比，不是有天壤之别了吗?

“茅塞顿开，茅塞顿开，从今后我就随着四弟一起爱物惜物赏物玩物了吧！”余之忠想屈尊与蛐蛐为伍，他要培植自己爱物的情致了。

只是，说得轻巧做时难呀。余之诚爱蛐蛐，不听蛐蛐叫不吃不睡，余之忠就办不到，见了鸡鸭鱼肉连星星月亮都不顾了，先吃饱了再说，一只鸡腿啃完，手里举着鸡骨头忽然询问：“咦，蛐蛐叫了没有？”蛐蛐有灵，和这种人能一个心吗？夜里睡觉，余之忠也学着听蛐蛐叫，但是听着听着就睡着了。可是人家四弟余之诚就不然，听着听着就披上衣服出来了，哪只叫得欢，哪只叫得弱，哪只喂的什么食，哪只有了什么病，顺着蛐蛐的叫声，他和常爷一齐细心查找，这份情致，那是强迫自己学得来的吗?

“没劲，没劲！”因在余家花园里打了半年的麻将牌，又听了一个月的蛐蛐叫，余之忠实在觉着这日月太索然寡味了，他伸着懒腰，打着呵欠，无精打采地自己唠叨，翻翻报纸，晚上中国大戏院马连良唱《断臂》，走出花园，正好外面停着一辆洋车，唤过来坐上去，直奔中国大戏院而去。才看了半出，又从戏院走出来，“回家”，还是来时的那辆洋车，说是停在这里等着拉“回座儿”的，“没劲，没劲！”坐在洋车上，余之忠还在闹没劲。

看戏没劲，就去看电影，真光电影刚刚时兴，虽说光有人影动，没有个唱腔对白，但旁边有大留声机放曲子，也怪有趣。全是外国毛子，一个好胖，一个精瘦，你打我耳光，我踢你屁股，逗得看客们哈哈笑。“没劲，没劲。”从电影院出来，坐在洋车上，余之忠还闹没劲。

第三天晚上，余之忠又从余家花园走出来了，恰好门外又停着一辆洋车，正是这两天拉自己看戏看电影的那辆洋车，招手唤过来，坐上车去。“去哪儿？先生。”车夫问着，余之忠想了片刻回答说：“哪儿开心，往哪儿去。”

大街小巷，拐弯抹角，走了一阵时间，洋车停下来，余之忠举目望望，一处民宅。这算是什么开心的地方？不是饭馆，不是舞厅，不是妓院，不是暗门子，明明是一户本分人家，这里有什么好开心的？余之忠正在犹豫，恰这时这家民房的两扇木门打开，随之一个娇滴滴的声音传出来：“之忠，我等得你好苦呀！”

一听声音，余之忠的眼泪就涌出来了，眼前一阵晕眩，他抬手扶住了墙壁，小翠，就是在人海的喧嚣中，余之忠也能听出小翠的话声，这就和余之诚能在一万只蟋蟀的叫声中听出他的虫王叫声一样，小翠，余之忠半生半世最疼爱的女子，原以为这辈子再也见不到了。

一番悲戚，一番温存之后，余之忠突然把小翠从怀里推开，这时他忽然想起了一件旧事：“我不是将你输给一个叫杨来春的人了吗？”

“你看看这几日给你拉车的人是谁？”小翠一面拭着泪痕

一面向余之忠问着。

“怎么，是杨来春，好一个恶毒刁钻的歹人，他赢了我的女人，还把我拉来……”

“大爷，你先听我细说。”小翠将余之忠按在椅子上，又给他泡了一杯香茶，这才一五一十地对余之忠说道，“杨来春虽说是个鲁莽粗人，可他最知仁义道德。你一局蛐蛐会败阵，将我输给他之后，他把我迎过门来，一直尊为大嫂对待，从没有动过我一发一指。他说我是余家大爷的妻室，凭他一个市井无赖，只有尽力供奉之职，而不敢存半分歹念。他说咱们余姓人家，上一辈是统帅千军万马的元帅，这一辈又是七龙八虎的大户人家，余大爷一时背运，来日必能时来运转，到那时，他还要靠余大爷提携呢，天老爷先给了他一个对余姓人家尽忠尽义的时机，这是他杨姓人家几辈子的造化呀！”

“世上会有这事？”余之忠惊讶地问着。

“杨爷，你进来。”小翠隔着窗子呼唤。

“回禀太夫人，来春在。”门外，杨来春毕恭毕敬地站着，明明是一副拜见主子的奴才相。

“杨先生，你进来。”这时，余之忠也认出这个给自己拉了几天车的车夫是杨来春了，凤凰脱毛，他不能再摆余家大少爷的威风，尊一声杨先生，他真是要感激杨来春的恩德了。

“余大爷在上，来春给你打千儿了。”杨来春施了一个大礼，依然远远地站着回话，“来春侍候嫂夫人半年多了，今天我将大先生请来，想接回府去，我再去给您雇一辆车，若是说再候几日，小的依然是恭恭敬敬地供奉着。”

“不急，不急，我还得安排安排呀！”余之忠忙摇着手说着。“那一局是两万元大洋。”余之忠终生不忘，他的小翠是抵两万元大洋的赌债才被杨来春接走的。

“唉哟，大先生，您还提的什么钱呀。”杨来春又是深深地打了一个千儿，说着。

“如今余家花园里常爷给你调理出了这么一茬猛虫，秋日一过，金山银山的，余家大少爷不又成天津的首富了吗？”小翠娇滴滴地依在余之忠肩上，酸溜溜地说着。

“嗐，那是人家老四的。”余之忠回答。

“哎呀，我的大先生，你可真是呆了。”说着，小翠抬手在余之忠的肩上轻轻地拍了一下，随之又酸酸地说着，“家谱上，之字辈，忠孝仁诚，那可是白纸黑字呀……”

“忠、孝、仁、诚……”余之忠不解其意，还在用心地琢磨着此中的道理。

……

当当当当。

一阵紧促而又杂乱的钟磬声突然响起，立时，余家花园腾升起不祥的凶气，当家立户的大爷余之忠发下话来，男女仆佣，非余姓人家本宗本系一律别院回避，余家花园要开祖宗祠堂了。

这倒怪了，一不因过年祭祖，二不为过世的家人奠灵，平白无故地，祖宗祠堂是开着好耍的吗？要么是分支分宗，弟兄几个各自分立门户，来祖宗祠堂磕头谢罪；要么是一支什么断了来往的本族本宗续家谱，一家人在祖宗祠堂里行礼认亲。可是这么大的事，不能事先没有一点传闻。此外呢？或是女子不贞，男子乱伦，或为盗、为娼，以及做了种种有辱门第的勾当，则一定要开祖宗祠堂问罪惩处，而在祖宗祠堂里，只要有凭有证，那是可以将罪人活活打死的，而且官家不可干预，那是人家的家法。

这弟兄几个，姨娘多人有谁触犯了家规呢？没有，各门各户都老老实实，至于男人们的吃喝嫖赌，那是全华夏黄脸汉子的权利，不仅不以为耻，还得说是人家的能耐。真是莫名其妙，余家花园何以突然要开什么祖宗祠堂。

“之诚，咱没事吧？”匆匆忙忙，吴氏跑到儿子余之诚房里来询问，虽说吴氏自太夫人去世后受命主持家政，但她毕竟因没有明媒正娶，算不得是余姓人家成员，非余姓子孙别院回避，那是对她也不例外的。慌慌张张穿戴齐整之后，她来找儿子询问，怕儿子一时心盛，不知不觉间做了什么触犯家法的荒唐事。

“我有什么事？”余之诚胸有成竹地反问着。确确实实，在余家花园里，余之诚是弟兄中间最干净、最本分的一个。玩蛐蛐，今年入秋以来，常爷调理出了十几只猛虫，几场蛐蛐会咬斗下来，连余家花园明年的开销都有着落了。何况此时离决斗定虫王的时间还远，真正的大赚头还在后边呢。大哥二哥三哥还指望之诚为他们恢复昔日的荣华富贵，莫说是之诚无可挑剔，就是有点什么小过错，上面的哥哥下面的弟弟也要护着他。

袍子马褂穿戴齐整，余之诚大摇大摆地往余家大院最深处的一进院子走去，此时的余家花园里早已不见人影，闲杂人员避去，男子们往祖宗祠堂云集，一进一进院落难得地陷入了一片安宁之中。安宁得没有一丝动静，连房檐上的猫、房檐下笼里的鸟都变得六神无主，似是一齐在猜测今天会发生什么大事。

走进祖宗祠堂，只觉一股寒气袭人，一股潮气夹杂着一股老木器味和香味蜡味混合成一种凝重的怪味，死一样地压上人的心头。第一遭见识开祖宗祠堂律家法的大场面，余之诚有点毛骨悚然，看看正堂上高悬的列祖列宗的画像，再看看画像下正襟危坐的也不知是哪儿冒出来的据说都是余氏家族祖辈成员的老人，又看看一个个见了猫的鼠儿一般分两侧站立的余姓男子和正娶入室的女子，余之诚预感到今天必会有什么大的事端发生，一场大祸不知就会落在谁的头上了。

合上一会儿眼睛，平定一下心绪，再睁开眼睛，祖宗祠堂里的情景看得更清了，正面坐着老人，全都是长长的胡须，其中有一个不停地摇头抖手，明明是半身不遂，但是开祖宗祠堂律家法，只要有一口气，抬也得把人抬来。在几个老人的下方，端坐着大哥余之忠，今天他已经晋升到了家长的位置，而且既然成为家长，那他是不会有罪的。

家长座席的下侧，立着两个凶汉，不认识，不是余家花园里的佣人，体壮如牛，每人右手戴着一只又黑又硬的牛皮手套。余之诚不由打了个冷战，这就是“家法”，有的宗族以戒尺为“家法”，一尺长二寸厚的硬木板，一下一下能把罪人打得皮开肉绽，余姓人家行使最严厉的家法治家，以牛皮手套掌脸，据母亲吴氏对自己说，上一辈就用牛皮手套活活打死过一个孽障，罪行是乱伦。

再看看分列两侧站立的男男女女，一个个头也不敢抬，人人都在心中嘀咕是不是自己的什么勾当败露了。说到掌脸，这余家花园里的男男女女人人都够资格，随便抓过一个来，先左右开弓打几十个嘴巴，然后再唬他问："知道你犯了什么罪吗？"当即坦白交待，一五一十准能说出一大堆你压根儿就不知道的缺德事来。

找到自己的位置，余之诚站在男子一侧，垂手恭立，等着看今天的热闹。

"敬香！"照拂祠堂的执事唱过一声礼，立即一位最老的老人点燃了香火。

"祭祖！"随着执事的又一声唱礼，噗噗噗，所有的男男女女都跪在了各自面前的蒲团上，一叩首，二叩首，三叩首，行了三个大礼，然后起身站好，各自展展自己的衣服。

"我怕。"突然，一个才几岁的男孩早吓得哭出了声，那是二哥之孝的儿子，二嫂忙将他紧抱在怀里，用自己的手绢捂住了孩子的嘴。

祠堂里鸦雀无声，余之诚低着头看看，几乎每个人的身子都在发抖，当然只有余之诚心地坦然，他胸有成竹地显得极是自信。

"列祖列宗在上。"划破祠堂里的宁静，一个老人哆哆嗦嗦地站起身来，回身向着墙上的祖宗画像，呜噜呜噜地叨念起来："某年某月某日，不孝后辈某某率余姓宗族全家儿孙律家法明家规，以惟家族万世不衰！”

被认为是宗族代表的老人念过一段词令之后，慢慢悠悠，他转回了身来。

祠堂里，已是紧张万分，一个个估计家法难容的人哆嗦得衣服都发出了窸窣的声音。

“余之诚。”老人喊了声老四的名字。

“啊！”余之诚明明听见祠堂里所有的人同声情不自禁地长嘘了一声，立即所有的人一起抬起了头来，所有的眼睛都盯着余之诚，余之诚眨眨眼睛，脚正不怕鞋歪，即使是有个什么诬告，事有事在，什么屎盆子也扣不到自己的头上。

“余之诚在。”余之诚答应着，向前走上来三步，站到中央，面对着家长们的座位，依然是坦坦然然。

“余之诚，你可知罪？”那位族长老人似乎是要喝斥，但他面部肌肉早已呆滞，想凶，凶得没有威严，再加上嗓音沙哑，想喊，更喊得没有气势。但是按照常规，这一声质问是极厉害的，足以吓得人失魂丧胆。

余之诚挺了一下胸膛，心中暗自骂着：“老不死的东西，我他娘的有什么罪？”但是这里到底是祖宗祠堂，儿戏不得，放肆不得，他只能乖乖地回答着说：“余之诚清白。”

“掌脸——”老人嘴巴蠕动了一下，发下了惩处罪人的吩咐，余之诚还没听见老人刚才是嘟囔了一句什么话，突然只觉眼前一阵黑风兜起，铺天盖地一道黑光闪来，黑压压牛皮手套落在自己的脸颊上。唆地一下，余之诚的身子在原地打了一个旋儿，身子失去平衡，他跌倒在了地面上。

钻心的疼痛，活像是从脸颊上撕下了一层肉，余之诚眼前早腾起了一片金星，趴在地上似是觉得自己死了，但疼痛的感觉又活活煎熬着人，使出全身力气，余之诚站起来，睁开眼，坐在祖宗画像下面的族长们不见了，眼前竟是一片刺眼的光明。

“转回身来。”又是那个族长的声音。

摇摇晃晃，余之诚这才发觉自己站反了身子，忙转回来，仍然面对着族长。

“余之诚！”按家法的规矩，审问一次要唤一声罪人的姓名，怕问错了人。

“余之诚在。”余之诚哆嗦着回答。

“你可知罪？”又是族长的一声质问。

“余之诚清白！”

话音未落，随着族长的一声“掌脸！”又一个凶汉走上来，挥起牛皮手套又狠狠地抽了余之诚一个耳光，这一下余之诚被打蒙了，鲜血从他的嘴里流涌出来，耳边响起了一片啸鸣，他想挣扎，但是没有力气，他想争辩，已是发不出声音了。

“余、之、诚、清、清、清白。”趴在地上的余之诚只是哼哼叽叽地说着。

“掌脸！”

按照家法，前三句审问罪人，遇有争辩便要掌脸，掌脸三下之后，仍不知罪，族长就要取出罪证，此时即使罪人再认罪，那也是万万不会饶恕了。

余之诚一连被打了三记脸颊，人早被打得半死，此时无论有罪还是无罪，对他已是无所谓了，他只趴在地上，任由血水从嘴里、从鼻孔里、从脸颊上流下来。

“你自己来看。”

说着，族长将一张文契，扔在了余之诚面前，余之诚强爬起半个身子伏上去看，认出来了，这是余家茔园的地契，去年为埋葬常胜大将军，他又买了一分荒地，一并归在了余家茔园的地契里了。

“余之诚清白呀！”余之诚看见余家茔园地契，一股怒火烧将起来，凭了这张余家茔园的地契，能派上自己什么罪名呢？

“余之诚。”族长又唤了一声，“跪下。”

站不起来，余之诚便爬着跪在了地上，强忍着疼痛，他不仅要为自己争辩，他还要就在这祖宗祠堂里把陷害自己的恶人抓出来，老大？老二？老三？你想置我于死地，我今天要看你死在我的眼前。

“余之诚，你好大胆！”族长老人还是强支撑着力气喝斥，“你私自将余家茔园由七亩改为七亩一分，还私自埋葬下一只蟋蟀，从此之后，蟋蟀岂不就成了余姓子孙的祖先了吗？你先父大人的墓碑上刻的是常威大将军，你那只猛虫的墓石上刻的是常胜大将军，这常威大将军和常胜大将军岂不就成了手足弟兄了吗？我们去茔园祭祖，是叩拜列祖列宗，还是叩拜你的那只恶虫？”

“啊！”一下子，余之诚瘫在了地上，这可真是不可饶恕的罪孽了，祖宗坟茔里何以埋了一只蛐蛐呢？这明明是将余家后辈全说成是蛐蛐的子孙了。你们家祖坟里埋着一只狗，这本来是一句骂人的话，自己怎么就在祖坟里埋了蛐蛐呢！

尽管那一分荒地是按蛐蛐茔园买下来的，因为挨近余家茔园，就一起写入了茔园地契，因为地在郊外，且地下又埋着一只纯金的小蛐蛐棺材，要有个人照看，就顺便委派着祖坟的佃户一并照料了，尽管尽管尽管，无论有多少尽管，如今也是有口难辩呀，明明是文契一张，余家茔园领地七亩一分，茔园内有列祖列宗坟头若干并蛐蛐坟头一处，一并受余姓子孙叩拜……

八

当鲜血淋淋、血肉模糊的余之诚被拖出余家花园大门，扔到大河边上的时候，他已经是奄奄一息不省人事了。与此同时，一伙家人奉命又从后跨院里将吴氏一阵乱棍撵将出来，吴氏哭着喊着扑到儿子身上，一口气没喷出来，好久好久，她才喊了一声“天”！

手下留情，还是因为余之诚还要养活他的生母，族长才发话没有把他活活打死，虽说留下一口气，但却受到了最严厉的惩处，革除族籍，把余之诚的老四位置从之字辈弟兄中间抹掉，只当作从来就没有过这么一个人。从此之后，余之诚活着不是余家人，死了不是余家鬼，他姓的那个余，和余大将军的子子孙孙姓的那个余毫无干系。五十年后的现代文明对于这种惩罚有了一个准确的词汇：滚蛋！

一步一步，好不容易才苏醒过来的吴氏搀扶着儿子走下了河边，俯身下去掬起一把一把河水，为儿子洗去脸上的血渍。远处堤岸上，看热闹的民众成千上万。“余家花园开祖宗祠堂处置孽障后辈！”“犯下哪条家法了？”“没听说吗？祖坟里埋蛐蛐了。他爸爸的墓碑上刻的是常威大将军，蛐蛐的墓碑上刻的是常胜大将军，清明节扫墓，一家人进了茔园跪在常胜大将军碑石下这个哭爹那个哭爷，哭了半天，说哭错坟头了，常威大将军的坟头在那边了，差一个字儿，把爹认错了。嘻！”“少你娘的拾乐，当心你的狗头。”“老少爷们儿，散散吧，清官难断家务事，少惹是非。”

“咽下这口气，儿呀，咱们走！”吴氏果然是一位刚烈女子，她一面为儿子洗伤，一面劝慰儿子，“是儿不死，是财不散，咱没有那份造化，承受不起这个福分，这么个大宅院，怎么能让咱们这等贫贱出身的奴婢当家理政。只怪我们当初发了几笔横财便忘了天高地厚，晕晕乎乎地就真的以为自己成了个人物，其实呢，咱连个棋盘上的卒子都不是，卒子到底是十六位君臣兵马中的一员，咱不过是个信手捡来压在棋盘角上的石子儿，下完棋拾起棋子收起棋盘抬脚一踢就把石子儿扔了，你以为若不是自己刚才压着棋盘，一阵风吹翻了他的棋局，他们谁也休想得胜，可人家说凭你一个石子儿，真放到棋盘上，你往哪儿摆？儿呀，别后悔当初怎么就荒唐到要给蛐蛐立茔园，智者千虑必有一失，这儿挑不出你的错，那边还能挑出你的错，七狼八虎地一起盯着你，你能得平安吗？那时把咱母子迎进余家花园，是人家日月眼看得要败了，别当是咱母子俩命里注定有这步富贵，就似个佛龛似的，见众人跪在下面冲着你磕头便以为自己的道行大，其实人家拜的是佛像，没了那尊佛像，你不过是一把柴禾，扔在灶里一把火就烧了，连点灰都不剩。现如今，人家的败字过去了，用咱母子俩的血汗钱把窟窿堵上了，眼看着日月又要兴旺了，人家当然就觉着你碍事了，留你在余家花园，低头不见抬头见，心里总欠着你三分情，你以为是救他于危难之中便有了功，其实他如今最忌讳你总记着他倒霉时候的那点事，不除了你，他坐不安卧不宁，心里总是有一块病。咱走，早走一天，早一天清静，咱没有那份品性，不到最后一刻，怀里抱着的这个热火罐儿，谁也不舍得扔下。都说是得撒手时且撒手，该罢休时要罢休，可是谁也是嘴巴上说得轻巧，真到做时又做不到：说是见好就收，什么时候是好？好了能不能再好？就这样好呀好呀地好到最后，变成了一场空。变成一场空就好了，无牵无挂了，也就无忧无虑了，住在余家花园为他们操持家政，终日提心吊胆，唯恐哪房里打点不好落下埋怨，如今我们什么也不怕了。亲的热的凑成一台戏，不容易，你敬着我我敬着你，撕下一张面孔，不就是一个骂吗？他们骂咱无祖无宗，咱骂他们断子绝孙，今天给你余家坟地埋个蛐蛐还是抬举你呢，死了找不着坟地的日子在后边呢。儿呀，长本事，长志气，咱们和他们姓的不是一个余，他们姓余，是余家生的，余家养的；我们姓余，是余家坑的，余家害的。从今往后，儿子你做了皇帝，咱灭他的族；做了乞丐，咱饿死不登他家门，日月长着呐，慢慢走吧，谁也别以为成败胜负就这么定了，早着呐，我的儿呀！”

整整一天时光过去，直到夕阳西沉，余之诚才躺在河边上挣扎着撩起了眼皮，这大半天时间，吴氏为儿子治理脸伤，先是用河水洗，又是央求停靠在河边的渔家，借船上的锅灶炒了黄土，敷在余之诚血肉模糊的脸颊上，求爷爷告奶奶请来了江湖医生给余之诚刮了前胸后背防止毒火攻心，又打了几只生鸡蛋，一匙一匙地喂到余之诚的嘴里，终于这才护理得余之诚起死回生，一条年轻轻的人命保住了。

使用全身仅有的一点力气睁开眼睛，余之诚似是感到一阵晕眩，立即又闭上眼睛，又似是在努力回忆这一天发生的可怕变化，渐渐地余之诚似是明白了此际的处境，串串的泪珠涌出了眼角。哆哆嗦嗦的余之诚抬起手来，摸索着抓住吴氏的手，嘴巴蠕动着，他似是要说话。

“儿呀，我是你娘。”吴氏以为儿子是在唤自己，便凑过身子和儿子说话，“心里委屈，你就哭，有力气，你就喊，如今谁也管不着咱母子俩了，留得青山在，不愁没柴烧。”

余之诚对于吴氏的安抚毫无反应，他的嘴巴还是蠕动着，吴氏把耳朵贴在儿子的嘴边，终究也没听见他要说嘛话。

“你要喝水？儿呀，忍着点，一喝水就又要流血了，过一会儿，娘去给你讨半碗粥喝，肚子里没食不行呀！”如今，吴氏和余之诚已经沦为乞丐了，原来搬进余家花园之前的老宅院本来是余家的房产，被扫地出门的人是没权利居住的，这可真应了吴氏当初说的那句话，一旦被他们斗败了，那是连过贫贱日月的福分都没有了。

努力地挣扎着，余之诚支撑起了身子，胳膊无力，他又跌倒在了河堤上，吴氏过去想搀扶他，他的嘴巴还在蠕动，明明，他有话要说。

"儿呀，有嘛话，你说呀，谁还欠着你的债？哪儿还存着体己？余家花园里的东西你是莫指望了，一根柴禾棍也不归咱有了。你说呀，你说嘛？"吴氏紧紧地把耳朵贴在儿子的嘴边，儿子还是蠕动着嘴巴，要说，要说，只是说不出声儿。

深深地吸一口气，余之诚又支撑起身子，瞪圆了一双眼睛，似是在喊叫，终于，吴氏这才听清楚儿子微弱的声音在呼喊："常爷！"

刷地一下，吴氏的泪珠落下来了。

"儿呀，常爷留在余家花园里了。你是主，他是仆，如今你不是主了，他可依然还是仆，当然不是你的仆，是余家花园里的仆。就是他有心跟你，余家的霸道儿子也不会放他出来，他成了余家花园里的摇钱树了。"

"常爷，常爷……"声音含混不清，但却情深意重，余之诚从鬼门关闯过来，才见到阳间的人，头一个他最想的就是常爷。

吴氏和余之诚一步一步地搀扶着沿街走去，走累了就找个背阴处坐下来歇歇，走饿了就向街旁的商号和民家乞讨些残羹剩饭，整整走了三天时间，母子二人才走出天津城，穿阡陌渡洼塘，这才来到吴氏的故里，距离天津卫五十里地的吴庄子。给老本家磕头借了半间窝棚，这母子二人才总算没有死在天津城，又有了安身之处。

半间窝棚位于吴庄子边上，白天阳光穿过顶棚上的洞洞照射到窝棚里，夜晚躺在干草堆上能看星星，所好的是余之诚的伤势明显好转，尤其夜深人静，荒地上的蛐蛐叫声连成一片，余之诚不光忘了脸上的疼痛，有时还很是精神。

“娘，你听。”夜里睡不着觉，余之诚用心地聆听着外面的蛐蛐叫声，不时地对吴氏作些提示，“正北方向，有一只青尖头，叫的声音多‘老绷’呀，这只青尖头乌爪，白钳，白牙，调理好了，准能咬一阵子的。”

“你就死了那份玩蛐蛐的心吧，”吴氏凑在油灯下给儿子缝着破衣衫，头也不抬地说，“不玩蛐蛐，你发旺不到那个份儿上，不到那个份儿上，你就没法进余家花园称霸，不进余家花园你落不到这个结果，你呀，成于斯，败于斯，留下一条命，将养好身子，跟叔叔伯伯们租上二亩地，好生过平安日月吧。”

“娘，你还是不知儿子的心呀！”余之诚半躺半坐地偎在草堆上的破棉絮里，语重心长地对吴氏说，“为赌而养虫者，必败，因爱虫而争胜者，最终才有一人得胜。孩儿爱蛐蛐，知蛐蛐，调理蛐蛐，世上说是玩蛐蛐，其实是哄着蛐蛐玩。世上有势利小人，总想以一虫之勇掠人财物，因此他们才设局下赌，一局一局地不知害了多少人家。孩儿每年也去蛐蛐会下局，从心里说不是为钱，是要去狠狠地收拾一下那些贪钱的人，斗得他们一败涂地，教训得他们一生再不敢玩蛐蛐，休想让他们从蛐蛐身上捡得便宜。自然了，爱蛐蛐的人都是心高气盛，不调理出虫王来死不甘休，虫王称霸，主家称雄，要的是这个天下无敌的尊荣。”

“你呀，别再梦想那份尊荣了，江山易改，本性难移，你自幼喜好蛐蛐，我也别太难为你了，等到伤好之后，捉几只来自己玩，我不干涉，再去赴什么蛐蛐会，我可不答应。”

秋风乍起，余之诚的伤口愈合了，尽管吴氏把镜子和一切能照影的玻璃全藏了起来，但是凭着抬手摸脸的感觉，余之诚早知道自己已变得其丑无比，从母亲总是回避自己的目光中，余之诚更证实了自己的预感，自己已经变成七分似鬼的妖魔，当年那个白嫩俊秀的余之诚早已不存在了。

趁着母亲去村里干活的功夫，余之诚悄悄从窝棚里走出来，才一抬头，余之诚明明听见地头边一群孩子同时惊呼了一声，然后便一窝蜂地逃散而去了。余之诚下意识地摸摸脸颊，一道棱，一个沟，一块疤，难怪孩子们害怕，连自己都没有勇气到河面上去照照自己。

夜里，余之诚点燃了一盏罩子灯，披上件破棉袄，然后提着灯对吴氏说：“娘，我出去找点活干吧。”

“夜半三更的，你这是干吗呀？”吴氏忙堵在门口拦住儿子，不让他出去。

“娘。”余之诚推开吴氏的胳膊说着，“我不能让你靠缝衣服赚来的钱养活呀，好歹我要做点事。你说租地种，脸变成这个吓人样子，我也不愿意和人走动，就是种了园子，挑进城里卖菜，人们也不会来买我的菜。别的本事不会，趁着这秋虫正猛，我去捉些蛐蛐，将它们调理得出息了，还能赚钱来养活你，总不能饿死呀！”

听得儿子一番述说，吴氏倒也觉有理，深深地叹息一声，又挽着衣襟拭拭眼角，身子闪开，她看着儿子提着灯走进荒地去了。

天无绝人之路，天津俚语，余之诚又有了“饭辙”了。饭辙者，吃饭的门道也，有饭辙，便是能糊口谋生了。不出半个月的时间，余之诚很是捉了几只猛虫，稍事调理，转手之间便是三元两元的进项。有了钱，吴氏是个精细人，先买了米粮，又买了锅灶，再推倒窝棚盖起一间砖房，头一年，母子两个的日月就算又支撑起来了。

只是，吴氏悄悄地看着儿子的暗中变化不称心了，“你这是要干嘛？”忍无可忍，她向儿子愤愤地质问。

余之诚倒没有讲吃讲穿，也不敢好逸恶劳，只是他不知从哪里弄来几个铁圈儿，一个一个地戴在了手指上，这明明是怀恋往日的荣华富贵，一定要戴两手的戒指，没有金的，就用铁的代替，算是过过瘾吧。

“您问这？”余之诚坦坦然然地举起两只手掌，伸开十只手指，那两只手上除了一对大拇指外，每根手指上都套着一个小铁圈儿。

“戴不起金的，咱就不戴，也不怕人家笑话！”吴氏脸色愠怒地责备着。

“哈哈哈！”余之诚不但没恼火，反而笑出了声，“您以为我是想戴戒指？我才没那么贱，我这是为了调理蛐蛐。”

“哦！”吴氏一拍脑门儿，想起来了，当年常爷一双手就是戴了八只戒指。

“调理蛐蛐，抬手要高，下芡要轻，手上没有重量，使起茨来就没准儿，所以蛐蛐把式们全是两手的金货，谁手上的金货重，谁的手艺高，谁调理出来的蛐蛐成气候。”

“嗐，金货还不好办吗？你戴八个，我戴十六个，比着戴呗。”吴氏消释了心头的疑惑，平心静气地和儿子议论。

“除了戴金货之外，还得有家传的绝技，您瞧。”说着，余之诚从衣兜里掏出来一把赤豆，哗地一下撒在炕沿上，立时连滚带蹦，赤豆撒满了一炕遍地。

“这有嘛新鲜的，红小豆，煮饭、做豆馅，谁没见过赤豆呀！”吴氏不以为奇地说。

“娘，你再瞧。”说着，余之诚用右手的大拇指、食指、中指三根手指从炕上提起了三粒赤豆，然后在指间飞快地摆动着。

“你这是干嘛？”吴氏不解地问。

“这是诀窍。”余之诚极是神秘地对吴氏说，“为什么常爷调理出来的虫王天下无敌？就是因为常爷用茨有独家的传授，别人捏起茨来，提、掺、点、诱、抹、挽、挑、带、兜，将盆里的蛐蛐调理一遍，常爷也是一样的时间，他能使茨如飞地调理两遍，多一番调理，蛐蛐多一番的火性，下得圈来，它岂不是要凶猛异常了吗？常爷这手绝活怎么练的？他独得的秘传是以小豆三粒，用三指捻搓，使其滚动捻搓至熟，直捻成煮烂的熟豆，此时用茨，才是手指灵活了。”说话间，余之诚一番捻搓，只见三根手指之间，有三颗赤色豆粒滚动如飞。“娘，您尝尝。”说着，余之诚将一粒赤豆放进老娘口中，吴氏用牙床一咬，喷香，明明和微火煮熟的赤豆一个味道。

“啊！”吴氏不由得惊叹了一声。

“娘，有了这手绝招，我就能东山再起。”余之诚极是得意地对吴氏说着，“他余家老大不是留下常爷给他调理蛐蛐吗？这遍天津卫，能用三根手指将三颗赤豆捻搓至熟的真把式，只有我和常爷两个人会，这可真是棋逢对手、将遇良才了，明年秋天蛐蛐会，要有好戏看了。”

“休想！”吴氏一挥手打断了儿子的话，面色冷峻地对儿子说，“你捉蛐蛐，调理蛐蛐，以此养家糊口，咱依然是本本分分地吃的是平安饭，他们谁从你手里买去了蛐蛐下局，是赢是输，与咱无干。赢了，成了一方首富，咱不去要一分一文；败至卖儿卖女，没有咱的半分过错，心里坦坦然然，平安就是福。早以先也怪我不本分，总想活出个人样来争口气，明看着你是玩刀玩火，也就跟着想捡个便宜。荣华富贵，迎进余家花园主持家政，太夫人的房子也住了，上上下下奶奶主子地也叫着了，那时刻可真比听歌还要舒畅呀，可是就应了那句水满自溢、月盈则亏的古训。现如今，你就是皇帝老子派下人来迎我进宫去给他当护国娘娘，我也不去了，我跟儿子平平安安地过日子，这辈子再没有一丝一毫的奢望了。儿呀，荣华富贵由着他们享去吧，咱认命了！”

吴氏说着，余之诚听着，但在心里，余之诚依然愤愤不平，明明自己能奔到那一步，且又是被恶人陷害而一败涂地，不争那份荣华富贵，还要报那一箭之仇，今生岂可如此罢休？

忙了一个秋天，余之诚辛辛苦苦又有了点积攒，入冬之后，白天不敢出门，他就夜间下到冰封的河塘里铲苇子。天津城里人冬天取暖烧煤球炉子，只有烧饭还是依旧用芦苇烧灶，贴体饽熬鱼，非得烧芦苇的大灶才能熬出味道，余之诚在天津父老的传统固执生活习俗中混一碗饭吃。每日天亮之前，他便挑着一担芦苇进城去卖，卖一担芦苇赚回二斤棒子面钱，母子两个就又有了饭吃。

乡下人挑芦苇进天津去卖，只能卖给苇子行，不许走街串巷，苇子行的大柜将乡下人的苇子收下，然后他再卖给小贩，乡下人卖给苇子行的芦苇是一担一百斤给二角钱，小贩从苇子行买出苇子却一担一百斤二元钱，到了市上卖给市民是一担一百斤二元二角，两头都是得点饿不死的小利，大利就由一进一出的服务部门独吞了。

数九寒冬，余之诚将一担苇子送到苇子行，到柜上领到两角钱，顺手把绳子挽成一个绳套，吊在扁担的一头，将扁担斜架在肩上，他得立即往回返，倒不是家里有什么事，他是要在天明之前离开天津城。否则待到天亮，天津卫的老少爷们儿一走出家门，他就休想再从人群里逃出来了；这也不是天津人真多到这样水泄不通的地步，这是因为天津人爱看新鲜，老老少少男男女女一天全想找乐，见个胖子，围上去看半天，见个瘦子，又围上去看半天，见着单眼皮看半天，见着双眼皮又看半天，反正这么说吧，天津人只要发现个什么与自己不完全一模一样的人，就必定要围上去看个没完没了。你想想，走进这么个好看热闹的城市里，余之诚的一副疤痕累累的脸，能不被人围观吗？

匆匆地往回赶路，余之诚把厚厚的毡帽拉下来护住耳朵，一双手揣在衣袖里，缩着脖子躬着身子跑得飞快。偏偏今天回家的路上顶风，西北风卷起的雪花迷得余之诚睁不开眼睛，好在路是熟了，过一片洼地，过一片农田，还有一片树林，过了树林就是笔直的大路了。

进了树林，风似是弱些了，余之诚抖了抖衣服上的积雪，又呵着热气暖暖一双冻僵的手，低下头来又忙着赶路，只是昨夜一阵风雪，林间的路不见了，凭着平日的印象，顶着风一直走，倒也不至迷路，反正吴庄子就在正北方向。只是树林中间路是弯弯绕绕的，找不到路，弄不好就要在林子里绕半天。还好，谢天谢地，余之诚在林间地面的积雪上面发现了脚印，必是有卖柴的人比自己出来的还要早，追着这行脚印走，准能从林子里绕出去。

低着头弯着腰缩着脖子，余之诚全神贯注地寻找雪地上的脚印。说也怪，前面走过去的这个人说不定也是迷了方向，他竟是东南西北地在林子里胡闯瞎撞，要么就是喝醉了酒，天太冷，进城送苇子，怀里揣个酒瓶子，一路走一路喝，喝到半路上，醉了，就在林子里乱绕了，那就跟着他绕吧，反正他能绕出去，自己也能绕出去。

但是，突然脚印没有了，这可又是怪了，钻到地里去了？爬到树上去了？脚印就这样没有了，抬头看看，不见人影儿；四周望望，白茫茫一片。“哎哟！”一声无力的呻吟声吓得余之诚几乎失魂丧胆，沿着呻吟声在雪地上寻找，不远处，一株大树根上，一个衣衫褴褛的男人跌倒在雪地里，风雪交加，他已快被积雪埋成一个大雪球了。

不容分说，余之诚一步跑过去，俯身将倒在雪地里的男人扶起，轻轻地拂去他脸上、身上的积雪，扶着他坐了起来。

“快爬起来动动身子，这样要冻死的。”余之诚把雪地上的人拉起来，鼓励他活动身子，借着雪光和远远的晨曦，余之诚只看出这是一位老人，而且又是病弱的身子，此时已是要支持不住了。

“我，我要不行了。”老人挣扎着站起来，只能倚着树站着，他大口大口地吸着气，说话的声音极是微弱。

“就是不行，也不能倒在林子里呀！”余之诚把嘴巴凑到老人身边说着，“大爷，你是哪村哪庄的人？我背你回家。”

“我、我……”老人连连地摇着手，缓足了一点力气，这才又对余之诚说，“人家说，过了林子，前边就是吴庄子。”

“对呀，大爷，我就是吴庄子的人。”余之诚忙着对老人说。

“你，你也别管我了，赶紧，赶紧，你到吴庄子去给我找一个人。”老人哆哆嗦嗦地说。

“吴庄子的人我都认识，你找谁呀？”

“余、余之诚。”才说出余之诚三个字，老人身子一溜，便又跌倒在雪地里了。

九

余之诚从余家花园里被扫地出门之后，大先生余之忠把常爷当神仙一般地供奉了起来，大厨房里单独为常爷立了小灶，一日三餐山珍海馐地吃着，常爷不喝酒不吸烟，喝酒血热，调理蛐蛐不能入静；吸烟口臭，蛐蛐不和你亲近，不受调理。但是大先生是酒鬼烟鬼，只要他一进小跨院，满院的蛐蛐叫得都变了声，常爷视大先生为瘟神，有话也只领他到院外来说。

说常爷怀恋旧主，言过其实，中国人的一臣不事二君，不能演绎为一仆不事二主。一仆不事二主，说的是在同一个时期里不可同事二主，只要岔开时间，谁给钱，谁就是主子。仆人奴婢可以卖来卖去，卖到新主子手里，你光跟人家玩一仆不事二主的古训，那不是找挨鞭子抽吗？所以君臣父子之忠，兄弟手足之悌，待人之仁，律己之信，对于主仆关系全不适用，为人之仆只要一个“义”字，戏曲里无数的义仆救主故事，便规范了为仆者的伦理标准，对任何一个主子，都要做到一个“义”便够了，终生终世别忘了报答一个一个主子对你的恩德。

为余之忠效劳，常爷没什么怨言，而且酬谢比余之诚优厚，余之忠对常爷有过交待：“调理蛐蛐的事，我一窍不通，我也不喜爱那玩意，我忙，顾不上，什么叫呀，吱呀，没劲。养蛐蛐调理蛐蛐的事就全交给你了，反正一年你得给我调理出来一只虫王，我看咬蛐蛐比开个金矿还实惠呢，膀不动肩不摇，不用操心不用费力，不耽误吃喝玩乐，到时候黄澄澄的金子就往家里流，你说说老祖宗怎么就想出这么一手高招儿呢？你说是不是，常，常，哎呀，我管别人叫爷叫不出口，日后，我就叫你常头儿好了，头儿就是爷，爷就是头儿，是不？”

有吃有喝有穿有戴，还有优厚的酬谢，住在余家花园里，常爷应该是别无他求了。只是入秋以来，待到小跨院摆满了蛐蛐罐蛐蛐盆，常爷感到了一种可怕的孤单，往常和余之诚做搭档，秋风一起，两个人便形影不离，一起观赏，一起评头品足，一起观战，常爷每到得意之时，两个人便一同高兴得彻夜不眠。如今为余之忠效劳，余之忠不闻不问，他关心的只是一只虫王，至于其它许许多多猛虫的神、勇、色、形，全然不去理睬，这就和一个花把式栽了满院子花，而主家找他要的只是最后的一捆草根用以点火一般，一腔的心血白费了。多少难得的猛虫就这样白白地成在常爷一个人面前，败在常爷一个人的面前，又自生自灭地死在常爷一个人的面前了，主家要的只是一只虫王，而要这一只虫王还只为了去赢房产赢黄金赢人家的娇妻美女。“缺德，缺德，我这是缺德呀！”烦闷到不可忍耐，常爷便一个人在小跨院里跺着脚大声喊叫。

“这玩艺儿能做虫王？”

最最令人不能忍受的是，当常爷把自己精心调理成的一只猛虫，放在宋窑老盆里送到余之忠手里的时候，换来的却是余之忠怀疑的询问和猜测的目光。

“大先生。”常爷固执，他也是不习惯称别人为爷，过去对四爷，直呼其名，叫之诚，如今对大爷，对不起，不能叫之忠，就叫大先生。“这普天之下人人都知作假，只有调理蛐蛐的把式不知作假。唉，跟大先生费这番口舌，我都觉着脸上发烧。”

“常、常、常头儿，你可别多想。”余之忠忙对常爷解释，“你要知道，这一局可是四十两黄金呀，胜了，咱就发了，败了，我可又得跳河去了。”

“信得过你常爷，抱着宋窑老盆你只管单刀赴会；信不过你爷……”说着，常爷伸手便去余之忠怀里夺宋窑老盆，其势大有要当众将这只猛虫活活摔死的气概：“大先生另请高明吧！”宋窑老盆没有夺过来，常爷返身走进他的小跨院，“当”地一声把院门关上了。

“常头儿，常头儿！”余之忠着急地在外面狠命拍门，但小跨院里毫无反应，常爷犯了手艺人脾气，他不理睬余之忠了。

当天晚上，余之忠在内府大花厅设宴向常爷赔礼致歉，常爷不喝酒，便以茶代酒，三杯之后，余之忠一副情真意切的神态对常爷说：“常，常……唉呀，这个爷字我就是说不惯，常头儿，白天的事，你别见怪，我知道你的脾气，每年不调理出一只虫王来，莫说是对不起主家，就是连自己都对不起。今年感激你一番辛苦，也该让我余之忠尝尝称王称霸的滋味了，明日蛐蛐会下局，还是一山堂，到时候我抱盆，你下芡，咱两人可是要荣辱与共了呀！”

“之忠放心，我当年如何对待之诚，如今我如何对待之忠。”常爷不喝酒，只吃菜，对于明天的大战胸有成竹。

“听玩蛐蛐的爷们儿说，每日下局的前一天夜里，常、常、常头儿要一个人住在院里修身养性，还要练一番指上的功夫……”余之忠提醒常爷，明日不可马虎上阵。

“这种事，之忠就不必操心了。”常爷依然是诚诚恳恳地回答着。

“此次下局，可是事关重大呀，对手是一位当今权贵的少爷，有钱有势的衙内，他不怕输，无论怎么赢他，都有四万万同胞替他掏钱；咱，咱可是输不起呀，输了便是倾家荡产、卖妻卖女、流落街头……”说着，余之忠目光中闪动出无限的恐惧。

“既这样，我劝之忠还是把这局免了吧。”常爷眼皮也不撩地说着。

“不能，千载难逢的机会，怎么能让他跑掉呢，我只求常、常、啊啊，求常头儿明日尽心尽力，下芡时用到功夫……”

“吃饱啦！”常爷一抹嘴角站了起来，返身就要往外走。

“常、常……”余之忠一步从椅子上跨过来，迎面将常爷拦住，他向着常爷深深地作了个大揖，然后万般信赖地说道：“拜托了，拜托了，事成之后，我有重谢。”

“如何一个谢法？”常爷停住脚步问着。

“由常爷说。”余之忠回答。

“既然如此，我可就开口了。”常爷说着。

“金山银山，在所不惜。”

“我一不要金银，二不要房产，我只为一个人求份人情。”

“谁？”余之忠问。

“之诚！”常爷语声冷峻地说，“听说他母子两个现在住在乡间以贩柴为生，明日一山堂得胜之后，求之忠把他原来住的那个宅院还给他，至于认不认他为手足，那是你们府上的事，我只求给之诚母子一条活路。”

“好说，好说，一切好说。”余之忠一拍常爷的肩膀，军中无戏言，就这样定了。

为了准备明天一山堂决战，夜里躺在小木板床上，常爷已经捻搓熟了九粒赤豆，前三粒捻搓了足有两个小时，小豆在指间觉着发烫了，送到齿间一咬，烂熟如泥，再捻搓三粒，又熟了，又捻搓三粒，又熟了。看看窗外月色，知是进了后半夜，听听院里的虫鸣，也是一阵一阵叫过之后，此时也安静下来了。尽心尽力，不光是手艺人的本分，还报答余之诚的知遇之恩，能把原来那套旧宅院还给余之诚，岂不就成全了一户人家？

昏昏沉沉，常爷已经睡着了，多年的习惯，他临战前夜最后三粒赤豆，是在睡梦之中捻搓至熟的，人睡着，手指不停地捻搓，把手指的每一个骨节都运动得自如，明日上阵下茓，自然要胜于对手。

睡着，睡着，捻搓着，捻搓着，夜色已是愈为深沉了。

“哈哈哈！”突然，一阵狞笑声将常爷从睡梦中惊醒，猛地睁开眼睛，眼前一片刺目的灯光。闭上眼睛，再睁开，似是灯光下有两副狰狞的面色，抬手要揉揉眼睛，被子里的手已经被人紧紧抓住，想动已是动不得了。

“常头儿，常头儿，我估摸着你有一手绝招儿吧。”听这声音好熟，睁开眼睛仔细看，认出来了，杨来春。而在杨来春的身边还站着一个人，不必辨认，他就是余之忠。

已经是不必再去猜测了，余之忠一直不相信常爷会真心为他效力，所以暗中串通了那个成全了他与相好女子缘份儿的杨来春，一定要让常爷相信此番下局也对他至关重要。夜里，余之忠设宴将常爷调出小跨院，杨来春趁机埋伏在个隐蔽地方，待到常爷恍恍惚惚入睡之后，杨来春悄悄打开跨院小门让余之忠进来，二人一起闯进常爷房里掏窝，这一掏窝，果然掏出了常爷的绝招儿手艺，他指间正捻搓着三粒赤豆，杨来春是内行，一层窗户纸捅破，他明白何以常爷调理出来的虫王百战百胜了。

“其实，你杨来春一个人摸进来就是了，何必带着主家。”常爷没有反抗，他反而极是平静地下得床来，有条不紊地穿衣服。

“我一个人摸进来，你说我是偷艺的贼子，一棍子将我打死，连官府都不用惊动；如今有主子在，看你敢动我一根毫毛！”杨来春一副小人得志的神态，不可一世地对常爷说着。

一件件地穿好衣服，再俯身将小木床上的行李卷起来，常爷返身向屋外走去。

“好，够板！”杨来春阴阳怪气地连声赞叹，“不必主家下逐客令，自己知道一文不值了，告老还乡吧。”

“哈哈哈哈！”常爷的背后，传来了余之忠的笑声，“下贱的奴才，你居然敢插手主子的家事，让余之诚东山再起，休想！”

常爷不争辩，不反抗，只挟着自己的小行李卷，一步步地向院外走去。

……

不幸的是，一口闷气，常爷得了不治之症，为求医买药，常爷用净了自己的所有积蓄，最后身无分文寄住在小店里，每日已是衣食无着了。

渐渐地到了冬天，常爷知道自己的大限已近，这时他只有一个愿望，死前见一面余之诚。在小店里和来往的过客询问，终于常爷打听到余之诚母子如今住在吴庄子，常爷还打听到了去吴庄子的路线。一日早晨趁着天好，常爷走出天津，直奔吴庄子而去。谁料，下晌突然下起了大雪，常爷一路疲劳，又迷了路，在林子里绕到半夜，最后体力不支，便倒在了雪地里。

一步一步地将常爷背到吴庄子，给常爷暖过身子，又喂常爷吃了一点米粥，常爷这才将自己这大半年来的经历一五一十地讲给了余之诚母子二人。吴氏和余之诚听着，万分感动，抽抽噎噎地，吴氏哭出了声音。

常爷和余之诚重聚之后，似是遂了人生的最后愿望，心情颇是平静；只是病情急转直下，没几天的工夫，常爷已是奄奄一息了。看着常爷病危，余之诚心焦如焚。爱莫能助，回天无术，余之诚便一时不离地守候在常爷的身边。

“之诚、之诚。”一天夜半，病危的常爷强挣扎着把余之诚拉到怀里，一面抚摸着余之诚的头发，一面老泪纵横地勉强说着，“之诚、之诚，你过来，过来……”

余之诚估摸着常爷是有什么话要对自己说，便将脸颊贴近到常爷的耳边，常爷用力地呼吸了好长时间，最后又睁开眼睛看了看余之诚，这才重重地叹息一声。过了一会儿，常爷强支撑着欠起身子，使出最后的一点力气将嘴巴挨近到余之诚的耳边，嘴巴动了一下，又动了一下，明明是他在余之诚的耳边说了两个字，然后便咕咚一声身子倒下来，常爷最后闭上了眼睛。

“啊！”余之诚惊呼了一声，不是因为常爷的死，而是为了常爷刚才在他耳边说的那两个字。

“之诚，之诚，常爷死了！”一旁的吴氏看见常爷咽了气，忙过来用一方白布盖在了死者的脸上，回身她还推着发呆的儿子，提醒他快为常爷操办丧事。

“啊，啊！”余之诚已经呆成一块木头了，他一动不动地还是傻坐着，半张着嘴巴，瞪圆了一双眼睛，明明是失去了知觉。

“之诚、之诚，你可不能被常爷勾去了魂魄呀！”吴氏哭着，喊着，用力地在儿子的身上掐着，“天哪，护佑着我可怜的儿子吧，我们没得一分福，不存一丝歹念呀！”

尾声

常爷去世之后，余之诚几乎变成了一个哑巴，终日一声不吭，只是默默地做活计。

吴氏是个精明人，她估摸必是常叔临咽气之前对余之诚说了什么不能外传的话，儿子一心只在琢磨常爷的嘱托，世间的事已经是完全顾不上了。

“之诚，常爷死前对你说了什么？”吴氏几乎是每天都要追问一遍，但儿子至死也不回答，他只是呆坐着发愣，有时把一锅的饽饽烤成黑炭，他还傻里巴叽地往灶里添柴。

冬去春来，靠余之诚全身使不尽的力气，母子俩的生活一点点地好转了起来，有了吃喝，缝了几件粗布衣，在吴庄子里又混出了人缘儿，日月已经是又有了光彩。

只是今年余之诚早早地便又做下了养蛐蛐、调理蛐蛐的准备，他除了卖柴种地之外，其余的时间几乎全用在秋天养蛐蛐的事上，也不知他又是从哪里弄来了那么多的罐罐盆盆，就近他又取来了干净的黄土，秋风乍起，“嘟嘟嘟——”余之诚房前屋后的盆盆罐罐里又唱起了蛐蛐的鸣叫，从此余之诚彻夜不眠，精心地侍奉他的这些宠爱。

对于儿子重新玩蛐蛐的癖好，吴氏不加干涉，一次次她还和儿子一起欣赏两只猛虫的厮杀咬斗，余之诚什么事也不回避母亲，调理蛐蛐，制芡子，捻搓赤豆，全是当着母亲的面做，吴氏不鼓励，不阻拦，只是冷眼看着。

果然，时至深秋，余之诚终于调理出了一只猛虫，这只猛虫不仅在吴庄子所向无敌，还把附近十几个庄子的虫王们咬得狼狈不堪。虫王，行家估摸，凭这只猛虫，余之诚今年能横扫天下，闯天津卫，争作虫王，大丈夫，要争气。

这一天早晨，余之诚穿上老娘给他缝制的粗布衣，怀里揣着一只蛐蛐盆，盆里养着他的猛虫，挑着一担柴禾，他又要进城了。

“之诚！”吴氏一声吆喝，把儿子唤了回来。

“娘！”余之诚当然知道母亲为什么唤他回来，当即，他放下柴担，返身进屋，咕咚一下跪在了吴氏的面前。

“将你的蛐蛐放下。”吴氏伸出一双手，要向儿子索回他怀里的蛐蛐盆。

“娘！”余之诚护紧衣襟，几乎是恳求地说着，“血海深仇，不可不报，今天约好下局的正是那个余之忠，他带的把式杨来春。”

“常爷调理蛐蛐的传世绝招儿，早被人家破了，你能用手指将三颗赤豆捻搓至熟，人家也能，你有什么本事就一定会胜？”吴氏极是严峻地问着。

“娘，你看！”说着，余之诚从衣兜里掏出三粒晶亮的珠子，吴氏进过名门府第，一眼她便认了出来，那是三颗珍珠。

跪在吴氏的面前，余之诚将三颗珍珠捏在三个手指之间，手指飞快地捻搓起来，刷刷刷，那在指间旋动的三颗珍珠，随声落下一片粉尘，捻搓着，捻搓着，待余之诚再将三根手指伸到吴氏面前，那指间的三颗珍珠不见了，而地上，却落满了一层粉末。

“娘，这就是常爷临终前的嘱托，常爷嘱咐孩儿，世人只知捻搓赤豆至熟，而常爷百战百胜，决胜一局之前，他要将三颗珍珠捻搓成珍珠粉，为此下芡的手指才更为灵活，自然是能称雄天下。”

“儿呀！”说着，吴氏抓住了儿子的手，立时一串串泪珠涌出了眼窝，泣不成声，她一字一字地对余之诚说着，“他毁我母子的仇要报，咱母子两个也不能总这样清贫，我儿有志有勇，英雄豪气，不白生为七尺须眉，有你这样有志气有恒心的儿子，娘也就别无它求了！”说着，吴氏一把将儿子拉在怀里，紧紧地抱住余之诚的肩膀，大哭出声。

“啊！”一声撕心裂腑的呐喊，余之诚几乎是发疯般地从吴氏的怀里挣扎出来，他伸出左手，紧紧地抓住自己的右手，一阵难以忍受的疼痛使他脸部的肌肉抽搐跳动，从他的右手腕处，滴滴的鲜血流了下来。就在刚才吴氏将儿子紧紧抱在怀里的时刻，突然间一声刺心的声响，吴氏从怀里冷不防掏出一把剪刀，一下子，将儿子右手的食指剪断了。

“娘！”余之诚握着鲜血淋淋的右手，哭喊着又跪在了地上。

“儿呀！”吴氏更是心疼万分，她咕咚一下跪在儿子的对面，将儿子的头抱在胸前，失声地哭着，一声声述说，“不要去下什么蛐蛐局一山堂，咱胜了，他已经败了，儿呀，别怪罪娘心狠，这份荣华富贵，咱不争了。天下由那几个孽障糟践去吧，咱只求平安度日，和他们，咱认了。不争了！”

“不争了！不争了！咱们不争了！我的娘呀！”余之诚在母亲吴氏的怀里，哭得已是岔了声。

……

1993年春，天津

作者附志：

促织之道，博大精深。文中种种叙述，小说家言而已，祈方家切勿追究。捻搓赤豆一事，秘谱中确有记载，但当今之时，蛐蛐咬斗，胜者哈哈一笑，败者不过脸上贴一纸条则罢，辛苦至此，大可不必。至于捻搓珍珠一事，纯系作者杜撰，雅好蟋蟀诸公，万万不可认真。身体发肤，受之父母，惜之，惜之。切切。

寒儒林希叩拜再拜三拜

1993年春，天津

相士无非子

林　希

一

相士无非子，不知其姓氏，更无论籍贯履历，他自称无非子多年，众人也称他无非子多年，久而久之，连他自己都将原来的姓名几乎忘记了。

未描述无非子之前，先要说说相士是一宗怎样的行当；在相士这宗行当里，还要说说无非子是位怎样的人物。

所谓相士者辈，就是相面的师傅，吃开口饭的，靠嘴皮子混事由，干的是耍人的营生。但相士中分上九流下九流，顶不济的，在街头巷尾摆上一张八仙桌，八仙桌上铺一方蓝粗布，蓝粗布向外垂下来的一角，写上相士的名分，譬如什么李铁嘴，杨半仙之类。正铺在桌面上的蓝布中央，画着一幅易经六十四卦图，桌子角上摆着一十六只大圆棋子，一卷翻得飞了边的《易经》，半卷成卷儿，放在棋子旁边，《易经》旁边是一把折扇，一把宜兴小茶壶。这位相士端坐在小方凳儿上，背靠墙壁，面向市街，但不许东瞧西望，只微合双目似在读《易经》，又似在打瞌睡。相士背后，墙壁上一张白布，四尺见方写着一个“诚”字。如是，恭候各位倒霉蛋们光临卦摊。

这类人自称是相面的，其实是臭要饭的。相面也罢，算命也罢，俗称是卜，这“卜”字中间一竖，据说是乞丐探路的竹竿儿，旁边的那个“点儿”，便必是乞丐讨饭的饭瓢无疑。天公有灵，这可不是挖苦诸位神仙们，事情本来就是如此，讨饭的乞丐拄着长竿儿，端着饭瓢挨门挨户乞讨，每到一户人家门外，他必要唱吉祥歌儿，什么大富大贵呀，什么指日高升呀，什么紫气东来呀，什么人畜两旺呀，吉祥话儿听得心眼儿里麻酥酥，一高兴，这才会施舍些残羹剩饭，外搭几个小钱。

也有靠说吉祥话换不来施舍的。你可以想想呀，那些大门大户有钱有势的人家，每日门外讨饭的还不得几十几百？人人都在门外唱吉祥歌，自然也就听厌了，不新鲜了，心里也不激动了。你在门外高唱五子登科，本来是吉祥话里最动听的美好语言，正巧他家女人刚给他生下第五个女儿，你说他恼火不恼火？一块西瓜皮甩出来，不砸破你头才怪。

于是就有精明人儿出来，虽也是讨饭来的，可他站在门外不唱吉祥歌儿。他先怔怔地站上半个时辰，一双眼睛直盯着你家屋檐，盯得主家心里有点犯疑，心想我家房檐儿上有嘛稀罕物什这样惹人注目？正犹豫间，那门外的乞丐突然“啊呀”一声，然后便是深深地一声叹息。不必多费言语，这时主人一定会乖乖地跑出来询问："这位先生，你何以望着我家房檐叹息呀？"

"一言难尽。"那乞丐故作高深地摇一摇头，然后又似是自言自语地说下去，"福兮祸所伏，祸兮福所倚。"

主人一听立时吓得大汗珠子滚了下来，忙上前打躬作揖地施礼哀求，"无论如何，先生也得指出一条逢凶化吉的道路来呀。"

"既如此，主家将尊造呈来，我替你卜测一下吧。"于是主家说出了自己姓什名谁，家住哪里，何乡人士，生于哪年哪月哪日哪时，小时候哪年出的疹子，大了又是什么时候定的亲，妻子又是什么属相，生了个儿子又是什么脾气，如今家里有哪儿桩事不甚遂心，就连家里的骡子马只吃料不下驹儿的事也得如实交待清楚……

"好了。"不等主家说完，卜者已经推算出结果来了，如此这般一番交待，尽管放心，你家不会有什么大灾大难，眼前虽有一罡，但吉人自有天相，最终仍是福禄双全。

赏。

你瞧，这不又算讨着饭了吗？树林子大什么鸟儿全有，有人爱听吉祥话，无论你怎样恭维他，他都自认为当之无愧，你说他是玉皇大帝转世，说不定他心里还觉着委屈，明明他昨日梦见玉皇大帝给他端洗脚水呢。不过不管怎么说吧，反正这号爷听见吉祥话才给赏钱。还有的人爱听吓唬，你得先冲着他啊呀一声，再告诉他大难临头了，把他吓得腿肚子转了筋，然后再用三言两语替他冲了灾，无论要多少钱他都乖乖地给你。自然，还有人爱听骂，你越骂他，他越是全身通泰，骂得越狠，他越是血脉通畅四肢灵活脊椎酥软；自然这也要会骂，骂得太狠了，他真翻了脸，吃不了你也得兜着走。

除了街头巷尾摆野摊，除了走街串巷乞讨之外，还有一帮子打野食的。这等相面的不设摊，没个准窝儿，也不挂幌子，只是哪里人多往哪里钻，穿一件半新长衫，打扮得似个落魄文人，手里握着一把旧折扇，扇面上要有名人的题签，自然，全是假的。看穿戴，看派头，谁也猜不出他是干什么的，一不像生意人，二不像公职人员，反正就是闲人一个，只在街上穷遛。遛过来遛过去，逢到人多时，猛然间一伸手，他抓住一个迎面走过来的什么人物，这人自然全身的晦气满脸的愁容，活像是才遇见了什么倒霉事。不等这个人琢磨明白是怎么一回事来，相面的闲人先开了口：“我看你山根之上阴云密布，五日之内必有大灾；又看你西岳东岳斜纹深陷，或父或母必是重病缠身。总算你出身积善人家，天成全你今日遇上了我半仙之灵，快将你生辰八字呈上来，让洒家替你批上一卦，为你指出明路一条。”

也许这个人真有点什么过不去的关节，当即他就昂起脸来让相士一番端详，再说出生辰八字由他细细地批上一番；也许他本来就正在劫难之中，或是被债主逼得东躲西藏，或是为老爹老娘四处求医，急匆匆本来没时间和他纠缠，为求得脱身之计，便只得逢场作戏说一些捧场圆场的话，只夸他真是慧眼独具，一句话正说中灾祸吉凶。

偏又是闹市里全是些爱看热闹的闲人，不多时里三层外三层早有众多闲人将这二人围在了当中，那相士在人圈中一番卖弄，不知哪个倒霉蛋正想找个人问卜一桩什么别扭事，于是不须多时必会有人拨开众人挤身进来，对着相士一作揖，“先生，请您给我相相。”

这叫直钩钓鱼。

说来说去，这些全算是下三烂，没有名分，不受人敬重，干不成大事业，混不上吃喝，连双新鞋都买不起。这些人白天串大街，夜里睡小店儿，啃着窝窝头，喝的白菜汤，一件作行头的粗布长衫白天穿上逛街，夜里脱下来洗了晾在竹竿儿上，赶上阴雨天，一夜衣服不干，第二天早晨湿漉漉地也得披上，用自己的身子将衣服烘干，所以前半天这等人的肩膀上全往上飘水汽儿。

混出来名分，有了身价，就有资格设相室了，相室大多以相士的姓名为名号，什么万百千相室，赵钱孙相室，名字中透着古怪。更有许多相室有声望，敢于自称是什么士什么人什么师，于是便有了卧龙子相室，柳庄子相室，一弘仙师相室，五岳道人相室，一个比一个邪乎，全都是真人传世，前知三百年，后知三百年，指点迷津，众生普渡。

天津卫，相室云集在两处地方，一处在南市三不管地界，这些相室里的相士大多是江湖出身，譬如原来摆野摊相面算卦，遇见几个人物，救了几场劫难，解了几桩困厄，发了横财，于是便租间临街的门脸小房，自己立了相室。这类相士出身微贱，生来也不贪图有什么大发旺，偶尔闯进来个被追缉的强盗流寇，走投无路之时引导他找了个躲难之处，时过境迁，这强盗流寇又化险为夷，且重操旧业，生意干得发旺了，说不定想起昔日帮助自己逃过了官家缉拿的相士，百儿八十地送上份厚礼，算是对相士的报答。但是发这类飞来凤小财的机会不太多，他们每日便只给来南市闲逛的八方闲杂人等看相算命，这些人没有大富大贵，自然也没有大难大灾，父母久病不愈，生意不甚兴旺，丈夫久出不归，前日夜里做了个恶梦，昨天早晨猫头鹰落在了房檐上，等等等等，全都是三言两语好糊弄的活儿。每日能看上十个人，每人收上四角钱，便可以挣上吃喝，养活一家老小。

能够在天祥商场设下一间相室的，也就有权自称是相士了，这些相士大多过了不惑之年，更有白发苍苍的长者，而且要各有专长。有人以《易经》论世，偶尔遇上个古怪老学究，推门进来不和你论世，只和你说《易》，来龙去脉正本清源你得和对方谈得头头是道，就研究《易经》而论，你得够得上当教授的份儿，否则你何以有资格引申《易经》而论世呢？倘若你自称以星宿论世，候着吧，说不定哪天闯来位西装革履的洋场人物，屁股没沾板凳先和你盘起天文学问，什么天干地支，星宿转移，天王地虎，金木水火土，你要对答如流，不过只管放心，这位西装革履的洋场人物只是个假秀才，他于天文学也只是一知半解而已，真正天文学教授不来这儿和相士找别扭，人家早任职于紫金山天文台夜夜观察星云变幻去了。不过这倒说明了一个道理，没两下子的，谁也不敢来天祥商场的相室。

天祥商场，天津人俗称天祥，是紧靠着劝业场的一处商场，劝业场里卖穿戴卖布匹绸缎，卖日用百货金银首饰。天祥商场卖什么呢？凡是劝业场里不卖的东西，这里全卖。这里有书铺，珍本秘本古书旧书，从宋版毛诗到王云五编的小文库，一应俱全，而且这些书铺还各有一间秘室，专卖春宫、卖淫书，无论什么白话聊斋，金瓶梅画本，让人看了之后三天之内眼珠儿不会打滚儿。到了成立民国社会维新之后，这里又进了新鲜货色，照片，单人的、双人的、单张的、成套的，生意极是兴隆。除了书铺之外，二楼里还有一间连着一间的古玩店，从周口店出土的猿人牙齿到古玩玉器古董花瓶，假货真货一齐混着卖，而且越是假货卖得越贵，一只土窑烧的黑陶罐子，重新刷上一层釉儿，愣一千元银洋当西周文物卖了，而真正价值连城的甲骨残片，却一角钱一包被人买走配药治病。天祥商场的生意，就是在乱乎劲里发财。

天祥商场有画像的，有玩台球的，有茶室，有裱画的，有做风筝捏泥人的，四楼有落子馆，五楼有杂耍圈子，从一楼到顶楼，满楼里跑暗娼野妓，楼道里每一级楼梯上都站着一个娇女子，旁边有一个老鸨娘搀扶，拦住上楼下楼的游人嘻嘻地说着："我家姑娘今日才十八岁，头一天出来混事由。"天祥商场共五层楼，每层楼六十级楼梯，所以每天来天祥商场混事由的，必有三百名十八岁的黄花女子。这天祥商场才真是一个花花世界呀！

同是天祥商场里的相室，又各有贫富之分。最寒酸的，只一间十几平米相室，开门见山，推开门，就正看见相士面朝外坐在桌子后面等你，自己拉只板凳坐下，想问什么事只管道来。有些相室生意好人缘好，相室里常常挤满了人，最多时能有七八位，进去之后要等些时间才能坐下，先要站在屋角里听相士给那位爷细说命相。这时必是相士说一句，那人答应一句，点一下头，连连赞叹相士真是神仙转世，新来的人越听越惊奇，未曾坐下先对相士信服得五体投地，这叫“玩腥儿”，挤在屋里的全是这位相士的亲戚朋友，是“捧活的”，等的只是你一个“大傻冒儿”。这类相室极便宜，问一卦二元钱，能买四十斤白面，能买一双布鞋，梅兰芳在中国大戏院唱《贵妃醉酒》，三楼末排票价二元，视力好的倒是也能看见台上似有小人儿在走动，唱词儿一句也听不见。

稍微阔绰一些的相室分里间外间，推开山门先进一间厅室，有童人献上一杯茶，须等些时候有人从内室出来，才轮到下一位进去。平日里这厅室里少说也坐着有三两个人，新来问卦的人先要彼此扯一阵子闲篇。有分教，关节就做在这里，从相室里出来那个人，其实不是客人，他刚刚是在相室里看《三侠五义》哩，让你在外间厅室坐会儿，几个坐在那里的闲人和你东拉西扯，三言两语就将你要求问的事套出来了，这时一个人走进相室，把你的种种情形告知相士，待到你走进相室，相士一看迎头便是一句：“尊家的二千金玉体欠安呀！”“唉呀呀，我可遇见活神仙了！我正是为二丫头有病来求问神仙的。”倒霉去吧，你早被人家耍了，还蒙在鼓里呢。

这类相室，每卦四元，只是这四元钱花得畅快，眼睁睁人家说得灵验嘛。

相室一处比一处排场，相士一位比一位高明，谱儿最大的，山门上声明每卦四十元，八十元，门前自然冷落，但三天两日能来一个问卦的，收入也不比小本营生少。

无非子相室，四间大厅，第一天来只能在茶室稍坐，用一杯茶，请茶房传个话，求无非子约个时间，好来求问一件事情。第二天再去，进书房，由无非子的书僮接待，书僮者，徒弟也，不外是推托无非子近来太忙，已是一律不见客家了，来人要再三恳求，徒弟见你确有诚意，才答应待相士闲暇时向他透个底儿，也许能抽出半天时间来见一面。第三天再去，要带上四百元现钞，无论相士有没有时间，谢礼我已经送到了，问事之后自然还要重谢。一而再，再而三，看来此事非相士无非子出面卜测已是别无它路，这才约定时间，听无非子一番论说，然后，当面谢过大洋二千元。

我的天爷，大洋二千元能在英租界买一幢小洋楼，什么惊天动地的大事非得听无非子论一番命相、卜测一番凶吉。有！譬如袁世凯登极、张勋复辟、黎元洪作大总统。孙传芳任五省联军司令、张作霖进关……

无非子脑袋瓜子别在裤腰带上、专门吃军阀政客的“饭儿”，你想想，没有这么大的金刚钻，他敢揽这份瓷器活吗？

二

无非子，不知多少年纪，二十年前他在天津设相室论世，一举成名，看容貌就似四十郎当岁的神态，老成持重，阅世广，城府深，胸有成竹。后来天津建起天祥商场，他来天祥设相室独撑门面，看容貌还是四十岁左右年纪，一桩一桩料事如神，名声大振，一时之间哄动京津两地，他的相室由一间至二间、三间到四间，谢礼由八元、十元、二十元、百元，直到千元，再看，他还是四十岁的模样。一转眼二十年光阴过去，如今是公元一千九百二十七年，民国十六年，无非子看上去，还是不满五十岁。你瞧瞧，命里注定，无非子是个神仙坯子。

无非子，中等个儿，不高不矮，精瘦。有人说无非子无论吃什么也不长膘，有人说从来没见无非子吃过饭，每日从早到晚除了嚼槟榔就是喝茶，瘦得脑袋瓜比脖子细，屁股蛋儿比腰细，穿件长衫似一根竹竿挑着一只布口袋，上楼下楼风儿将长衫吹得呼达达响。无非子，相貌极丑，眼眉细，眼窝深陷，一对小眼睛，这双小眼睛瞪圆了比黄豆粒稍大些。有分教：这叫鸽子眼，千里之遥能看见自家屋顶。鼻梁高，圆鼻头，鼻孔极大，呼呼地风出风进似两只小风箱，嘴唇薄，长龅牙，上牙下牙不对槽，说话不拢气，有人说他故意拔掉了两颗门牙，反正这样才更有气派。听力欠佳，是个半聋子，对方说的话听不清，他也不必去听，一是看二是算，心里明亮就行。

无非子动作迟缓，穿衣服，徒弟服侍着先伸进一只胳膊，第二只袖子伸过来，要等天祥商场窗外蓝牌电车开出一站地，才能将第二只胳膊伸进去。一身的毛病，爱擤鼻子，爱擦眼角，爱打哈欠，爱困，爱打瞌睡，而且最大的特点是睁眼时不说话，说话时不睁眼，可能是因为面部皮肤太紧，眼、口不能同时运行。

就这份容貌，就这份神态，就这份德性，二十年来中国社会的风起云涌盛衰成败兴亡胜负，全被他说中了，信不信由你，不如此他也不敢自称是无非子。

中国的军阀政客，人人都养着一位方术之士。行伍的，什么时候出兵？什么时候打仗？走哪条路？渡哪条河？翻哪座山？什么时辰发兵？什么时辰攻城？一切一切全听术士指点。连调兵遣将也要由术士说了算，攻黄土岗，要先派水命人，倘水命将军上去全军覆没，再派火命人，最后占领再派木命人守城，非如此不能获全胜。从政的，收买哪方势力？依靠哪个派系？联合谁？反对谁？出卖谁？一切也由术士说了算，直到后来能不能当大臣，能不能登极，也要由术士卜测，否则一切后果自负。

既然各家养着各家的术士，那，何以又冒出来一个无非子呢？原因很简单，谁家养的术士也不如无非子高明，节骨眼上，还得听无非子的。

……

中华民国四年，公元一千九百一十五年，春寒乍暖时候，一日傍晚，呼啦啦一班人等大步流星闯进了无非子相室。无非子的弟子十五岁的小神仙鬼谷生闻声迎出去，前厅茶室里早坐满了十几个威武的军人，这等人一个个穿黑军衣，佩丝绥带，满面红光，全都是春风得意的神采。弟子鬼谷生吩咐佣人“看茶”，早有四个穿青布长衫的茶房迈着小碎步风儿一般地飘进来，恭恭敬敬，每位爷面前献上一只盖碗。茶房师傅退下，弟子垂手恭立在一旁，只等客人说话。

“你师傅呢？”说话的这位爷大约三十岁年纪，一双精明透顶的黑眼珠儿滴溜溜转。其余十几个人谁也不说话。都坐在椅子上发呆，有的观天有的望地，有的手指头闲得敲桌子面。

经过无非子一番调教的弟子暗中早看出了三分门道，说话的这个人今日要来见无非子，其他十几个人全是保镖的，可见此人有来头。

“尊家来得不巧，我师傅已于半月之前出门，云游苏杭二州去了。”鬼谷生童音未变，沙哑着小公鸡嗓儿回答说。

“什么时候回来？”为首的军人挑着眉毛向鬼谷生问着。

“少则十天半月，多则三年两载。”鬼谷生不动声色地回答。

“啪”地一声，那为首的军人狠狠地拍了一下屁股，转身就往外走，跟来的众人随之便呼啦啦一齐起身往外跑，有机灵的早先窜出一步伸手拉开房门。那为首的军人走到门前，厉声地对他的随从说：“通知电报房，传大总统的命令，着浙江督军立时护送大相士无非子回津，不得有误。”

“是！”震天动地一声答应，这一干人等兜着旋风走得没了影儿。

小神仙鬼谷生将众人送到山门外，不施礼不作揖，只微合双目算是道别，待脚步声消失后他才转身走回相室，将山门从里面锁好，垂下窗帘，穿过里间茶室、相室，这才走进师父无非子的秘室，这秘室因只许无非子和小神仙二人进入，所以人们只称这里是仙洞。

仙洞里无非子正在打坐，似是坐禅，其实心里不静，眼皮儿耷拉着，但眼球儿滚动，一双手掌掌心向上搭在膝头，手指在不停地掐算，再加上微微有些瘪的嘴巴不停地嗫嚅，一看便是用心思虑的样子。

“来了？”待小神仙走进仙洞，垂手恭立靠墙边站好，无非子这才启齿询问。

“来了。”小神仙点头回答。

“是他？”无非子又问了一句。

“没错儿。”小神仙把握十足的语调回答得镇定自信，如此他还怕师父不信，便又详细地禀告说，“走进山门九个，门外站着两个，隔着窗子往外瞟，楼下马路上还有两个望风，明明是十三个人，必定是十三太保没错。为首的军人打扮，穿军衣，不带肩章，明明是没有官衔，保准是袁大总统贴身的马弁随从。临走时放言传大总统的命令，除了袁世凯家里的人，谁敢如此张狂，且又是满口地道的河南话，不是袁乃宽，还会是谁？”

“他果然来了。”无非子的嘴角微微地动了一下，很可能是在笑，他极是得意地摇摇头，又合上了眼睛。

“师父圣明。”小神仙半躬着身子在一旁奉承，“袁大总统要称帝登极，什么六君子十三太保早拉开了阵势，现如今他只差着仙人指点，果然他派来了袁乃宽。”

袁乃宽是十三太保的头头，自称是袁大总统的内侄，其实他和袁世凯家压根儿不沾边。早以先，袁乃宽是河南的一名小无赖，袁世凯奉旨小站操练新军，袁乃宽“卖兵”投奔到了袁世凯的麾下。天生这小子机灵会来事儿，没多久他就以一番讨人喜爱的表演引起了袁世凯的注意，袁世凯检阅新军，他站得最直、胸脯挺得最高、精神头最足。见了袁世凯，别的傻丘八只知立正敬礼，唯有这个袁乃宽一面敬礼一面泪珠儿吧嗒吧嗒往下掉，活赛是走散了的孤儿又见着亲爹一般，这么着，袁世凯便将他选到身边作了马弁。作了袁世凯的贴身马弁，袁乃宽更似鱼儿得水一般，什么时候大声说话，什么时候小声说话，什么时候该和袁世凯靠得近，什么时候该和袁世凯离得远，连什么时候喘气，什么时候眨眼，他都侍奉得没一点挑剔。有一天正赶上袁世凯刚讨了个九姨太心里高兴，他瞅着袁乃宽更觉可爱。“乃宽呀，你如何也是河南人呢？”这一问不要紧，竟使得袁乃宽哇哇地哭出声音，噙着泪水，袁乃宽咕咚一下跪在地上，咚咚咚，就是叩了三个头。“伯，俺知道河南袁姓都是一家，可俺出身贫寒，不敢攀亲，怕沾了总督大人的名分。伯，侄儿知道您老暗中处处关照着小辈，乃宽是个孤儿，即使您老不肯认下我，俺这条不值钱的命也早交给您老了。”

袁乃宽一番哭诉，感动了袁世凯，当即将袁乃宽认作内侄，从此，终日盼着发迹的无赖袁乃宽便算是找到了一个真爹。

袁世凯在民国大总统的宝座上还嫌玩得不过瘾，于是一手操纵便挑起了一场有关国体政体的大讨论。参加这一场大讨论的有前朝遗老，有国学大师，有新派洋务，有翰林学士，更为甚者还有洋博士古德诺撰写长文，断言唯君主政体才于中华国情最为适宜。紧锣密鼓一番喧嚣鼓噪，你想这大相士无非子能看不出门道来吗？

无非子断定：不出一月，袁世凯必来问命，而出面来相室的，又必是这位贤侄袁乃宽。

暗自笑了笑，无非子庆幸自己这几个月没有枉费力气作功课。

算命相面，本来也是一宗大学问，身为相士除每日支撑门面之外，还要做功课。所谓的做功课，自然不会是学生们那样演算数学，或是造句作文默诵诗文，相士们自有自己的功课好做。以易论世的要钻研《易经》，要推算六十四卦，以星宿论世的要观察天象温习星宿学，还有的要研究《奇门遁甲》《十筮正宗》《三元点禄》《麻衣相》等基础理论著作。除此之外，各家有各家的秘传，简的三几千字，繁的万八千字，要一字不差地背诵得滚瓜烂熟，实在也是一宗功夫。

无非子非等闲辈，他讥讽以《易经》论世的宗派为“一经论世”，以一部《易经》何以能包容天下万千世界呢？所以，无非子兼容并蓄，他不仅以易论世，以相论世，他更以史论世，最为难得他以世论世。来相室问命的，只知一个小我，功名利禄，患得患失，总是纠缠不清。相士所以能批得准确，测得灵验，令问命的人心服口服，秘密在相士以大我解小我，世上本无路，万物皆在道中，从大道理窥测人生出路，万变不离其宗，必是料事如神。而无非子的高明，就在于他以无我解大我，以大我解小我，如此，他就是活神仙了。

以史论世，以世论世，以无我解大我，以大我解小我，无非子做什么功课呢？他读书，他看报。读书，什么书都读，诸子百家、二十四史、野史笔记、小说诗词、演义唱本，凡是能搜集到手的书他全读；读报，他什么报都读，申报、庸报、顺天时报、天主教的福音报，以致于连造谣生事的野鸡小报他都读。这一读万卷书，读千种报，他自然比那些呆子相士们圣明了，那些人只知金木水火土，只知什么阴阳五行，只知些天一地二的死知识，而无非子却知道当今政客各依仗着谁家的势力，谁靠着谁，谁吃着谁，德国人如何占着山东，日本人如何惦着东北，谁和谁明争暗斗，谁和谁唱红白脸的双簧戏，谁说媒谁拉皮条谁是拆白党，就连谁家的姨太太勾着谁家的马弁，谁家的公子玩着谁家的小相公，他都知道。凭着这万卷书万般消息，这天下大事岂不是尽在他无非子一人的帷幄之中了吗？

“袁乃宽这个帝寿，居然要代替他乾老天问丙叩经，由我出山一番急打慢千轻敲响卖，准能牵得他涡涡旋。”师父面前，鬼谷生说起了黑话。“帝寿”者，蠢才也，“老天”是爹爹，“问丙”是相面，“叩经”是算命，这套江湖黑话译成口语，就是说袁乃宽这个蠢才，居然代替他乾老子来相面算卦，由我出去和他一阵盘问敲打三言两语准能说得他晕天转地，临走时连门都找不着了。

无非子没有挖苦袁乃宽，他深知这桩事非同小可，和袁世凯这类人打交道，全是脑袋瓜子别裤带上的冒险游戏，一番信口雌黄，最后败家丧命的大有人在。政客兵痞军阀尽管不敢轻易杀相士，但恼羞成怒，你算定他该攻南门，结果正好敌方在南门设下埋伏，十几年带起来的亲兵全军覆没，他不宰你个狗日的才怪。何况这袁世凯又是当今中华民国大总统，还一心想着当皇帝，算定他生来没有帝王的命相吧，莫说是袁世凯，连他儿子都饶不了你；算定他富贵至极、金命龙身吧，自古来没有不完蛋的朝廷，不必无非子推算，尽人皆知，这年月谁做皇帝谁就是往火坑里跳，要想活得长，只吃五谷杂粮；若想死得快，便穿蟒袍玉带。

不相信，你可以亲身试验。

第三天早晨，天津专门传播社会新闻的小报《庸言》报，登出了一则消息："大相士无非子云游苏杭二州，已于昨晚返津，云游途中大相士无非子曾莅临碧云寺拜见智圆大法师切磋经卷，大相士无非子回津后将闭门谢客云云。"

第一份报纸才刚送出去，早晨九点，一辆黑色小汽车停在了天祥商场的后门，这汽车好气派，两侧车窗垂挂着暗色的纱帘。车子停在马路旁边，不见有人从车里走出来，稍候片刻，只见一个瘦瘦的人儿悄无声息地拉开车门钻进车里，"嘀嘀"一声喇叭声响，汽车开走，无非子被迎进了大总统袁世凯在天津的私邸。

袁世凯贵极人臣，平日外出要有秘书马弁武官随从，汽车两旁还要有四十名卫士一路跑步护送，凡是汽车经过的街道，早早地就静街戒严，连临街商店的门窗都要关上。如此这般，一是怕老百姓吓着袁世凯，二也是怕袁世凯吓着老百姓，两厢隔开，彼此都省事。

坐在总统府里，袁世凯更是个人物，身着大总统甲种制服，身上挂满了肩章领章袖章绶带，腰上结着腰带，腰带上挎着腰刀，坐时似钟，立起似松，走路带风，摔倒了砸个坑。

临到如今，袁世凯要请相士来算命相面，便无论什么威风也用不上了。相士代表神仙，神仙只知有上界下界神人凡夫，至于下界还分什么总统府议会厅衙门口公共厕所，那就不是神仙的事了。相面，只看面貌，有时相痣，你说屁股上有颗红痣，明明是坐龙椅的造化，相士不相信，你还得扒下裤子撅腚让人家瞅瞅，不过这也不为丢丑，提起裤子来，人五照样是人五，人六依然是人六。

袁世凯在天津的私邸有好几处，今日接见无非子的地方是五姨太杨氏的大公馆。无非子心中有数，车子才绕了几个弯儿，他就料定如今是去五姨太的大公馆。无非子有心，早在两年之前他就准备要为袁世凯算这一卦，两年的时间他研究袁世凯的命相经历，向一切与袁世凯有交往的人打听袁世凯的日常起居和脾气秉性，所以到了今天，他早成了一个研究袁世凯的专家了。

到底，袁世凯是个非凡的大人物，无非子走进书房，他端坐在书房正中的太师椅上睬也不睬，就似他压根儿没见着有人进来一样。袁世凯身旁站着袁乃宽，在袁世凯面前，他变得乖多了，再不见前日去相室时的那份张狂相。待无非子落座，仆人献上茶盅之后，袁乃宽才将一份写着袁世凯生辰八字的红纸双手送到了无非子面前。

袁世凯威严地坐着，故意抬起面庞，好让无非子瞻仰一下自己的尊容，相面相面，要端详面貌才能说出命相。

谁料无非子从一屁股坐在太师椅上就一直不肯撩眼皮儿，他闭着一双眼睛，活脱是正在打瞌睡，袁世凯等了好久好久，已是等得不耐烦了，便斜视一眼袁乃宽，袁乃宽立即蹑脚轻轻走过去，又轻轻地靠近无非子耳际这才悄声地说："请大相士为上面这位老爷子相相面。"

无非子耳音欠佳，犯起耳聋病来，你就是钻进他耳朵里放鞭炮他也听不见，偏偏此时此刻他内热攻心，无论袁乃宽说什么，他都毫无反应。最后急得袁乃宽不得不在他肩上推了一下，好不容易将无非子推得撩起了眼皮儿，趁着他这阵明白，袁乃宽忙指着书案上的红纸对无非子说："这是生辰八字。"

无非子看都没有看一眼那张红纸，便又合上了眼皮儿，过了好长好长时间，袁乃宽只见他嘴唇似在轻轻嚅动，便忙将耳朵贴到无非子的嘴旁，听了半天，这才传出话来说："相士要正夫人的生辰八字。"

旨意传下来，袁乃宽慌了手脚，给大总统算命，何以索要正夫人的生辰八字？不过神仙的旨意是不能违抗的，幸亏五姨太杨氏有心计，不多时她便将正夫人于氏的生辰八字也写在一张红纸上呈了上来。

"人家相士要得对。"五姨太杨氏退出书房时悄声对袁乃宽说，"既是算大总统能不能称帝，先要算正夫人能不能作娘娘。不是老话上说吗，刘邦本不是帝王之相，只因为吕后是娘娘的造化，这才立下了汉朝江山。"

正夫人于氏的生辰八字也写在一张红色长方形硬纸上，五姨太杨氏将它放在雕花檀香木托盘上交给婆子，婆子交给仆佣，仆佣双手呈给袁乃宽，袁乃宽恭恭敬敬地放在无非子面前。

这次无非子说话了，他将袁世凯的生辰和正夫人于氏的生辰用一方蓝布方巾裹好，站起身来将布包挟在腋下，不施礼不拱手，只冷冷地说了一句："无非子告辞了。"

不容分说，无非子迈步就往门外走，倒是袁乃宽跑上一步将无非子迎面拦住，袁乃宽不习惯地向无非子笑笑，怪声怪调地对无非子说：“好不容易把相士请来，怎么能一句话不说就走呢？”

无非子挥手示意袁乃宽让路，嘴巴嚅动着瓮声瓮气地说：“快去找你家大公子，无非子在相室恭候。”

说罢，无非子扬长去了。

袁世凯摇摇头，对于一个小小相士无非子的傲慢无礼极是不悦，袁乃宽半张着嘴巴光眨巴眼，琢磨不透无非子卖的是什么关子，倒是五姨太杨氏一拍巴掌闯了进来，她挑着娇滴滴的嗓音说道：“着呀，这才真是求上了真神仙。只看大总统一人的帝王之相，相士自然不好说话，常言道：得天下易坐江山难。人家相士自然要看看儿孙辈有没有承继龙位的命相。”

袁世凯点了点头，他抬手捋捋胡须说道：“当年李鸿章李大人得意时，有人见朝廷不行了，便劝李大人称帝取而代之，李大人只笑了笑回答说，你看我几个儿子中有能承继王位的德性吗？无非子说得对，快去将克定找来，让他去相室拜见相士。”

“是！”袁乃宽乖乖地答应了一下，忙下去吩咐找袁世凯的大儿子袁克定。袁世凯家有权有势有财，无论什么天上飞的地上跑的稀罕物什都能找得到，惟独大公子袁克定的影儿不好找。袁世凯虽然还没有当上皇帝，但袁克定早有了大太子的绰号，这位大太子成年累月泡在舞厅饭店花街柳巷里，而且他从不单独行动，无论到哪里都是成帮结伙，大太子不起身，这些帮闲就不许移动半步。举个例子说吧，有一晚大太子多喝了两盅酒，醉醺醺领着一伙人来到维格多利舞厅，音乐响起，大太子酒劲儿上来依在沙发椅上睡着了，一觉醒来已是第二天早上十点，那维格多利舞厅里还灯红酒绿地唱呀跳得正欢呢。再细看那些跳舞的恶少和伴舞的舞女，一个个早累得拉不动胯骨了。

袁克定在一处销魂的所在玩得正欢，听说大相士无非子要给他相面，当即推开前后左右围得水泄不通的漂亮姐儿们，脱掉西装，换上袍子马褂，颠儿颠儿地跑进无非子相室，一屁股坐在椅子上，开门见山，直冲着无非子问道："神仙有话只管说，我若是没那份贵相，我也就不撺掇老爷子那么着了。"

论起想当皇帝的心，袁克定比他爹更急切，他老爹袁世凯好歹已经荣任上了民国大总统，虽说还没有立自家的国号，但已为万民作主，明明和皇帝老子一样了。但大太子袁克定还什么也不是，倘不趁着老爷子这股劲头子撺掇得他建了袁家王朝，待到老爷子归天之后，他就连这大太子的空名分也没了。

难得无非子让袁克定乖乖地在相室里坐了好几天，每日上午两个小时，下午两个小时，无非子一字一句一板一眼地给他相面。

"舜目重瞳，方获禅尧之位；重耳骄肩，才兴霸晋之基。额方阔，初主荣华；天庭高，富贵可期。论相以头为主，以眼为权，头看天中天庭司空中正，八十八、十六。二十、五十七，眉看彩霞，眼看少阳中阳太阳，三十九、三十七、四十一。请问尊家贵姓？"

"姓袁。"

论了半天相，连对方姓什么都不知道，明明卖的是生意口，要把人。没办法，谁让如今有求于他呢，若在平日，早一脚把他踹跑了。

“祖籍？”无非子又问。

“河南项城。”袁克定耐着性子回答。

“当今民国大总统袁世凯项城大人是你什么人？”无非子万般惊奇地问。

“是我爸爸！”

“唉呀！”无非子一骨碌从太师椅上跳起来，呼啦啦将书案上的东西收拢起来，扬着声音喊着：“来人，送客。”

“咦，我说神仙，话才开了个头，你如何就往外撵我呢？”袁克定才刚听到几句大富大贵的吉祥话，自然舍不得就此走开。

“无非子只卜测众生吉凶，从不问天下兴亡。前几日接我去一家大户，我还当是老贤人要求问全家平安，谁料竟碰在军国要人面前。袁公子恕罪，区区无非子不敢妄言国事。”

“唉呀！”袁克定一挥手打断无非子的话。“这又不是让你当参议员，谁是谁非全与你无关。你只管看看我们老爷子的老运怎么样，再看看我这辈子能不能有大发旺。”

无非子似是被说服了，他缓缓地又坐在太师椅上，呷了一口茶，这才又平和地说道：“既然如此，无非子就只论个人福禄，不问江山盛衰了。”

“这就行，这就行！”

这一卦，无非子整整算了二十一天，他先算定袁克定龙凤之姿，天日之表，来日必能济世安民，天生一副皇帝坯子。他又批了于夫人的生辰八字，袁世凯生于咸丰九年己未，属羊，于夫人生于同治元年壬戌，袁世凯生于农历八月，八月羊，草正肥，天赐机遇，一辈子发旺，难得又有位属狗的贤内助，如此已是未羊戌狗永兴旺了。且于夫人的父母又全是龙凤之命，只因为八字中一道“坎”未能得势于天下，因此两位贵命留下一只凤雏，于夫人当有至极之尊。至于袁世凯本人，那就更没的说了。

无非子算定，袁世凯只有称帝一条路可走，而且要登极必得在今年举行庆典，因为今年是卯年，大吉，而且国号要定为“洪宪”，此中的讲究全写在秘折中，只能让袁世凯一个人看。为永固基业，要铸鼎，要制龙衣，钟鼎的讲究、龙衣的忌讳，无非子一一作了交待。至关重要，袁世凯命中注定有一百单八名妖魔兴风作浪，因之龙座背后的屏风要雕出一百单八只葫芦，每只葫芦用来收一个妖魔，御用的瓷器要在河南烧制，要用河南的土河南的水河南的火，清一色藕荷淡红，要以葫芦形态描花贴金，时时刻刻牢记，镇不住一百零八个妖魔，袁世凯就坐不牢江山。

最后，无非子大笔一挥，秘奏袁世凯大总统，一方红纸，两个大字：

九九。

袁世凯迷信，除了实话之外，他什么全信。年轻时有人给他批八字，说他“贵不可言”，他就坚信自己这辈子准有出人头地的一天。在项城老家，有人给他家祖坟看风水，说他家坟地一侧是龙，一侧是凤，龙凤相配，主一代帝王，从此他就认定自己迟早得做皇帝。袁世凯每日午睡后要用一杯茶，专有一个童子每日按时给他送茶，泡茶的盖碗是他最喜爱的一件宋瓷国宝，他自己将这只盖碗看得比九个姨太太加在一起还金贵。活该这一日送茶的童子不走运，自鸣钟打过点，送茶的时刻到了，他端着茶盘就往袁世凯卧室走去，和往日一样，他用胳膊肘将房门轻轻推开，不知怎么的，脚下只觉打了个哧溜，未来得及站稳身子，咕咚一下童子被门坎儿绊倒了。哗啦啦一声清脆的声响，那件宋瓷茶盅被摔得粉碎。

“什么人？”袁世凯午睡醒来，吃吃怔怔还当是闯进了什么刺客，一声吆喝，将跌倒在门里的送茶童子吓得全身发抖。

命丢了！送茶的童子知道闯了大祸，袁世凯倘发火恼怒了，非得将他脑袋揪下来不可。到底这童子是大总统私邸当差多年练出来的精明，他顺势伏在地上，全身抖得似筛糠，一双手抱着脑袋，闭紧一双眼睛，只大声地呐喊着：“龙！”“龙！”

袁世凯闻声走过来，看见伏在地上喊龙的童子，又看看摔得粉碎的宋瓷茶盅国宝，莫名其妙地问道：“什么龙？”

“我，我……”那送茶的童子依然伏在地上闭着眼睛回答，“一条青龙盘在屋梁上。”

袁世凯回身望去，果然自己卧室的屋梁上画着白云游龙的花饰，莫非这画上的龙真的显灵了吗？

“那是画的龙！”袁世凯半信半疑地说。

“是真龙，身子盘在屋梁上，一对长须子摇动着，龙尾还摆动呢……”

“哈哈哈！”袁世凯笑了。

那件宋瓷茶盅国宝摔碎了不但没有问罪，那摔碎茶盅的童子还得了四枚金锞子的赏赐，奖赏他一双童子真眼看见了龙形……

所以，如今袁世凯看见无非子呈上来的“九九”密折，认定这皇帝的宝座坐牢了。袁世凯忌百，盈则亏满则溢，“百”不是个吉庆字，“百年”者，翘辫子也，唯九九是大吉大顺。一切照无非子的推算去做，一步一步，袁世凯终于踩着无非子的家伙点儿走起了台步。

轮到袁世凯身穿龙袍，天坛祭过天，登极称过帝，封了文武大臣的爵位，立了正宫东宫西宫妃子贵人，立了皇太子，接受了百官的朝贺，你想想，他能薄待了相士无非子吗？

用这笔钱，无非子在英租界买了一幢小洋楼，又从皇后舞厅买出来一个时髦走红的姐儿宋四妹，将余下的钱存入英租界汇丰银号，吃喝玩乐，他才真过上皇帝老子的日月了呢。

后来呢？后来袁世凯完蛋了，袁世凯倒台那天，《庸言》报头版头条登载的文字是：

“无非子料事如神……”

人家相士无非子早就断定了，有密折为凭：九九。

九九者，八十一天也，袁世凯只能当八十一天皇帝。

三

无非子天生是做相士的坯子，用维新词汇，算得上是一位天才。

无非子祖辈的功德，已是无从查考，据他自己记忆，在他五岁时就去世的老爹是个忍气吞声的窝囊人。无非子少时家境贫寒，父亲去世后，寡母靠给绿营缝军衣度日。无非子记得那时的军衣不似今日各位北洋英豪统领下的兵士们穿的制服，那时的军衣就是黑布对襟的大长袄，前襟是一排布纽扣，背后有一个斗大的“勇”字。每天要缝七八件军衣才能挣上吃喝，无非子记得他母亲就是白天黑夜不停地缝。一天早晨，无非子睁开眼睛，只见屋里黑朦朦，油灯儿早灭了，可母亲仍盘腿坐在炕角里，一手拿着一件军衣，一手捏着针线，人依墙坐着，眼睛微微地合着。无非子孝顺妈妈，见母亲彻夜不眠，便心疼地想给妈妈披上一件衣服，谁料他凑过身子仔细一看，原来妈妈早不知什么时候断了呼吸。

从八岁开始，无非子到一家茶楼作小伙计，给客人端茶送水。

转眼间，无非子到了十四岁，一天早上，茶楼里来了位客人，小无非子恭恭敬敬地迎上去，引客人坐在一处清静的角落里，送茶送水寸步不离。客人才咂了一口茶，小无非子便将热腾腾的手巾送上来，客人才擦了脸，他又将杯中的茶水续上。客人说：“你忙去吧。”他却执意不肯离开寸步，只是围着这位客人团团转。

这客人一盅茶一盅茶足坐了半个多时辰，无非子又送上来蜜果、瓜子，给客人享用。眼看着临近中午了，茶楼下传来盲人算命先生敲打手锣的当当声，小无非子闻声匆匆跑下茶楼，不由分说，拉过盲人算命先生的马竿，直引他走上了茶楼。一句话也没说，小无非子将这位算命瞎子让到只呆在茶楼角落里用茶的客人对面，给算命瞎子送上一盅茶，便远远地离开了。这时茶楼里陆陆续续来了许多客人，小无非子将这些客人全引到远处的座位上，那角落里只有那位早来的茶客和算命瞎子。

没过多久时间，小无非子又走了过来，他搀扶着算命瞎子站起身来，送他下楼，送他走出茶楼，这才又返身上楼回到茶楼里。

“店家掌柜。”那角落里的茶客此时已用过茶，正准备起身下楼，他扬手将茶楼掌柜召唤过去，向掌柜问道：“这少年是你什么人？”

“是俺茶楼里小力笨。”掌柜恭恭敬敬地回答。

“你放这少年跟我走吧。”那茶客说着就从怀里掏出一只金元宝放在了桌上。

“那俺就缺了个帮手。”不过掌柜看见桌上那只光灿灿的金元宝，便对缺个帮手不那么计较了。“若是喜爱，你只管领去，这后生倒是机灵，只是命苦些。”说着，掌柜忙将金元宝抓过来揣进怀里，唯恐这位不知来历的阔佬再变了主意。

那茶客将小无非子领走，穿街过巷，竟走进了威严堂皇的府衙门，走进门来众差役、师爷忙向这位茶客施礼，原来这茶客就是新来的道台老爷。

“小力笨过来，我且问你。”道台大人换上官服，将小无非子唤过去，无非子忙叩头拜见，然后笔直地跪在了道台大人面前。

“小民冒犯大人，罪该万死。”小无非子诚惶诚恐地乞求大人宽恕。

“小力笨，你今日何以在茶楼对我百般侍奉，莫非你对所有的茶客都这般精心吗？”

“回禀大人的示问，小力笨若是对人人都这样周到，那岂不要活活累死？”

“你何以对我格外尽心呢？”道台大人又问。

“因为您老是道台大人呀！”小无非子不假思考地回答。

“我才到任三天，且又是微服私访……”道台大人以一种极是喜爱的目光望着小无非子，想问清楚他究竟怎样看出了破绽？

“早上，茶楼刚刚开门，您就匆匆走上楼来用茶，此时此际，无论是商贾或是士人，全不是用茶的时候，所以您走上楼台，我就格外当心。凭我素日的体验，茶楼清闲的时候，茶客想找个临街的地方闲坐，一是用茶，二是凭窗瞭望，也是消磨时光；可您上楼来目光一番巡视，却偏往那僻静处注意，我自然就引您老找了个最僻静的所在。”

“倘若我是性情孤僻的隐士呢？”

“那我只要将茶送过去，也就可以走开了。”小无非子颇是得意地回答着。“可是我见您身子才在椅子上坐稳之后，不由自主地双脚竟悬了起来，悬空后踏了一下，没有踏到垫脚的木垫，这才双脚落在地面上。您想，除了坐堂的大老爷，谁有坐定身子抬脚寻踏垫儿的习惯？”

“哈哈。”道台大人开心地笑了，“果然是一个伶俐的少年。”

"光见您悬起双脚寻踏垫，我还不致如此精心侍奉，倘您是个退隐的官员，不也是悬脚寻踏垫吗？"

"说得有理。你又是怎样看出我正在位上的呢？"道台大人更深一步究问。

"我将茶盅呈上之后，您只轻轻地咂了一口，然后举起茶盅从肩上向后递过来，这就非同小可了，我断定侍奉您老用茶的人必时时站在您老人家的宝座后面。倘不在位上，即使有家丁仆佣，咂过茶后也会将茶盅放回案上的。再一想，茶楼里早议论新大人三日前到任了，我料定您必是微服私访的新大人无疑了。"

"啊呀呀，果然是神童也，快、快站起身来回话。"道台大人高兴地赞叹不已，小无非子叩头谢过恩典之后，便恭恭敬敬地站起身来。

"侍奉您老人家用茶的时候，我就暗自琢磨，道台大人微服私访，来这茶楼里访谁呢？倘要询知民间疾苦，该要等到下晌茶楼满堂的时候，那时茶客多，七嘴八舌，从中自能得知一些民情。可此时此际满茶楼只一个人，道台大人想访什么呢？"小无非子自己询问自己，然后又斩钉截铁地自己回答说，"来这里等人。"

"又让你猜中了。"道台大人又点点头。"可是，你如何就知道我等的人就是那个盲人算命先生呢？他可是只敲着手锣在街上走呀。"

"盲人算命先生敲打手锣是为了招揽生意，他必是缓缓地敲慢慢地走耐心地等待有人招呼。可这位算命先生敲打的手锣声竟风儿一般急匆匆愈响愈近，可见他唯恐被人拦住拉走，只是将手锣作为暗语，告诉那等候他的人自己来了。您想，我不下楼将他引上来，岂不是白侍奉您这大半天时光了吗？”

“哈哈哈哈！”道台大人笑了。“赏！”一声命令，按照惯例，小无非子得到两串大钱的奖赏。

从此，小无非子侍奉在道台大人的身边，他开始识字读书，并跟随道台大人阅世，三两年间，凭借他非凡的天资，他也成了个不入流的小秀才了，凡是道台大人读的书他全读，道台大人无论做什么事都瞒不过他。他竟似药铺的伙计一样，站几年柜台，耍几年戥子，无师自通，他也能开几副药方了。

不知道犯了一桩什么案子，皇帝老子发落下来，道台大人被罢了官，被抄了家，抄得寸草不留，不光抄走了金银细软，连屎盆子尿憋子都一股脑抄走了，最后几辆木栅栏车，哭爹唤娘装走了道台大人的老婆孩儿，按理说本应该灭门问斩斩草除根的，后来因皇帝老子开恩，便将前道台大人的宝眷插上个草标儿卖到旗里作奴才去了。前道台大人自然要杀头弃市的，偏偏行刑那天，不知皇族里哪位杰出的人物居然出水痘能够开了花，戒杀。因为皇族的凤雏龙子们大多闯不过天花这一关，一个个白忙活半天，最后都断送在这可怕的“家病”上，这么着，当朝的老祖宗颁旨，赦免，凡是今日行刑的死囚一律免死，谢主隆恩，前道台大人白捡了一条命。

五年之后，皇帝和老祖宗先后归天了，三岁的小皇帝继位，摄政王们锐意纠正前朝弊政，查到前道台大人头上，虽不给以平反，但总也算处罚过重，糊里糊涂放出来，只是老婆孩儿找不到了，便让他设法自谋生路。到底，小无非子忠心不改，从此他又和老恩人团聚相依为命，两个人同舟共济度苦日子。

前道台大人身无一技之长，作官的时候会吓唬老百姓，会整治老百姓，会打老百姓的屁股；轮到他成了老百姓，他就只能靠糊弄老百姓，耍把老百姓糊口谋生了。这位前道台大人凭借着自己当年研习《易经》的独到见解，凭借自己多年来的一点点特殊喜好，再加上当年审案时差役们抄家呈送上来的许多单传密本，以及在位时审理案犯听那些欺世之徒的种种招供，无须求师，挑起一面旗儿，前道台大人作了江湖术士，从此更名为嵩山道人，操起了相面算命的营生。这位嵩山道人因为曾混迹过官场，且又是科举出身，所以他专门给求功名的儒生和求利禄的官员相面算命，而且他既精易课，又善潜虚，所以无论是相人论世，保证字字灵验。

原来的一名小京官奉旨调任福建，走马上任前找到嵩山道人求问指点，嵩山道人一番卜测之后批下来两句话："山上大虫任打，门内大虫休惹。"这位新官心领神会，到了福建凡是当地有权势的地头蛇们一概不敢触动，因为门内大虫者，闽也，休惹，就是得顺着他，天高皇帝远，在当地是他们的天下。山上大虫，草寇也，新官上任三把火，抓几个草头王振振官威，从此便和门内大虫们一起欺上瞒下作威作福好了，保证稳稳当当。

还有一次，一个刚刚捕到的刺客越狱跑掉了，皇帝老子大怒颁下圣旨，着地方官三日内必须缉拿归案，否则要这位地方官以自己的脑袋抵数。这位地方官自然舍不得自己的脑袋，便顺势将嵩山道人一道牙牌抓来，命他三日内必须算出这个要犯逃向何方潜在哪里，卜测不出来，判你这些年欺世诳世，将你和你徒弟两人的脑袋一同揪下去，折合成本地方官的一颗人头交差抵数。嵩山道人要过逃犯的生辰，真真假假地掐算了半天，最后领着两名差役走了。走出城来翻山越岭，最后来到那个逃犯的家乡，嵩山道人在村里转来转去，只见一位老妇人依在门槛旁一双眼睛紧盯着一处池塘，嵩山道人再顺着老妇人的目光向池塘望去，又只见池塘里一片荷叶在轻轻晃动，当即嵩山道人作了个暗示，两名差役哗哗跳下池塘，呼啦啦从水里揪出一个人来，这人满身的泥泞，头上顶着一片荷叶。不容分说，两名差役上去就绑，咕咚一声，那老妇人跑过来跪在了差役面前，二位大人手下留情，我儿是报杀父之仇呀！

嵩山道人，就这么大的道行。

跟着嵩山道人混世，与其说是小无非子侍奉师父，不如说是嵩山道人感谢小无非子的不忘旧恩，嵩山道人只管卖弄玄虚，小无非子包揽了台前台后的全部角色，而且还得操持生计，否则嵩山道人连饭都吃不上。为感激徒弟的一片真情，嵩山道人把自己全部的学问都传给了他，此中不仅给他讲经史子集，更传习给他易学，给他讲《十筮正宗》、《三元点禄》等等成套的相书。最最看家的东西，嵩山道人当年办案时抄过几处江湖术士的老窝，扒屋掘地，他得到了三册秘传的真本：《英耀篇》《札飞篇》《阿宝篇》。三册秘传真经全是黑话，前道台大人就给犯案的江湖术士戴上枷，一面用刑一面逼他们讲解。果然，杠子下面必能压出真话，江湖上的传家玩艺全让作官的知道了，江湖术士只知糊弄百姓，官员们一旦变成了方术之士，就能连老百姓带皇上一起糊弄，你说说这中华古国能不兴旺吗？

嵩山道人传授真经，必在夜深人静之时，那时嵩山道人和无非子面对面坐着，嵩山道人说一句，无非子默记一句，嵩山道人讲一句，无非子明白一句。因为这三篇真经要字字记在心间，决不能似读书人那样录在纸上用时翻阅。

“急打慢千，轻敲而响卖。隆卖齐施，敲打审千并用。十千九响，十隆十成，敲其天而推其比，审其一而知其三……”

讲的是征服对方的手法，相士给一个人相面，其实对这个人什么也不知道，不要紧，“急打慢千”，用话套话，“我看你满面暗晦之色，这一年之内你必遇到过大事吧？”对方不由长长地叹息一声，好了，这就算咬钩儿了。

给小百姓们相面算命，多不过是算算父母的寿数，或者是命中有没有子息，再就是吃了官司如何逃脱。最难的是给朝廷算命，算一算本朝的江山还有多少日月，说穿了吧，算一算什么时候亡国，这可就非同小可了。

嵩山道人就被这样一课难题累死了。

德宗归天，溥仪继位，到了宣统年间，国内已是一片大乱了，列强霸占中国飞扬跋扈尚且不说，各地各省已是今日这里起义明日那里倒戈，消息传来或是光复会成立或是革命党发动暴乱，满清朝廷已是岌岌可危。京城住不下去了，江山没什么指望了，王公贵族便各打各的主意，有的到天津租界地来买地皮盖公馆，有的索性将财产转移到蛮夷之邦，准备一旦到了树倒猢狲散的时候逃之夭夭。可是这些人又怕自己看不准，倘一时乱了方寸，小不忍则乱大谋，早逃走一天，趁乱乎劲就少搂不少的便宜，谁都想作最后一个收底儿的人。于是不约而同，你也来我也来大家一同找到嵩山道人头上，让他给当今的朝廷算一命。

这可真难办了，朝廷的事谁能说得准？明明看着不行了，不知怎么一鼓捣，他又对付几年，百足之虫尚且死而不僵呢，何况堂堂一代江山？可这万世昌盛的保票又谁也不能开，有时候明明瞧着能要把一阵子的，偏偏他又玩不转了，谁也说不准是怎么一当子事。

天逼着小无非子年纪轻轻就要成大事业。嵩山道人应下这一宗生意，自然很是收下了一笔钱财，他立即用这些钱买通许多人去关外各旗寻访他的妻儿，妻子寻不到了，带回来的消息说发配的路上寻了短见，独根苗的儿子找了回来，父子俩重逢时抱头痛哭，为逃避官家追究，那儿子连夜便带上嵩山道人的所有积蓄匆匆逃匿他乡隐名埋姓苟且偷生去了。嵩山道人办完自己残年要了却的唯一一桩心事，正想安下心来正儿八经地算一算大清朝廷什么时候亡国，不料，一天早晨他死在了被窝里。

无非子想跑，但他师徒二人早被人看住了；无非子想推托师父去世，自己又无力道清这课命相，那就要退出成千上万的银子，自己还要落个流浪街头。更何况这课命相推算出来，还有一大笔的收入，刀山要上，火海要闯，无非子放言师父去世前已作了许多交待，还要几步流水，批字就出来了。

转眼间到了宣统三年，公元一千九百一十一年，无非子示出了两句批字。第一句：得之者摄政王，失之者亦摄政王。第二句：得之者孤儿寡母，失之者亦孤儿寡母。

王公贵族们得了这两句批字，便各打各的主意去了，一时之间瑞士各个银行来自中国的存款激增，各租界地的地皮价码暴涨，大家心领神会，没指望了。

果不其然，未出半年，宣统退位，大清朝亡国了，完了。

何以谓之曰：得之者摄政王？吴三桂引清兵入关，率兵入主中原的是多尔衮，多尔衮是摄政王，是他得的天下。失之者摄政王，溥仪当朝年仅三岁，朝政里的事全由载沣摄政，清室退位诏书就是隆裕太后和他最后商量后颁布的，这岂不是失之者摄政王吗？

第二句，得之者孤儿寡母，那是指多尔衮入关至燕，从北京城打跑了李自成，他自己不能称帝，便迎请世祖母子入京，天下就到了孤儿寡母手里。失之者孤儿寡母，溥仪和隆裕太后，不正是孤儿寡母吗？

无非子一炮走红，一亮相便作了大明星。

四

无非子这几年得意，趁着北洋军阀混战天下大乱，他很是发了大财，有人估计他如今的财产总值不低于国务总理大臣。他有了钱除了挥霍之外，也学着有脸面的人物那样存进了外国银号，只是他比所有的人都聪明，别人只在外国银号开帐户，他则租保险柜，他将自己赚的钱买了些瓶瓶罐罐名人字画，然后送到外国银号地下室的保险柜里。无非子说莫看这些东西如今只被当作破烂儿摆在地摊上，将来有一天世界上找不着中国了，这些古董字画就是中国，如今一轴宋人山水不过是一双布鞋的价钱，来日就是无价宝，骑驴看唱本，走着瞧吧。

发了财还不能抽身不干，你想洗手，世人还舍不得你，所以依然设下大大的相室，每日坐阵天祥商场等大生意。每日来天祥商场闲逛的人成千上万，谁也不敢进无非子相室的大门，天津人都知道，无非子是活神仙，只推一下山门，就是大洋二百元。

门可罗雀，但门内热闹，无非子相室终日高朋满坐，就是靠这几个朋友，无非子才敢垂直钩钓大鱼。

每日来无非子相室闲坐的有四个人，这四位大人先生均非等闲之辈，有必要在未涉及麻烦事端之前，先作些概略的介绍。

无非子相室的首席贵客是绰号哈哈王爷的德王爷，这位王爷三十岁的饭量，五十岁的精神气，七十岁的年纪，很可能不会说话，一生没使用过几个词汇，只是放声哈哈大笑，有人说道："如今这世道么……"德王爷便仰过身子哈哈大笑，有人讲起东洋武夫西洋兵舰来，德王爷又是哈哈大笑。你说吴佩孚，他哈哈笑，你讲段祺瑞，他也哈哈笑；你说神驹蛟龙，他哈哈笑，你说屎壳郎虱子臭虫，他也哈哈笑。反正这位德王爷就是只会笑，久而久之大家便只称他是哈哈王爷了。

第二位贵客是布翰林，这个布字原不在百家姓，据说他祖辈上是旗人，如今依了汉姓，还有人说他原就是汉人，后来投身于旗籍。布翰林是位背景十分复杂的人物，在天津作寓公，他貌似一位隐士，但在关内关外，他还很有些名声，无论是官场、军界、民间都视他为社会贤达，兴参议会时他被选为参议员，兴民意厅时他作过民意代表，他永远代表民众参加选举，他一举手就是法律生效，他一吃肉就是民心顺畅，所以对此公切不可等闲视之。只是这位布翰林终生不使用自己的词汇，无论你上句说什么，他都以一句诗文作答。你说翰林今日何以来迟了，他便答道："睡觉东窗日已红。"典出于宋人程颢的诗："闲来无事不从容，睡觉东窗日已红。"你赞扬老翰林一生清高，他便自诩是"看尽人间兴废事，不曾富贵不曾穷"。他爱喝酒，"唯有饮者留其名。"半夜回家路上一个人害怕，他也有诗："狗吠深巷中。"源出于陶渊明《归田园居》。

第三位贵客，青皮混混左十八爷。这位左十八爷最是斯文，终日衣冠楚楚，长袍马褂黑纱帽翅礼服呢布底家做便鞋，坐有坐相，站有站相，一举手一投足都有板有眼。见了文墨人，凡是具有小学毕业文化水平以上的，均称先生，而且要拱手施礼，先生要先坐下，他自己才肯坐下，和先生们说话不能带一个脏字，对妈妈姐姐之类女性亲属一律不得稍有辱谩。见了粗人，他比谁都粗，敞着怀，一只脚蹬着凳儿，从妈妈姐姐骂到姥姥舅娘，稍一动怒，脱下大袄狠狠摔在地上，软家伙硬家伙都能陪你耍一阵子。左十八爷有许多优点，其中之一是不惹事，从来不主动寻衅闹事，走在路上被人踩了鞋帮，他自己俯身提起来继续走路，遇上混星子见他乖乖自己提鞋，还要撇着嘴巴问一句：“愿意吗？”他还是不答腔。混星子还是欺辱人，又过来故意在另一只鞋子上踩一脚，左十八爷仍然面无愠色，再一拳打过来：“今日爷欺侮的就是你。”忍让不过三，左十八爷骂一句“小王八羔子”一拳挥过去，少也要砸断你三根肋条。

无非子相室的第四位常客，《庸言》报主笔，报混子刘洞门。刘洞门神通广大，消息灵通，天下没有他不知道的事，没有他不能成全的事，也没有他不能拆台的事，这类人，俗称混世魔王。拆白党，集社会贤达与社会渣滓于一身。平白无故登一则新闻：聚合成饭庄夜宴，金融巨子赋诗。不过是造了大通银号董事长一点小小的谣言，说他在段祺瑞下榻的春湖饭庄例行的夜宴上即席赋诗一首，以表示对皖系力量的信赖。好了，第二天大通银号抢提存款的市民挤得水泄不通，只半天时间就提光了全部存款，直急得大通银号董事长开着汽车满天津卫找刘洞门，五千元大洋求他再发个消息说昨夜一首打油诗只不过是恭维某位小姐的非凡姿韵，与连吃败仗的皖系势力毫不相干。

有了这四位好友，相士无非子稳坐在无非子相室里就没有得不到的消息，没有探不明的幕后活动，也没有办不成的事，没有说不圆的理儿，再加上弟子小神仙鬼谷生穿针引线，还有交际花宋四妹暗中辅佐，无非子还能不是神仙吗？

无非子相室白日悄无声息，只有苍蝇在窗玻璃上懒洋洋地爬，下午四点相士无非子午睡醒来，走出相室和毗邻的几位相士同行寒暄几句，然后便又隐进相室再不见踪影。入夜十时，几位贵客相继光临，泡上酽茶，天南地北海阔天空好一阵穷聊，翰林谈史，混混论世，王爷哈哈笑，刘洞门满嘴食火胡说八道。午夜十二点，翰林累了，乘自家包月车回府休息，余下无非子、混混左十八爷、刘洞门和哈哈王爷，正好东南西北四门，摆好八仙桌，拉开方城之阵，四个人打起麻将牌。麻将桌上，哈哈王爷输的钱越多心里越美哈哈笑得越爽朗，左十八爷无论输赢都将牌在桌上摔得震天响，刘洞门玩的是摸牌，一张牌抓过来，要在手指间摸来摸去，摸得没有半点差错，无非子呢，眼睛盯着自家门前的牌，耳朵听着众人的话，心里琢磨着自己的心事。

“到底是张大帅的兵马厉害呀！”麻将牌桌上的局势稍事平稳之后，刘洞门又想起了不稳定的政局。“阎锡山的兵守着家门口竟吃了败仗。”

“五条！”混混左十八爷重重地将一张牌摔在桌上，随之将门前的牌呼啦啦推倒，“我‘和’了！缺一条，砍五……”他一张一张地数着牌，为自己的胜利论定等级。

众人无心看他的牌，只稀里哗啦地又洗起了麻将，摆成方阵，一对一对地抓起来。

“张作霖这两年正是红火。”无非子抓着牌讨论起来，“你瞧他的面相明珠出海，龙脑凤睛，很有几年好日月。”

“阎锡山相貌也不凡呀！”刘洞门和无非子争辩着，“我看他比张作霖更有帝王相。”

“阎锡山明珠出海未出海，他盘踞山西，离着日本人的势力太远，这一点他的命相就不如张作霖。所以如今奉军和晋军交上火，奉军旗开得胜，晋军溃不成军。”无非子对兵家的火并争夺了如指掌，一时之间说得来了兴头。“你瞧，张作霖本来派下一个军长去丰镇检阅军队，车过大同，阎锡山的军长以为是发下来夺地盘的兵马，糊里糊涂两家就在柴猪堡交上了火，偏赶上张作霖的军长火力壮，三下五除二就把阎锡山的军长打败了。暗中我给这两家测过，张作霖的军长姓柴（荣），两火攻木，地在柴猪堡，当然要打胜仗。”

“有理，有理。”刘洞门连声称赞。

“阎锡山偏派了个袁军长守柴猪堡，不吉，木以克土，土命人何以守得住这地方呢？”无非子得意地说着，“啪”地一声，他摸到一张东风，狠狠摔在桌上，他赢了。

“不出三日，一定有人来找你相面。”刘洞门双手洗着麻将牌说着。

“张作霖的荣军长巧取柴猪堡，当然勾起了武夫的野心，回关外路过天津，一定要找个地方问问今后的运气。”

“狠狠敲他一杠，打胜仗发了洋财，兵家常说，攻下一关，胜过得一金山，要不他们怎么会打得这么来劲呢。普天下顶顶发财的生意，就是打仗，没本万利。”

“哈哈哈！”哈哈王爷笑了，他门前的钱钞早已输光，此刻正从衣兜往外掏钱呢。

搓过四圈麻将，哈哈王爷净输大洋二百，其余三家分别赢得大洋七十、六十、五十不等，四个人伸着懒腰，打着哈欠，看见屋角里的德国大座钟，已是清晨六时。这时徒弟小神仙鬼谷生已从天祥后门外的店铺买来鸡蛋煎饼馃子、锅巴菜、小枣黍米饭、炸糕、大麻花，四位爷由佣人侍奉着洗过脸，用过茶，坐到外间茶室开始用早餐。早餐用过，哈哈王爷累了，由佣人搀着有气无力地先走一步，左十八爷恰好今晨有个约会，杨庄子外要去会会朋友，双手抱拳告辞了。刘洞门自然要去报馆，笑眯眯地走了。

麻将桌旁侍候了整整一夜，佣人们分过“头儿钱”各自回家去了，无非子相室只剩下了无非子和鬼谷生二人。按照每日的习惯，每天早晨是无非子和宋四妹会面的时间，无非子要去英租界为宋四妹买的小洋楼里舒舒服服地睡一觉，下午三点才会再回天祥坐相室。鬼谷生侍候师父穿戴停当，送师父先出内室，茶室，外室，才伸手拉开相室大门，正等师父迈步出去，不料噔噔噔一阵马靴声，兜起一阵黑风闯进来了一个赫赫然不可一世的人物。

“相士不会客。”鬼谷生抢先一步迎上去，想把这个鲁莽的汉子推走，不等鬼谷生伸手，早一左一右走上来两个军人，一人一肩膀便将他远远地抗扛开了。

这时，无非子和鬼谷生才看见，相室门外早齐刷刷站着四名军人，威武的黑军衣，武装带，亮铿铿大马靴，屁股后面别着盒子炮，盒子炮下垂着红缨坠儿。无非子出于职业习惯，一眼便断定是奉军的打扮。

陪同这个莽汉走进相室来的两个少年军人，自然是随身的马弁了，两人全是二十岁上下的年纪，英俊、骄横，上衣口袋挂着金怀表链，裤口袋露出一点粉红手帕，表示自己既是长官的通信兵，又是长官的宠幸，白净脸洗得干干净净。

气势汹汹站在屋子中央的莽汉，没有穿军衣，一件青色软绸长袍，藕荷色缎子马褂，不像士绅，又不似名士，土不土洋不洋，脚上穿着昨晚上才在天津卫买的英国绅士包头儿黑皮鞋，看得出来，皮鞋上没有一丝皱纹。再端详这人的长相，更是奇丑无比，他脖子比脑袋粗，腰比肩头粗，腿比腰粗，明明是干庄稼活累出来的一把硬骨头架子。但他发了大财，保准是当土匪时干过大营生，眼睛发直，目光呆滞，黑眼球儿一动不动，鼻孔炸着，呼吸粗声粗气，看得出来是杀人杀得红了眼，必是才从沙场上下来的屠夫。

“哪个是相面的师傅？”莽汉操着关外口音，不等回答，一屁股坐在了太师椅上，两个马弁随即站在左右，个个拉好架势，随时准备还击意外谋杀的刺客。

“问命相面要到下午。”鬼谷生抢着回答。

“我没有那份闲工夫。”莽汉一股不讲理的野蛮腔调，“在这疙瘩换车，就他妈半天时间，抓空儿给我相相面。”

“我家师父从来不接待匆忙的过客。”鬼谷生尽力和莽汉拖时间，他知道这一关是闯不过去了，来人如此气粗，必是个顶顶混帐的人物，惹不起便只能百依百顺，只是多给师父一些时间，让他好仔细端详端详来人，到时好百说百应。

“我给他钱！”莽汉一扬手，两千元现钞拍在了桌上，“算灵验了，我还有奖赏，拿下块地盘来，我封他去作县长。”

“既然尊家有所求问，也要先将生辰尊造送上来，容我家师父细细批阅，三月之后才能论命。”

“瞧你说的也太邪乎了，哪有这么大讲究？啥叫生辰八字，俺连自己是哪年生的都不知道，也没个生日，哪天发财哪天就是生日。你师父不是会相面吗？俺在火车上就听说了，无非子，活神仙，前知三百年，后知三百年，作官的带兵的都得求他批一句话，俺就求他给俺相相面，鼻子眼睛是明摆着的，脸门儿上有个黑痣，屁股沟上有个红痣，左胳膊肘上有块胎痣，脸上有几颗麻子，这不碍相貌的事。我说，我可没这么大闲工夫，惹得我发了火，我可不好哄着呢，快叫你师父出来。”莽汉有些不耐烦了，他大手掌拍着椅子扶手，鞋底儿磕得地面梆梆响。

趁着徒弟鬼谷生和莽汉东拉西扯，无非子将来人作了细细的观察，此人是个军人，而且必是奉军，他坐在椅子上无论多凶，却一点儿也不想解衣服扣，这是奉系军人和其它派系军人最大的差别。段祺瑞的兵，进门先抬手解风纪扣，嫌那劳什子勒喉咙。吴佩孚的兵，未进门先脱外衣，人走进屋里已是光膀子了。只有张作霖的兵，军长也不敢松风纪扣，张作霖住在沈阳，不会查营房，但各地驻军各有大令，大令就是张作霖发下来的大令箭，先斩后奏，大令所到，全军肃立，军长衣冠不整，大令执行官照例偏三个大耳光子，绝无例外。

奉系如今正在扩大势力，几个军长率兵进关正在为张作霖打天下，昨夜麻将牌桌上刘洞门讲的柴猪堡，前不久刚落到一个荣姓军长的手里。越在一旁端详，无非子越断定此人必是奉系的荣军长无疑，他为张作霖意外地打了胜仗，张作霖必招他出关受赏，大同到天津的车昨晚上到站，这个军长必是昨夜才到的天津。下午一点有一趟跑沈阳的车，趁换车的时间他来相一面，想重新安排自己后半生的打算。这丘八连打了几个胜仗想入非非了，问问自己有没有坐收天下的造化。

“尊家既然有所求问，那就请相室内落座吧。”无非子将来人已看出七八成来历，便走上前来向对方说道。

“哟，原来你就是神仙，瘦瘦巴巴的，还真没瞧出来，我姓……”

“无非子只问尊造，不问尊姓大名。”

“嗬！好大牛屄！”

莽汉站起身来随无非子向相室走去，抢先一步，两个马弁从背后窜了上来。鬼谷生见状伸出胳膊挡住两个马弁，客客气气地说：“留步。”

“不让进？”两个马弁一齐问着。

“相室如同净界，只能我家师父和问客进去。”鬼谷生此时决不让步，身子站在门口至死不肯闪让，两个马弁相互望望，但又不放心只让长官一个人进去。伸长脖子将脑袋探进相室，看看相室内确实没有埋伏，这才留在门外分两厢站好，两个人的手同时握着屁股后面的盒子炮，准备随时听候招呼。

走进相室，无非子只觉腹间似有一团烈火涌了上来，立时全身的血液沸沸扬扬，一股奇异的野性在激激荡荡。糟糕，无非子想起一个小时之前刚刚服下刘洞门送的补药，此时必是开始发作了，他全身烧得火烫火烫，眼前金星闪闪，耳边一片啸鸣，连稀疏的几根头发都立起来了，此时此刻他已完全不能控制自己，他想奋起来推倒一座山，砸碎一块巨石，一生一世，他从来没这样兴奋过，从来没这么壮健过，老祖宗留下的秘方果然灵验，瞅冷子让儿孙们来一股邪兴劲，一个个还真是英雄好汉，可惜去不成宋四妹处。

“神仙，咱俩是马尾巴点鞭炮，要的是个响梆利索快。”走进相室，那莽汉只急匆匆挺身站着，连屁股都不肯坐下，便对无非子说着，“我也没工夫听你细批八字，只求神仙给我个示下。”

“尊家必是求问武运。”无非子恨不能一时将这个不速之客打发走，便开门见山地说道。

“神仙好眼力。”莽汉翘起大拇指赞叹着。“我哩，不是属虎，就是属牛，全是混不讲理的牲口，爹娘死得早，也没有给记着生日。神仙只看看我面相吧，打开天窗说亮话，如今我正在打仗，神仙看看我是当进，还是当退？”说着，莽汉昂起下巴，让无非子端详尊容。

无非子强忍着血脉里涌动的一团烈火，装模作样看了看莽汉的面相，然后唠唠叨叨地说道：“相人之身，以骨为形，以肉为容，以骨为君，以肉为臣。首相贵峻不贵横，贵圆不贵粗。论尊家的首相，头骨丰起而峻厚，额头方阔且突兀。人之首相贵者莫出于头额之骨，奇者莫出于脑骨……”

“神仙。”莽汉粗声粗气地打断无非子的话说，“你论的这些俺也听不明白，你不就是理论俺是个大梆子头吗？打从小也没长圆过，谁见了都要敲几下梆子，可他娘没少受气。”

无非子不理睬莽汉的打岔，依然头头是道地论说他的相貌：“额广润、发际深、有禄位，子息四五人。”

“神仙灵验，俺有四个小崽子。”莽汉一拍巴掌更是信服得五体投地。

“山根之上，柴云火星，光熙精舍两相辉映，禄仓满，法令明，十星六水，七二看八一，丈尺对崖足，虎耳走地轮，有一步罡星，只是要护佑众生，莫冲了天罡。”

“俺不杀老百姓。”莽汉插话。

“当进！”无非子一挥手作出了决断。

“进？”莽汉狐疑地询问。

“进！”无非子回答得斩钉截铁。

“进！”莽汉终于重复了一遍无非子的批字，然后转过身子噔噔噔地大步流星走出相室。

一阵旋风，莽汉、两个马弁、四名卫士一时消失了踪影，看看座钟，此时是早晨七点十分。

作梦一般，白捡了二千元大洋，鬼谷生收拾停当，再找师父，无非子早已经连个影儿都看不到了……

五

鬼谷生这一上午过得更清闲，一觉醒来已是中午十二点，下楼去万顺成吃了一餐羊肉蒸饺，又去玉清池美美地烫了个热水澡，一分钱没花还白喝了半壶高末茶水。回到天祥商场，楼梯拐角处正遇上蟾宫娱乐场的伙计，他早答应等有好戏带他去后台蹭一场，恰今日是上海芙蓉班的姑娘表演十八美女出浴，鬼谷生在后台一个角落里坐好，真真切切看着台上的美女们入浴出浴，这些美女个个都满身涂着油，灯光下照得又白又亮，在台上千姿百态一番表演，走回后台披上袍子，接过孩子来就喂奶。又一声铃响，扔下孩子甩掉袍子又跑回台上，其情其景看着真让人恶心。没等散场，鬼谷生便从赡宫走出来，路经二楼小书摊，死皮赖脸要了一本十八式画本，回到相室悄悄细看倒比看赤光条条的美女出浴还过瘾。

时钟敲过三点，师父该回相室了。今日是飞来凤，天才亮就白赚了二千元，那武夫抢来的钱没处糟践，是他自己心甘情愿双手送上来的，少不得宋四妹又能添一件裘皮大衣，自己也能得几个赏钱。将相室收拾得窗明几净，看着似神仙修行的地方了，昨夜遍地的瓜子皮、苹果核儿、香烟屁股通通不见了，换上的是线装书、折扇、文房四宝，俨然成了仙境。

嘀嗒嘀嗒，转眼到了四点，仍未听见师父的脚步声，鬼谷生向窗外望望，逛天祥商场的闲人走来走去，就是不见师父的踪影。这就奇了，自从无非子在天祥设相室，十多年来他还从来没“晾”过场，风雨无阻，每日准准下午三时坐相室，莫非今日白得了几个钱和宋四妹女士睡得过了港？再等等，茶凉了，无非子的习惯，进得相室先一杯热茶，送迟了便要给颜色看，他喜爱鬼谷生，就因为只有他侍候的茶水浓酽可口冷热适中。茶水事小，这小子会揣度人心。

直到下午六点，无非子还没有到相室来，鬼谷生心慌了，他凭窗向楼下的街道瞭望，车来车往，不像是出车祸的样子，天津老城街道狭窄，无论哪个街口轧着什么人，便是半城的交通堵塞，而且天津人爱看热闹，听说什么地方电车撞死了人，连行动不便的老人都得让儿孙们搀着去瞅瞅热闹，此时此刻行人面色平和，街上秩序井然，师父不至于出什么意外。

“鬼谷生！”

约莫到了晚上八点，一声娇声娇气的喊叫从门外传了进来，鬼谷生急匆匆迎出去，似是炮弹打开了大门，一阵旋风闯进来了宋四妹。宋四妹，穿戴得妖艳异常，红绸子斗篷，苹果绿长裙，金光闪闪的高跟皮鞋，雪白的长纱巾，擦着粉描着眉抹着胭脂涂着口红，一连七八年，宋四妹自称二十岁，如今看上去也还是至少不会多于二十岁的年纪。进得门来，脚步没有站稳，宋四妹冲着鬼谷生劈头问道：“你师父哩？”

“他老人家上午没去您那儿？”鬼谷生一种职业本能，推料无非子上午一定没到宋四妹那里去，倘无非子中午从宋四妹住处出来，宋四妹不会此时急匆匆来相室找无非子。

“天呀，他准是让人绑票了！”宋四妹一屁股跌坐在沙发上，哭天抹泪地嚎了起来。

“宋小姐先别闹。”鬼谷生不称宋四妹是师母，而只称她是小姐，其用意在于成全师父的名声。“黑道上的人不和走江湖的找别扭，他敢绑咱的票，咱就敢掏他的窝，给警察署长相一面，告诉他奔什么地方去，准能升官发财，一句话就将他们卖了。”

“可是从早晨就没见着他的面儿呀，这些日你没见他跟什么小妖精来往吗？”宋四妹怕无非子另有新欢，有所怀疑也不为过分。

“宋小姐玩笑了。”关于师父的私事，弟子鬼谷生不便评论，他只将话题岔开，谈正经事。“必是师父早晨出相室后遇到了什么蜂仔，不一定是刮亮折丙（图财害命），说不定是封千堵井（囚人封口）。我看，小姐先回公馆，您在这儿久留也不方便，我赶紧找左十八爷，有什么消息我给您老报信（向你报告消息）。”

经鬼谷生一番劝说，宋四妹擦着眼泪走了。

无非子失踪了，这倒真是天下奇闻，唱戏的失踪，被人绑了票；政客失踪，改换门庭；武夫失踪，战死沙场；小姐失踪，跟人跑了；和尚失踪，过小日子去了；可这相士无非子失踪，他干什么去了呢？怪，怪，怪！天津卫竟出这种格色愣子事，算命相面的江湖术士，大睁白眼的找不着了，怪！

鬼谷生三言两语对佣人作了一些交待，穿戴齐整急匆匆跑出相室，便要去找左十八爷。蹬蹬蹬一步三级往楼下跳，楼梯拐角处，黑咕隆咚正好和一个往上跑的人撞个满怀。鬼谷生脚步不及站稳，才要向那人致歉，举目看时，原来是《庸言》报主笔刘洞门。

鬼谷生以为刘洞门又是和每日一样按时来无非子相室闲坐，便迎头告诉他说：“刘主笔，我师父今日从早晨就……”

刘洞门才没工夫听鬼谷生说话，他一把拉住鬼谷生，见楼道里没有人上楼下楼，这才将嘴巴凑到鬼谷生耳际万般神秘地悄声说道：“快告诉你师父，柴猪堡吃败仗丢盔弃甲的袁军长昨夜溜到天津来了，他没脸去见阎锡山……”

“糟了！”鬼谷生狠狠地一拍屁股，无力地依在墙上。一切全明白了，明明是被杀得片甲不留的袁军长，却扮作是常胜将军荣军长的模样来找无非子求问命相，偏偏无非子聪明一世糊涂一时，何以今日就看错了“流子”，没头没脑一个“进”字批下来，吃败仗的袁军长必是恼羞成怒把人劫走了。

鬼谷生还要再问什么，但刘洞门来不及喘气儿又匆匆跑了，临走时对鬼谷生说：“告诉你师父今夜我有急事……”

刘洞门走下楼梯，身影消失在人海里，鬼谷生来不及思忖，三步并作两步追上去，拨开拥挤的人群，算他走运，总算追上了刘洞门。鬼谷生一面追着刘洞门跑，一面压低声音对刘洞门说：“主笔，今夜里您老在报馆等我，说不定师父有什么事要您帮忙。”

“干嘛？”刘洞门身子已经坐上包月的胶皮车，手撩着车帘向下问着。

“现在来不及说，这事麻烦了，等来日向您仔细禀报吧。”说罢，鬼谷生跑走了。

已经到了入夜十时，天津城一片灯火辉煌，前二年由意国电灯房给各家大商号装上了彩色灯光广告，灯光广告亮起来或是猫头鹰眨眼，或是雏燕群飞，老笃眼药一滴一滴地往下滴药水。谦祥益、瑞蚨祥更是哧溜哧溜变颜色变字儿，把满街闲逛的天津人一会儿照成红脸儿，一会儿照成绿脸儿，显得格外可亲。去年春上还是“话匣子”的时代，各家商号为门前热闹专有个伙计在门口摇留声机，摇一阵子放上一张唱片：“百代公司特请梅兰芳老板演唱《醉酒》。”小锣胡琴响起，门外立时聚拢来许多行人。现如今日本的无线电传了进来，方便多了，只消将无线电高悬在商号门口，一会儿是京韵大鼓，一会儿是对口相声，“学徒小蘑菇侍候诸位一段相声，说得好与不好，请诸位多多原谅。”然后两个人搭起话来：“我说儿呀！”逗得满街民众捧腹大笑。

鬼谷生走在路上，无心看热闹，更无心听热闹，他虽是天津卫的娃，但在天津卫最热闹的时辰，他总要在相室里侍候着。每日上午他可以出来，但天津卫上午没“戏”，一片冷冷清清，何况他正在年少，又知道许多淘气的门道，他多么盼着能洒洒脱脱痛痛快快地玩一个晚上呀。等着吧，等自己有了能耐能立足社会了，那时再挣钱花钱糟踏钱，风光日月在后面呢。

大步流星地跑着，过了四面钟、中原公司，绕过日租界，径直到了南市东口。南市是天津卫最热闹的地方，每天从晚八时到明日凌晨四时，笑声不断喊声不断哭声不断叫声不断。天津卫的人有了钱都要跑到南市来花，天津卫的人没有钱都要跑到南市来挣；天津卫的人不走运时都要来南市碰碰运气，天津卫的人交上好运都要来南市欺侮欺侮人。南市是天津卫人坑人、人玩人、人吃人、人骗人、人“涮”人、人捧人、人骑人、人压人、人踩人、人“捏”人的地方，青皮混混左十八爷就在南市霸着一方势力，这么说吧，在南市只要一看见左十八爷走过来了，连房檐上的猫都得赶紧找个道儿溜下来，左十八爷的毛病：头上只能有青天。

在南市，左十八爷没有准地方，每一家旅馆都有他的房间，每一家饭店都有他的雅座，烟馆里有他的烟室，几处有名声的“窑子”有他包的姐儿。跑过东方旅馆、亚洲饭庄，去过春花堂，找到落马湖，好不容易在一处落子馆里找到了左十八爷，左十八爷正在落子馆一间茶室里，依坐在大躺椅上，听一个姐儿唱十八怨呢。他身后还立着一个小女孩为他轻轻地捶背，落子馆老板鼠儿一般在门外立着，随时听候左十八爷的吩咐。

“小力笨儿。”左十八爷称鬼谷生为小力笨儿，他嫌鬼谷生这名字绕嘴。“你师父不够意思，在聚合成包了房间，偷偷地住下了，也不知会我一声。”

“十八爷说嘛？”鬼谷生听左十八爷的话里有话，便立时急着追问，“师父怎么会去聚合成包房间呢？”

“你呀，傻小子，你还蒙在鼓里呢。”左十八爷挥挥手，示意唱落子的姐儿退去，屋里只剩下左十八爷和鬼谷生。他才又说下去。“天津卫的事，还能瞒过我左十八爷？聚合成、皇宫、渤海、维格多利，全有我的眼，客来客往，凡是有名有姓的，都得往我这儿递个信。明白吗？嘛叫草头王？这就叫草头王。哪路的借路踩道？谁家的追风访人？我心里这本帐明明白白一清二楚，天津卫混事由，免不了有仨香的俩臭的，仇人寻到门来你连个信儿都没有，倒霉去吧，让人销了号，都找不着土地庙。哈哈哈……”说着，左十八爷放声笑了。

“可是，可是，左十八爷，您老只知其一，不知其二，我师父遭人劫了。”说着，鬼谷生扑籁籁地涌出了泪珠儿。

“哎哟，宝贝儿，别着急，有话慢慢讲，我也觉着这事有点邪门儿，好莫眼儿的，无非子跑聚合成包房间干嘛？这不是浪风抽的吗。听说一个不知从哪儿来的将军在聚合成包了一层楼，住着卫士马弁师爷秘书，又是电话又是电报的闹得地覆天翻，你师父就住在那层楼里，他像是挺着急，直向着聚合成饭庄的伙计递眼神儿，只是伙计靠不上前儿，屋里有人看着他，莫不是那个将军把你师父劫走要他相面批八字吧？不对劲，这事不对劲。”

鬼谷生一五一十，将无非子早晨的种种奇遇对左十八爷述说了一番，然后向左十八爷央求道：“十八爷要救我师父呀，也是我师父今日一时的疏忽，他将吃败仗的袁军长错看作是打胜仗的荣军长了，可是谁又想得到袁军长在丢了地盘之后潜入天津城呢？他必是不敢回太原见阎锡山了，他给阎锡山丢了地盘，阎锡山还不得枪毙他？他来天津打什么主意？可他无论打什么算盘也不能跟我师父过不去呀！”鬼谷生急得团团转，止住泪水，他哀求左十八爷道，“十八爷不能不管，在天津卫您老是位跺一脚满城乱颤的人物，凭我师父平日和十八爷的交情，十八爷也得想办法。”

“宝贝孩子，我跟你师父无非子是手足兄弟一般的交情，我怎么能不管呢？”左十八爷也焦急地坐直了身子，“可这军界势力惹不得，这个系那个系，有兵马有地盘有插杆儿靠山有洋爸爸，就算我有青帮洪帮，可这是井水河水两不来往呀。倘是别人劫了你师父，不用我出面，一句话，乖乖地八抬大轿，他得把人给咱送回来，还得敲他个三千五千的。军界的事不好办呀，你别看他们在沙场上交火开战，什么直系奉系皖系晋系打得刀光剑影血流成河，可他们一派一派一系一系全都在天津有窝儿，说不定就你包着二楼我包着三楼，买军火时两个合着跟外国洋行买，从中吃亏空分利，买到手后分到各家再刀对刀枪对枪地比划。他们跟咱江湖上的规矩不一样，凡是我左十八手下的人不许跟袁十三的人来往，两家人见了面就对打对骂，我跟袁十三倘若见了面也对打对骂，咱江湖上的人不干那种明打架暗分钱的没屁眼子勾当。瞎，闲话说了一大车，可无非子的事怎么办呢？”

“反正，我得跟师父见一面。”鬼谷生想出了一个主意，对左十八爷说。

“那好办，你现在就去聚合成，找到聚合成的总领班，你提我，让他给你换上件伙计的衣服，送水送饭的，准能有法儿见着你师父，等你师父划出道道来，咱们大伙再想辙儿。”

六

民国以来，天津卫的市内交通已经日臻发达，比国人荷兰国人法国人相继在天津铺设了有轨电车道，致使有白牌电车围城转，蓝牌电车去老龙头火车站，黄牌电车由河北直通劝业商场，大体上将市内主要繁华区连通了起来。稍微有些财势的，出门不乘电车，电车要有固定的车站，还得等车，最方便有胶皮车，一个车伕拉一位客人，无论大街小巷都可以直送到门口，方便之极。最最了不起的人物，有小汽车，方头方脑，嘀嘀地响着喇叭，很是威风，在天津卫有私人汽车的不过百多户人家，其中自然有前朝遗老、当今权贵、军阀、洋行董事长、四大须生四大名旦，还有几位前朝的太监。介乎于权贵与平民之间的，有私人包月车，一辆胶皮车一位车伕专侍候一位爷，譬如布翰林、刘洞门、左十八爷，唯有相士无非子没有自己的包月车。为什么？凭无非子的财势，莫说胶皮车，买辆小汽车也不在话下；但他是神仙，神仙不离净界，岂有满街跑神仙的道理？所以他外出要选神不知鬼不觉的时辰，要乘随时雇的胶皮车。

当清晨七时无非子打发走相面的莽汉，走出相室时，心中极是得意洋洋，摸着衣袋里飞来的两千元大洋，盘算着如何讨宋四妹的欢心。但是当他走出天祥商场后门，正要招手招呼胶皮车的时候，冷不防一左一右被两个壮汉夹挤在了当中，他觉察出事情有些蹊跷，才要挣扎，不料那两个壮汉早将他两只胳膊暗中抓住，这时不声不响一辆带篷子胶皮车跑过来，无非子被塞进胶皮车上动弹不得。

无非子知道遭人暗算了，混迹江湖这许多年，难免不觉间伤过什么人，或许同行是冤家，一个更有来历的相士要独霸码头，要暗中将自己除掉，坐在车篷子里，他暗自落下了泪水。但寿数天定，生死有定时，一切听天由命，他心里倒也泰然，一辈子耍把人，自然不会有好下场，他对此也算是早有预料，只是他没想到事情来得这般奇，事情又来得这般快，正在他春风得意时，呼啦啦就一切都结束了，天也，真是太无情。一番伤心感叹，刚刚吞下肚里的那付补药也泄了劲，转瞬之间已是没有了一星儿的药力，无精打采，只等着作无名鬼了。

车子在一处地方停下，走下车来，又是那两名壮汉夹送，抬头望望，他认出是聚合成饭庄。事情大体上有了眉目，和刚刚闯进相室的莽汉有关，看来不像是谋财害命，一切要仔细才是。心中暗自默念着，无非子又端出神仙风度，轻飘飘地由人挟持着走上了三楼。

“神仙委屈了。”一间大客房里，刚才闯进相室的那个莽汉站起身来迎接他，此时他已换上便服，软绸的便裤、对襟的大袄。抬眼望去，室内衣架上却还挂着将军的典礼服，挂着军刀、兵器，屋角里还堆放着未及打开的几十个大皮箱。最最引无非子注意的，是这条莽汉换上便服之后，两只手缩在了衣袖里。

上当了，这莽汉明明是山西人，刚才却装出一口关外的口音；这莽汉明明是个打了败仗逃跑的孬种，刚才却装作是趾高气扬的得胜将军，聪明一世糊涂一时，自己将吃败仗的袁军长错当作是得胜的荣军长了。

这次无非子看准了，倘若是荣军长，他要挟持自己去春湖饭庄，春湖饭庄是奉系军部在天津的联络处，不光张大帅、张少帅常年来来去去地下榻在春湖饭庄，而且，一切奉系军人过津，都只能住春湖饭庄。聚合成饭庄历来不投靠一个主子，只能临时包出三月两月，有时是一座楼，譬如袁世凯赫赫来津；有时是一层楼，譬如黎元洪、杜月笙，还有一些非凡的人物。何以从双手缩在袖里就断定他是阎锡山的人呢？山西人善理财。从小时就一面走路一面算账，而且山西人个个会袖里吞金，十个手指就是一把算盘，所以山西人平时总将一双手吞在袖里，怕泄露了他的经济秘密。

“承蒙袁军长一番错爱，无非子实在当之有愧。”无非子转守为攻，双手抱拳先向莽汉作揖施礼，然后大大方方地坐在沙发上。

那莽汉暗自吸了一口凉气，他为自己被无非子识破身份而大吃一惊。

“俄（我）是没有恶意。”袁军长恢复了一口山西腔调，“俄是想瞅瞅神仙的话到底灵验不灵验？灰驴个毬，那柴猪堡本是俄袁某人一家的天下，狗日的荣胡子不过是个草莽英雄，咋就让他三枪两刀得了地势，不从他荣胡子手里把柴猪堡拿回来俄誓不为人！”说着，袁军长恶汹汹地用力跺着地板。

“所以，这‘进’字没有断错。”无非子说得更加铿锵坚定，“兵书上讲背水而战、破釜沉舟，置于死地而后生。越是败战之时，才越要牢记这个‘进’字，以袁军长的命相，纵看印堂山根，横看仙库仑禄，都断在一个‘进’字上。”

“这俄就要委屈神仙几日了，你既断给俄一个进字，俄又只有一条进路，把神仙放在外边万一走露了风声，俄就进不成了。”袁军长客客气气地对无非子说着，“神仙先陪着俄在这搭里住着，有吃有喝，慢待不了你。三月为期，俄招了兵买了马收回柴猪堡，高高地送给神仙一只金板凳。万一俄进不成呢？神仙……”

袁军长还要往下说，无非子一挥手打断他的话音，万般自信地说：“进，必成！”

“托神仙的吉言！”袁军长哈哈地笑了。停住笑声，袁军长好奇地向无非子问道，“神仙是几时识破我是袁军长的。”

“从闯进相室，我就识破你是袁军长。”

“我让卫士马弁换上奉军的操衣，我讲的一口关东话，摆出一副打胜仗的得意神态。”袁军长问得更显疑惑。

“相士阅世，一不看衣冠，二不听口音，三不看作派。袁军长赫赫然不可一世，虽是招子（眼睛）闪烁，却明明是故作安详，且你眉间有一股晦态，如瘴气不散，神暗无光……”

无非子一番话语，听得袁军长消除了怀疑，他抬手按着眉头，想驱散凝聚在眉宇间的倒霉字儿，好久他才深深地叹息了一声：“唉，想不到我袁某人还得有这一步背时字儿。重整旗鼓，我得有钱招兵买马，真想拉上帮弟兄去抢他一家银号。回太原向阎锡山伸手要钱，他正想要我的命呢。神仙快算算我该咋着才能转运，谁肯搬出金山银山助我东山再起？我早琢磨过，奔西北方向吧，马步芳不会收留我；索性投降奉军，那才是白送颗人头让人家祭刀。可这天津卫也没我的活路呀，神仙信口说了一个‘进’，这不明摆着让俺拿鸡蛋往石头上碰吗？是死是活，我也就只剩这最后一步了。”说罢，袁军长冷冷地瞅了无非子一眼，暗示他倘若没有进路，对不起，临死他就要拉上无非子“垫背”了。

无非子什么话也不说，又习惯地闭上眼睛依在沙发靠背上。这时一个副官走进来，俯身在袁军长耳边悄声说了几句话，袁军长站起身来整理整理衣服说道：“我要去办军务，神仙暂时先住在这儿吧，他们谁个怠慢了神仙，神仙尽管对我讲，我处置他们。”说罢，袁军长随他的副官去了，不多时楼下街道传上来汽车声，凭窗望去，一辆小汽车驶去，袁军长外出活动去了。

北洋军阀一片混战，杀来杀去，天津虽没有摆过几度战场，但幕前活动，幕后交易却全是以天津为中心。军阀打了胜仗，各路诸侯要云集天津来开分赃会议，分赃不均翻了脸，拉出队伍找地方再去比高低决雌雄。打了败仗，还要潜入天津，活动各派势力，寻找靠山，筹措军款，门路跑通了，又有了财势，起死回生，摔倒了跟头爬起来，轰轰烈烈又一条好汉。再一场赌败下阵来，再潜回天津，改换门庭，有奶便是娘，又认下新主子，狗仗人势，依然一条好汉。没混好人缘，又被人玩了，身败名裂再回天津，拜一把弟兄认个老头子，恶吃恶打还是十八个不含糊。又倒了霉，成了臭狗屎，天津还能收着，要胳膊根儿卖死个子，一个对一个，照样吃份子使白钱。再栽跟斗，下三烂，要了饭，还能留在天津，卖身为奴，在个什么爷门下当差，还是谁也不敢惹。又走倒霉字儿，成了王八蛋，照样在天津混，买空卖空拉皮条，吃的还是老爷们儿的饭。又染上坏嗜好，吸上鸦片烟，扎上吗啡，还泡在天津卫，等混混青皮打群架时，争地盘抽黑签，有人买你，一对一跳油锅，临死也冒一股白烟儿。

袁军长吃败仗丢地盘后潜入天津卫，自然有他的想法，北洋军阀全是小站练兵出身，你牵着我我连着你，何况租界地里还住着许多雄心不死的独夫，只要拉上关系就必能跑通门路，许多人都是借天津宝地的风水从孙子变成祖宗的。天津卫这地方，养人。

无非子拧紧眉毛坐在沙发上一声不吭，外间客房里一个穿便服的卫士守着他，一双脚巴丫子架在桌子上，仰天打盹睡懒觉。

“送饭！”一声禀报，一个饭庄伙计提着紫藤编花大提盒走进了客房。聚合成楼下有饭庄，散住的过客行商自然要到餐室用饭，包楼层的大户则要将饭菜送到房间，出入餐室人杂，不方便。

看守无非子的卫士迎上去，从小伙计手里提过提盒，打开盒盖，四菜一汤。饭菜摆好，无非子缓缓从内室走出来，无心地向送饭的伙计看了一眼，然后指着饭菜说：“打窝子的鲤鱼捞偏门，玄机子招街哪有那么肥的猪？不拆哈哈爷的老庙，放不出那么多的油，饭香，吃的要个趁热。”

“神仙这是叽咕些啥咒语呀！”看守无非子的卫士笑着对无非子说着，无非子坐下，将桌上一张报纸推了一下，然后便提起筷子先将整条的鱼挟到了碗里。

这时送饭的小伙计转身走了，脚步轻得没有一丝声音。

……

小神仙鬼谷生风风火火跑到《庸言》报社时，已是凌晨四时，刘洞门桌上铺着等着印的报纸小样，急得手指敲击桌子。

“刘主笔。”鬼谷生的双腿未及迈进屋门，便忙着比比划划地对刘洞门说，“我师父求主笔在报上发条消息，说有人要掘哈哈王爷的祖坟，还有，还有……”鬼谷生说得上气不接下气，听得刘洞门莫明其妙。

“别着急，有话慢慢讲。”刘洞门让鬼谷生坐下，还给他倒了一杯水。

“在聚合成饭庄，我见到师父了，姓袁的军长把他关在客房里，我扮成饭庄伙计送饭时见到他的。”鬼谷生咽一口水又忙着说。

“他干嘛要我发消息，说有人要掘哈哈王爷的祖坟？”刘洞门着急地问。

“反正师父就是这么说的。他说打窝子的鲤鱼走偏门，是说原来驻守柴猪堡的袁军长让人给挤兑出了老窝。玄机子招街，是说袁军长一帮残兵败将下天津卫来寻找靠山，哪有那么肥的猪？谁肯拿出那么多的钱？不拆哈哈爷的老庙，是说不掘哈哈王爷的祖坟，放不出那么多的油，是说他不肯出钱给袁军长筹措军款。饭香，吃得要趁热，是说不能迟疑。最后他一筷子将烧鱼挟到碗里，是说要让得胜的奉军让出地盘。唉，我师父简直就是活神仙，道道儿他是全划出来了，可这天下人怎么会听我们调遣呢？主笔，您可得想办法呀！”

刘洞门用心地听着，不时心领神会地点点头。“对，对，只能这么办！我明白，我明白，真是神机妙算，气死诸葛亮！”

“主笔，您得救我师父呀！”鬼谷生唯恐刘主笔不肯卖力气，便急急地央求。

“你师父相面，我办报，我们两人就是一个人，没有他，我在天津卫就混不下去，我怎么能不救他呢？”

说罢，刘洞门操起笔来就写了一条消息，早就印好小样的报纸临时换条新闻：“柴猪堡战火未平息，德王爷祖茔遭觊觎……如此如此这般这般据消息灵通人士透露云云”

七

哈哈王爷不识地舆图，至今每看见地舆图总要哈哈笑。刘洞门认真地将一张地舆图社印制的大地图铺在案上，可着性地糊弄哈哈王爷，他将大拇指按在一个地方，指着密密麻麻的小字对哈哈王爷说："这儿就是柴猪堡。"

"我不管什么柴猪堡，柴狗堡，我家祖坟在四子王。"

"这儿，就是四子王。"刘洞门按在地舆图上的大拇指未动，随即伸出食指，巴叉开手往远处伸去，食指按的地方，就是哈哈王爷家的老祖坟。

"这么近？"哈哈王爷支楞从太师椅上站起来，双手按在条案上，俯下身去看地舆图。

"所以传言奉军威胁你府上祖坟，不是没有根据。"刘洞门见哈哈王爷吓呆了，这才将手掌抽回来，对哈哈王爷仔细述说，"早以先，阎锡山的一个军长守在柴猪堡，十几年没动你家祖坟……"

"他仁义。"哈哈王爷赞叹着，"我当早送他一份厚礼。"

"如今这军长被奉系军长打跑了……"

"这就是奉系军人的不对，人家的地盘，你平白无故地抢过来，没道理。"哈哈王爷主持公道，自然对世事有个评议。

"为什么要作没道理的事？"刘洞门问着。

"因为他不讲理。"哈哈王爷回答。

"他贪图那地界之内的金银财宝，地上的金银财宝，地下的金银财宝。"

"啊!"哈哈王爷紧张地吸一口长气。

"知道孙大麻子掘老佛爷皇陵的事吗?"刘洞门凌厉的双目直视着哈哈王爷质问。

哈哈王爷打了个寒战,孙殿英掘慈禧墓的事太可怕了,不光盗走了全部下葬的金银财宝,还将老祖宗剥光了衣服仰面朝天抛在了棺材板上,溥仪和北洋政府打了一场官司,才重新将慈禧的尸体收殓下葬。

"赶紧给我将阎锡山的那个老军长找回来,给他钱让他招兵买马把那个什么堡收回来,就算是我买个洋枪队护卫祖宗坟茔。列祖列宗在上,不是子孙不孝,是这世道太坏了呀,人人都惦着掘人家祖坟,这些断子绝孙的强盗!皇上退位,江山易主,老朽我死皮赖脸还活在世上,为的就是为祖宗看守这一处坟茔,倘我家祖坟有个不测的灾殃,老朽我还活着作嘛呀!"说着,哈哈王爷声泪俱下,他似看到了自家祖坟被掘的惨象,他家祖辈是和摄政王一道进关的,皇上死了下葬时有啥,他德王爷祖上死后下葬时也有啥,他家的祖坟顶得上一个大金矿呀!哈哈王爷再不敢哈哈了。

刘洞门见哈哈王爷已经咬钩,便婉言告辞出来,找小神仙设法往聚合成为无非子送信。

……

无非子在聚合成饭庄被袁军长已经囚了七八天了,这一些日子袁军长四处碰壁,筹措军款招兵买马的事连个影儿都没有,这年月英雄豪杰遍地皆是,正在春风得意之时的好汉还愁拜不上门子呢，累累若丧家之犬的袁军长去哪里投靠山？

袁军长白天东奔西跑，晚上垂头丧气地回来，每日后半夜他便来到无非子的客房，和无非子扯闲篇拉闲嗑。

“都怪我这人莽撞。”想起吃败仗的往事，袁军长万般悔恨地说着，“人家都劝我应该在军部养一位术士，不是俺只相信自己火力旺，是俺怕阎锡山疑心我要自立炉灶，阎锡山心胸狭窄，有人说他的肚量如同汾河湾，又细又浅又弯弯绕，倘若我养了术士，他非得除了我不成。早若是有神仙这样的相士在我身边，何至于我落到这步田地？”

“胜败乃兵家常事。”无非子劝解他说。

“可是没有似我败到这等份儿上的，让人家来个扫地出门，事后我才知道是上了当，那姓荣的本来是为张大胡子阅兵去的，是从我境内借路……”

无非子听着不置可否，只自言自语地沉吟道：“兵者，诡道也。《孙子》讲用兵之道，至理名言。兵家借路过境，其用心也恶，未必不怀诡计，何况袁军长久据柴猪堡，自然是刚愎自用，如此荣军长便故意在你眼里揉沙子，激之令怒，袁军长便不顾本谋了。”

“神仙，你是活神仙！”袁军长站起身来，举起右手向无非子敬了一个军礼，“活神仙你跟我走吧，我明里作军长，你暗里作军长，用兵动武我全听你的，你叫我进我就进，你让我守我就守，你让俺打哪一个，俺就打哪一个，神仙给我作诸葛亮吧。”

“无非子不出山、不下海，只坐在相室里不出山门一步。”无非子语音平和地说。

“唉！”袁军长深深地叹息着，“我信了神仙断给我的一个‘进’字，这许多日我四处联络，连一点门路都没找到，我不疑惑神仙的话不灵验，必是我的时运还没到时辰。反正这些日我也没事，神仙细细地给我批一卦吧。我听说神仙批一卦是两千元，如今我是穷光蛋呀，等来日我时来运转，我高高地给神仙送上二十万。”

无非子也是闲得睡不着觉，便在座椅上正襟危坐地端好架势，微微合上眼睛说道：“好吧，这一卦我分文不取，只算我交个朋友。”

“也算我识位真人。”袁军长也规规矩矩坐好，等着由无非子批示命相。

“拿纸笔来。”无非子一声吩咐，早有人送上来宣纸笔砚。无非子将宣纸铺好，娴熟地只不多时间便画成了一幅伏羲六十四卦方位图，随之他便将两手在六十四卦图上比来比去，无非子将袁军长的命相断清了。

“神仙有话直说。”袁军长万般虔诚地等着。

“先甲三日，后甲三日。”无非子只顾自己说着，似是对面压根儿没有袁军长一般。“先甲三日，幸也，前事过中而将坏，则可自新以为后事之端。初二二上，九五，兑下坤上，有贵人，三日至。”

“有贵人？”袁军长欠着屁股半站起身来，“是贵人来找我，还是我去找贵人？”袁军长急切地追问。

无非子根本不理睬袁军长的询问，只管自己睡觉去了。

“报告。”无非子刚走，有人就悄声禀报袁军长，“一位老王爷求见。”

“放你妈个屁！”袁军长一口唾沫吐在地上，“天还没亮呢，他见我干嘛？看好了，别是张大胡子派下的刺客！”

“报告军长，小的盘问过，他说有要事，只能对军长一个人说。”

“我不见！”袁军长狠狠地将房门摔上。

只是那个副官忠于职守，他万般柔顺地推门进来，俯身在袁军长耳边嚓嚓喊喊地不知嘀咕了几句什么，最后只见袁军长腾地迈开大步，随着副官往外走，一面走着还一面唠叨：“会有这种事？邪门儿。”

……

“哈哈哈哈……”约莫着到了中午，袁军长兴高采烈地来到了无非子的客房，他将上衣脱下来信手抛在沙发椅上，然后开怀大笑着对无非子说着：“神仙真灵，你说三日内不出门户必有贵人，天还没亮，贵人就找上门来了。一位德王爷，拿他的开平煤矿股票作押，给我在大通借了一笔款，百多十万，指名让我招兵买马收复失地。王爷有约法，这笔款只能买军火，只能作军款，不许我吃喝玩乐，收复柴猪堡之后立即还清。你说也怪，这个王爷干嘛非要我去收回那片地盘？他说那地界里有他家祖坟，驻守这许多年，我咋不知道？人说凡是王爷府的祖坟里都有国宝，等收复柴猪堡我还真得找找这块宝地。你瞧瞧，我早认准只要下天津卫必能找到一条活路，这地方藏龙卧虎，谁不想找个好汉为他打天下呀？没说的，柴猪堡也好大一片地势，他王爷不是惦着作皇上吗？等有了地盘，俺给他立个号，照着宫殿的样儿给他盖个宅院，每日也给他演习上朝下朝的典礼。谁爱玩什么就由他玩什么好了，干嘛非得按着一个法儿，弄得人人别别扭扭老大不高兴。段祺瑞愿意作总理，由他设总理衙门；袁大头想作皇帝，随着他自封是洪宪；黎元洪愿意当大总统，孙传芳喜欢作联军司令，谁说自己是啥，谁就是啥，共和嘛，一共二和，不共不和就过不上好日月。神仙，你说说我这些话够不够个胡博士？别以为我是粗人，我敬重念书人，凡是完全两级小学毕业的，在我那儿起码是县长，若是胡博士肯去柴猪堡，俺给他盖圣人府。”说到得意处，袁军长喜笑颜开，如今他筹措到了军款，用不了多久他又能回柴猪堡作他的地头蛇去了。“我已经下了命令，打道回府，这一层楼房我还包着，还得留几位副官和银号打交道，还要和洋行买军火，我得走，我要去带兵打仗。神仙哩，你还得住在这里，几时捷报传来，我又收复下柴猪堡了，这儿的人便几时护送神仙回相室。不是我和神仙为难，谁让你这样灵呢，我怕你再去给别人算命相面，说不定张胡子要找你，给他批批命相，这柴猪堡守得住守不住呀？神仙知道我的底，再去给他批八字，我又让你们玩儿了。万一攻不下柴猪堡咋办哩？那时王爷担保借我的钱也花光了，阎锡山更恨得我咬牙切齿，张胡子的人也不肯放过我。那时我再回来找神仙，我一根绳儿，神仙一根绳儿，咱两个脸冲着脸地就吊在这屋里。我哩，算是个脓包无能，神仙哩，算是说话不灵，咱两个就都别在这世上蒙人了。”

袁军长露出一副流氓相，直到现在他还觉得这事太奇巧，他怀疑是无非子耍他，压根儿他就拿自己错当成张作霖的部下荣军长，一个“进”字说错了，才将错就错，顺水推舟，设个陷阱诱他往下跳。等着瞧吧，袁某人也不是好惹的，无非子自作自受，吃不了兜着走吧。

八

扑簌簌，无非子流下了眼泪儿。

袁军长带着左膀右臂几员武夫走了，临走前无非子扎扎实实地给他算了一卦，这一卦算得他必须先奔西北，西北地界有几个师的兵力因找不到有奶的娘几乎已沦为流寇，只要带上钱到那里就能拉出兵马，保证袁军长麾下还能有精兵强将。至于围攻柴猪堡的时辰，无非子算得是在四十天之后，四十天之后的哪一天？批不出个准日子，有几个吉日可以供作选择，但还要根据军情而定，但四十天之内不可用兵，因为袁军长这一步流年运气，印堂如班超，光熙精舍如武王，自印堂至光熙还差四十天的光阴，一切要好自为之。对于无非子的批相，袁军长记在心头，此次出师不成功便成仁，一定要杀出威风。

聚合成饭庄这一层楼客房只留下十几个人，其中大多是文职，每日操办军款、军火，且和各派军阀势力时时调整关系，还为袁军长刺探情报。空荡荡一层楼房只住着十几个男人，来来往往的女宾却多达四五十人。花界女郎最讲义气，投靠到一家门下，不将这门这户吃穷吃败吃垮吃光，决不会三心二意再去寻找新欢。袁军长住在聚合成时，一批随员，卫士，呼啦啦一群汉子，花哨哨一帮女流。如今大多数汉子走了，女流却没有减少，几个女宾包围一个好汉，如此就没有人顾得无非子了。

宋四妹这时才来到聚合成饭庄和无非子相会，一番卿卿我我之后，无非子对自己的相好吐露了真情。

“人生在世，成败本来无足轻重，有盛便有衰，有圆便有缺，有盈便有亏，四大皆空，宇宙本只一个无字。”无非子自我宽慰地感叹着，“只是我不该衰得这样早，也不该败得这样惨，我还没有给你挣下一笔产业，鬼谷生日后还要打着我的幌子混事由，我一败涂地，他如何闯江湖呀！”

无非子虽然一番花言巧语将混星子袁军长说得天晕地转，又一番巧安排将哈哈王爷推进陷阱，终于保全下了自己一条性命；但他深知，袁军长尽管有了一笔巨款，但要想东山再起，也绝非易事。张作霖本来不会久居关外，他好不容易调兵遣将在关内打出天下站稳脚跟，凭袁军长重新集结的一帮乌合之众也决不会再逼得张作霖让出山河。而正在得意之时的荣将军，已是越打越胜，越胜越勇，兵家贵在一个“威”字，四面楚歌、风声鹤唳尚且能击溃千军万马，如今只要凭借荣军长的大旗就足以令人闻风丧胆；袁军长卷土重来不过是鸡蛋碰石头，最后必是粉身碎骨、死无葬身之地。

“现如今是顾不得那许多了，总得想个办法逃出袁军长的监禁呀！”宋四妹对无非子一片真情胜过扎髻夫妻，无非子叹息她陪着抽泣，无非子掉眼泪她陪着哭鼻子。

“袁军长可以大摇大摆地在聚合成饭庄包下房子设兵部，他就能买下黑道上的人置我于死地。不是我不能跑，在天津卫混这么多年，家家饭庄旅舍的后门地道我了如指掌，可是我溜出去容易，保活命难。这许多日子，倘我稍微流露出一点跑的意思，这聚合成后门就挨着海河，半夜三更将人装麻袋里沉到河底的事不是比扔根柴禾棍还容易了吗？”

“咱两人跑，上海有我的姐妹。”

“嘘！”无非子忙抬手捂住宋四妹的嘴巴。“你到了上海可以混，我呢？这江湖上吃子平饭，江南江北两不来往。”“子平”者也，就是江湖术士们对自身职业的称谓，如厨师称自己为勤行，胡编瞎掰的称自己为作家，招摇过市之徒称自己是明星一般。

“唉，那就真没活路了？”

宋四妹坐在床上双手托着腮，娇滴滴地歪着脑袋瞅着无非子，无非子看着宋四妹超凡的美貌面容，心中更觉自己的责任重大。

“一定要设法让袁军长收复柴猪堡，否则我休想逃出他的虎口。”无非子心事重重地说。

“逃出虎口之后，你更名改姓，我帮你做个小生意，这码头上不会饿死咱们的。”宋四妹一片真情，准备与无非子同舟共济一起过穷日子，而且还要作他的贤内助。

“不吃子平饭了？”无非子向宋四妹问道。

“谁还信你呀？将一个落魄武夫错看作是常胜将军，给一个吃了败仗的丧家犬批了个‘进’字，你还怎么好意思再设相室作相士？”宋四妹不无同情地对无非子说着。“那相室咱不要了，找个主儿兑出去，小神仙另起炉灶，换个名儿先去马路边上摆卦摊，求左十八爷成全着他，我再给他找几个‘敲托的’、‘贴靴的’。你没听说吗，南市刘半仙卦摊就常有一个披麻带孝的女人去哭拜，喊着叫着地说：‘神仙的卦真灵呀，昨日说孩儿的爹有飞来横祸，当晚就被电车轧死了。神仙再给我们孤儿寡母指条明路吧。’其实，那个哭喊的女人是他儿媳妇。嘻嘻。”宋四妹说到开心时，破涕为笑，笑得软软的身子八道弯儿。

“让我无非子从此销声匿迹，我还有点不甘心。唯能化险为夷者，方为大丈夫；欲扭转乾坤者，必先置于死地而后生，我一定要让袁军长收回柴猪堡！”说话时无非子用力地挥着拳头。

“你坐在这客房里，能有本领让袁军长收复失地？你若是道士行了，会妖术，坐在屋里一发妖术，千里万里呼风唤雨撒豆成兵；你一念咒，如今守柴猪堡的官兵就瘫成一堆烂泥，机关枪也不响了，装甲车也不转了，呆看着袁军长大摇大摆地坐收江山。”

“要想办法，要想办法。”无非子反背着手在客房里转来转去，他一双手用力地搓得咯咯响，两弯眉毛紧紧地锁成一条直线。

“你想办法吧，只要你能想出办法，我就去给你跑腿。”宋四妹一本正经地说着，“我这人也就这么点能耐。交际花嘛，能成全事。”

……

布翰林多日见不到无非子，心中郁郁不乐，每日下午他还是准时来无非子相室闲坐，盘问小神仙鬼谷生，问他师父躲到什么地方去了。

布翰林来找无非子，多年来只是研究学问，布翰林精于《易经》，写过一部《易经布注》，自己掏钱在扫叶山房活字版印了五百册，如今还堆在自家下房里没有拆包。无非子研究《易经》自成一家，两个人由史论易，由世论易，彼此谈得极是投机。老实讲，若不是为和无非子共同弘扬国粹，布翰林是不肯屈尊来无非子相室的。布翰林看不起哈哈王爷，正是这些草包王爷，直到自家亡了天下，还没闹明白世界上到底发生了什么事。八国联军打进家门，还不相信世界上居然还有什么意大利、奥地利，布翰林将这等人看得如行尸走肉一般。对于刘洞门，布翰林更视若一介无赖，满嘴没有一句实话。倘若你看见他冲着一个人喊爹，你可千万别相信那个人是他的爸爸。一旦他发现被他唤作爹的人原来是个穷光蛋，立即一脚便将他远远踢开。至于那个左十八爷，布翰林从来不正眼看他，渣滓，非同类也。

偏偏无非子不见了踪影，布翰林觉得日月都没了光彩。

"听说你师父有个要好的女子，是不是两个人躲起来过荒唐岁月去了？"布翰林百无聊赖地问鬼谷生，一双眼睛还在相室里查看，看来看去果然不见有无非子的踪迹，这才想起了他素日不屑一提的女子。

"学生放肆。"未回答布翰林的询问，鬼谷生先向翰林施了一个拱手大礼，"子不敢言父，徒不敢言师，我师父此去一月有余，学生也是疑惑他必是故意躲避一桩什么事情。"

“这事倒是有的。”布翰林摇头摆脑地回答，“民国十三年二次直奉战争，吴佩孚自不量力要作中原霸主，其时冯玉祥将军已经率部入京，你师父料定吴佩孚必败。偏偏吴佩孚派下人来接你师父进京批命相面，为他看看武运造化，那一次你师父便躲了起来，对外放风说是老母去世回原籍守孝，其实是悄悄地住进了日租界。不如此何致于就结识了这位宋四小姐呢？直到吴佩孚大败远去江南，段祺瑞任执政大总统，你师父才又回到了相室。”

“翰林圣明。”鬼谷生诡诈地睨视着布翰林故意询问，“你说这次我师父躲谁呢？”

“躲孙传芳？孙传芳任五省联军司令，正在得意之时呀！”布翰林掐着指头自己默叨着，“躲张宗昌？张宗昌不到天津来，天津也没他的行馆。躲靳云鹏？靳总理有日本势力作后台，北洋各路好汉无论谁胜谁负都得捧着他当家主事。那，你说他躲谁呢？”

“学生不才，实在看不出什么门道。”鬼谷生要个滑头回避开布翰林的询问，趁布翰林闭目思忖的当儿，跑走开应酬门面去了。

没有无非子陪翰林说话，布翰林实在觉得无聊。可翰林不似无非子那另外的几个好友，不来无非子相室，还各有各的去处；布翰林除了在无非子相室闲坐之外，其它便再没有一个去处。大街上市声鼎沸，翰林乘包月车穿过街衢，犹如赴汤蹈火一般，坐在车里闭着眼睛，但满耳还是摩登女郎的笑声和商店收音机放出来的丧邦之音；逛商店，布翰林都叫不出那些洋货的名称，看着那些上百元一条的劳什子领带，看着那些伤风败俗的女人衣裙，布翰林只恨自己不该活到如今这一大把年纪，居然还要亲眼看到人变成了禽兽。此外，什么舞厅、真光电影院、弹子房、赛马场、回力球社，罪孽，罪孽，皇帝在位时，何以就没想到早把这类孽障除掉！

所以，尽管无非子相室不见了无非子，空空荡荡，相室里还坐着布翰林，一个人坐在太师椅上，翻阅相书、品味《易经》、喝茶、闻鼻烟、看报。无非子爱看报，相室里有许多报纸，什么《庸言》《申报》《民国》《北洋》甚至还有《369画报》，以及许许多多没一篇正经文章的小报。布翰林看报是一目十行的，只有《庸言》报看得仔细，因为这《庸言》报的主笔是老熟人刘洞门，文若其人，报若其人，读《庸言》报就似当面听刘洞门说谎话一般。

不知为什么，这《庸言》报最近忽然对奉阎战局极是关注。头一版几乎全是奉阎战争的消息，什么专电、专稿，还有一幅一幅的大照片。读过这些天的报纸，布翰林得知一位袁大将军集结了数十万精兵，正浩浩荡荡地向奉军驻地调兵遣将。这位袁大将军得民心，所到之处民众列队欢迎慰劳，袁大将军的队伍纪律严明，一兵士因向小贩索要纸烟一支已被军法处判处当众重责四十军棍。而且袁大将军善用兵，是黄埔首届高材生，在德国研究军事多年，其关于战争学的专著已在英国出版，等等等等，看来，这位袁大将军马上就要成事了。

此事非同小可，布翰林放下报纸，悄悄地来到了春湖饭店。

春湖饭店是张作霖在天津的行馆，或者可以爱称是奉军的老窝。一个庞大的办事机构，还有一个严密的特务体系，张作霖神不知鬼不觉地常来天津，来天津就住在春湖饭店，而这位布翰林，便是张大帅的一位密友。

张作霖立足东三省，脚踩两只船，一只船是日本的军国主义势力。日本军国主义势力觊觎东三省，对这一片沃土早就垂涎三尺，张作霖占据东三省，允许日本军国主义势力得利益，日本军国主义势力是张作霖的后台老板。张作霖脚下踩的第二只船，是原来旗人势力的上层人物，因为关外毕竟是努尔哈赤的老家，而布翰林又是旗人势力上层知识分子的头面人物，高高地捧着布翰林，张作霖的江山就坐得稳当。对于张作霖的礼贤下士，布翰林是感恩戴德，中国读书人历来遵循士为知己者死的道德准则，所以暗中布翰林总给张作霖看着动静。

“翰林来得正好。”在春湖饭庄的密室里，布翰林见到了秘密潜来天津的张作霖，张大帅拉住布翰林，推心置腹地就要说知心话。

“大帅，我正有要事找你。”布翰林风风火火地坐在大沙发椅上，开门见山地对张作霖说着，“我估摸着大帅在天津。”

“翰林有什么指教？”张作霖谦恭地问着。

中国的军阀，到底也是礼乐之邦的武夫，无论他们多凶、多浑，但他们在读书人面前不敢轻慢，因为他们知道，在中国，不先把读书人买通了，就休想坐收天下。中国的读书人没能耐，但是成事不足，败事有余，读书人一瞎搅和，必把天下搅得一塌糊涂。所以无论哪一派系的军阀，尽管他们一面杀共产党，可同时他们还要作出一副姿态，把几个老学问篓子当圣人一般地供奉着，以此表示王道。

“我想，大帅此番来津，必是为了和阎锡山的战事吧？”布翰林察看着张作霖的面色问着。

“翰林圣明。雁北打起来了。”

“莽撞，莽撞。”布翰林双手拍着沙发椅靠手说着，“智者千虑，必有一失，你看看这篇文章。”说着，布翰林从怀里取出一张《庸言》报，这是他从无非子相室带出来的。

张作霖莫名其妙地接过报纸，布翰林帮他展开报纸，指着一小段文字给他看。张作霖虚合着眼睛看看报纸，那上面的标题是：雨亭遇柴堡，大将军不畏地名乎？

“什么意思？”张作霖抬头问道。

“雨亭是大帅的大号，柴猪堡或可称作柴堡，自古大将忌地名，雨亭，柴堡，你不以为这地名不吉吗？”

“还有一个猪字。”张作霖刚刚拿下柴猪堡，自然不服，他争辩地大声说着。

“就在这一个猪字上呀！”布翰林一挥手，激动地站起身来，“张大帅生于光绪元年，光绪元年是公历一千八百七十五年，是年的干支是乙亥。大帅你属猪！”

“啊！”张作霖吃惊地吸一口凉气。

布翰林顺势又走上一步，对着张作霖大声说道：“今年大帅四十八岁，又是本命年。”

“啊！”张作霖又是一声惊叹。

"张雨亭生于乙亥，四十八岁上，又逢亥年，偏偏要去攻打柴猪堡，莫非你忘了要三思而后行的至理名言了吗？"

"翰林赶紧找人给我相面算命吧。"张作霖气馁地说着，"听说天津有个无非子……"

"他躲起来了。"布翰林又坐了下来，万般无奈地说，"我本来还疑惑，他躲的是哪一个？如今明白了，他躲的就是你张大帅呀，无非子，你真是神仙呀！"

九

住在聚合成饭庄的一套客房里，无非子将一个斗大的"进"字，写在一张一丈二的宣纸上，悬挂在墙壁上，每日坐在这个"进"字的对面，仔细端详。只是要说清楚，尽管习惯上手写体的'进'字已经有了好几种写法，但无非子规规矩矩写的是正体：進。

只有宋四妹能和他说贴心话，她见无非子每日冲着这个"进"字发呆，便好奇地问着："你犯的哪家子神经病？不就是一个字吗，还能看出个大美人来？"

无非子不理睬宋四妹的奚落，仍呆瞧着这个"进"字回答说："这个'进'字将我绊倒了，我还得扶着这个'进'字站起来。"

袁军长离津一个月，消息传来，如今已是威震一方的人物。原来游窜在陕、晋一带地方的几个旅，穷得开不出军饷，靠掏老百姓的鸡窝过日子，袁军长财大气粗，一股脑买过来，收编成什么师什么旅什么团，发新军衣买新枪炮添置军车，没几天工夫便折腾出一派非凡的气势。再加上天津有《庸言》报，北京有《神州报》添枝加叶一阵吹嘘，连正在北伐路上的国民军都估摸着山西、陕西一带的袁将军不是个好对付的人物。恰好这时，说来也怪，张作霖突然由柴猪堡前线调回兵马，未及月余，柴猪堡几乎变成一座空城了。于是袁军长长驱直入，一时间柴猪堡大军压境，荣军长已经向张大帅再三告急了。

无非子给袁军长断的这个“进”字，又成了子平学界的一大佳话，《庸言》报上几篇文章吹捧无非子料事如神，他居然给一个被杀得片甲不留的败将批了一个“进”字，就是由这一个“进”字，这个败将时来运转又成了气候，无非子下一步就要给民国政府卜测吉凶了。

袁军长收复柴猪堡，已成定局，不出十天，捷报就要传来，因为无非子嘱咐过袁军长，四十天之内不可用兵，所以前线上袁军长憋足了一口气，准备一举成功。张作霖这边，终于布翰林费了九牛二虎之力找到了无非子，无非子料定四十天之内柴猪堡尚且天地交泰，不会有突降的灾难。但在七七之后，火王星南移，此时金星暗淡，水星无光，张大帅不宜用兵，倘此时柴猪堡有战事，请张大帅好自为之。百日之后，火王星下沉，金星突亮，水星高升中天，那时日有紫气起东北，亘西南；夜有赤星自西南入，其光烛地，该正是秋风爽战马肥士卒勇，莫说是一个小小的柴猪堡，只怕大半个中国都要非张大帅莫属了。

“袁军长一旦收复柴猪堡，他决不能慢待你，狠狠敲他一竹杠，咱俩远走高飞算了。”宋四妹终归是妇人之见，只盼着无非子能发笔小财，俩人躲到什么地方过小日子享福去。

“早以先我也曾这样想过，那时我性命难保，只盼着能闯过这道‘坎儿’，再不吃江湖饭了。”无非子燃上一支烟，细细地品着味道说着，“可住在这客房里审时度势，我看出这中国的压轴戏还在后头呢，一个小小的袁军长掀不起三尺的浪头，我只吃他一口饭便洗手不干，岂不是太冤枉了吗？你看当今之势，七十二路诸侯大起大落，鹿死谁手，谁主江山，如今还看不出来眉目。乱世出豪杰，豪杰们都是豁出一条性命碰运气，成者王侯败者贼，所以这几年相士们都发了财。我如何能眼巴巴看着这后面的一块一块肥肉让别人叼走呢？我还要干，我还要干大事业，来日说不定哪位帝王之材靠我保佑着收了天下，我，就是刘伯温了。哈哈！”无非子说到得意处，自己放声笑了起来。

……

在袁军长离津后的第四十一天，消息传来，袁军长收复柴猪堡，荣军长望风而逃，张大帅前线收兵，阎锡山犒赏袁军长，奉系军阀吃败仗了。

哈哈哈哈！

无非子相室一片喜气洋洋，无非子大摇大摆地回到了自己的相室，大把钞票拍在桌上，小神仙鬼谷生得赏银二千元，几个看相室的佣人每人二百，四间相室扩大到八间，换装上荷兰国的玻璃百穗吊灯，铺上波斯国的男工手绣地毯，宋四妹买了钻石戒指，而且几位老友也各有馈赠，刘洞门一辆新包月，左十八爷一只翡翠扳指，哈哈王爷一只纯种法国鬈毛小巴狗，布翰林一部宋版《易传》。至于无非子自己得了多少钱财，外人就不得而知了。

“哈哈哈哈！”哈哈王爷自然又笑了。

无非子相室入夜又铺开麻将桌，无非子、哈哈王爷、左十八爷、刘洞门又摆开了方城之阵，布翰林因奉系军阀失势心中稍有不悦，比平日走得更早，回家品玩那部宋版《易传》去了。麻将牌桌上四个人喜笑颜开，耍得比两个月之前还要开心。

“这个姓袁的小子够义气。”哈哈王爷搓着麻将牌连连赞叹，“果然是收复了柴猪堡立即清还债务，我的股票都提出来了，他还再三问我老祖坟在什么地方，好派兵为我把守。”

“王爷。”刘洞门向着无非子笑笑，侧目对哈哈王爷说着，“你可千万别告诉他准地方呀，兵家有胜有负，当心他败时顺手牵羊。”

“我比你明白，刘爷。”哈哈王爷万分自信地说，“带兵打仗的发财，一靠抢掠搜刮，二就是靠掘人家祖坟，哪个军人不挖古墓呀，我见过的太多了。哈哈哈哈……”

“这场事可把我吓傻了。”左十八爷将一张东风拍在桌上对无非子说，“干着急，使不上劲呀。按理说聚合成饭庄就和我自己开的买卖一样，寻人救人的事咱不是没经过手。可这次是军界，他妈的兵痞，不讲理的祖宗，咱这百八十个哥们儿递不上手呀！”

“十八爷帮了大忙啦。”无非子仍是万般感激地说着，

"当天下午就接上了线儿。"

"没嘛，没嘛。"左十八爷得意洋洋地说，"反正这么说吧，只要在天津卫，无论是丢了东西丢了人，明道上暗道上，都瞒不过我。还记得那年英租界乔总督撞上'高买'的事吗？从汽车走下来，左边一个随从，右边一个秘书，后边是四个保镖，过边道进家门一共不到十步远，领带上的钻石别针没了，偷的不是东西，让你见识见识世面，没两下子别来中国摆大尾巴鹰。乔总督傻了，托人求到咱爷们儿名下，我说好办，明天中午十一点，原地方给你挂上。你猜怎么着？到了第二天，乔总督挺胸站在边道上，前后左右站着暗探，他自己死盯着自己的领带。就看见马路当中有个小孩打水枪，乔总督怕溅着水珠，身子一摇晃，你猜怎么着，钻石别针又别在了领带上。打从那以后，乔总督再见到我左十八爷，远远地先抱拳作揖，这事不吹牛吧？"

"亲眼所见，亲耳所闻。"刘洞门连连答应着，说话时还翘起大拇指。

"就是跟挎枪的丘八们没法儿。"左十八爷不无遗憾地摇摇头，"唉，秀才遇见兵，有理说不清呀。"左十八爷一番叹喟，众人都觉合理，一致认为不可与兵家论纲常。

四圈麻将牌依然是打到东方破晓时刻，哈哈王爷依然是输了二百元大洋，左十八爷、刘洞门、无非子依然是各赢五十、六十、七十元不等，四个人在佣人侍候下洗过脸，和往日一样，又到了各自找各自去处的时候了。左十八爷这些日子早晨忙，正在码头上成全一笔大交易，货在船上，总找不准上岸的时辰，左十八爷已经在口儿上活动七八天了，说是三五天之内警察署放一个“冷子”，那时买卖成交，便是成千上万的好处，所以话没得说几句，左十八爷便匆匆走了。哈哈王爷天亮之前必须赶回府去诵经敬香，坐上包月车也走得没了影。相室里只还有刘洞门和无非子两个人，刘洞门神秘地从上衣口袋掏出一个纸条交到无非子手里。

“什么？”无非子向刘洞门问道。

“电报稿。”刘洞门一本正经地回答。

“什么电报稿？”无非子莫明其妙地又问。

“奉系的荣军长撤出柴猪堡，全军兵马驻扎在古北口一带操练。”

“他当然不会回关外，好不容易给自己打出一片地盘，他还会乖乖回到张作霖眼皮下边去挟尾巴过日月？”无非子看着电报稿回答。

“所以我劝神仙兄长是不是应该躲避几日？”刘洞门一面整理衣饰一面说着。

“为什么？”

“倘若那荣军长住在古北口无聊，一高兴要来天津玩几天，那时他找到神仙相士，这一阵报上没少张扬神仙给袁军长指点迷津的神通，万一他恼羞成怒……”

“谢谢洞门仁兄提醒，我只是怕这个荣军长不肯到相室来找我呢。哈哈！”

“怎么，你在等他？”刘洞门大吃一惊。

“洞门仁兄且看下回分解吧，我还有好生意做，主笔还有好文章写呢，哈哈哈哈。”

说笑着，无非子送刘洞门走出相室，刘洞门摸不着头脑，糊里糊涂，只得快快去了。

说来也怪，今天无非子没有去赴宋四妹公馆的约会，却回身坐到相室里，端端正正地读起了《易经》。

……

“师父，大事不好啦！”

小神仙鬼谷生去万顺成早点铺喝锅巴菜，才咬了一口烧饼，一抬头正看见天祥商场后门黑压压百多十人恶汹汹往里闯。清晨七点，天祥商场还没有开始营业，看夜打更的伙计自然要上来阻拦，没想到这些人蛮不讲理，半句话不说冲上去就动老拳。鬼谷生看了一眼，心中已觉察到凶多吉少，喷香的锅巴菜没喝一口，拔腿就往天祥商场里钻。噔噔噔急急急快如风，一口气跑进相室，才放开嗓音喊叫一声，不料却被四个大汉四只大手一齐抓住，鬼谷生才要挣扎，只觉得硬梆梆的什么家伙顶在了后腰眼儿。我的妈！鬼谷生哼了一声，早瘫成一堆烂泥，再不出声了。

呼啦啦几十个军人涌进了无非子相室，这些人一个个青面獠牙，眼睛里布满了血丝，活像是恶狼才吃了死人，为首的一个身佩武装带，腰挎着盒子炮大军刀，亮锃锃马靴地板上狠狠踹着，破口便是大骂。

“妈拉巴之（子），丫头养的什么无非子，你给我爬出来。”

声音惊天动地，满天祥商场的人都当是晴天打下了霹雳，许多人跑来围在无非子相室门外看热闹，彼此悄声猜测无非子到底惹怒了哪路的英豪？

惟有相室里没有反应，无非子明明就坐在内间相室里，莫说他平日只是装聋，就算他从生下来就是一点声音听不见，这恶汹汹一干人等扰起的恶浪也能把他打个大跟斗。偏偏他似是什么也没有听见，什么也没有感觉到，仍坐在案前读《易传》，伸出舌头舔舔手指，他还慢条斯理地翻了一页书。

当地一声，为首的那个少壮军人狠狠地踢开了内室的木门，顶天立地一只黑宝塔，这个活似狗熊挎战刀一般的豪杰站在了无非子面前。

这时，无非子才缓缓撩起眼皮，似是无心地向来人望了一眼，然后双手微微地拱在一起抱拳作了个揖，吸足一口气，方才语调平和地说道："无非子恭候荣军长多时了。"

"你个猴小子就是无非子？"来人一巴掌拍在书案上，凑过身子，鼻子对着鼻子问着。

"不才便是。"无非子回答。

"谁给你报信说你荣爸爸今日要来？"

"出口不逊，恶语伤人，非礼也。"无非子虚合上眼睛自言自语地说着。

"来人哪！"荣军长一声喝叫，早有八个丘八拥上来，从左右两侧抓住了无非子。"把无非子这丫头养的给我押走，天津卫不是咱的地界，弄到古北口军营里我一刀一刀剐了他！"

荣军长话音未落，八个军人早不费吹灰之力便将个瘦骨嶙峋的无非子绑了起来。

“哈哈哈哈。”无非子一没有惊慌，二没有反抗，反而爽朗地放声笑了。

“你笑啥？”荣军长揪住无非子衣领问着。

“我笑荣军长恩将仇报，误伤了暗中助你的真人。”

“你说啥？你还是我的恩人？你暗中还助着我？亏你说得出口，那姓袁的小子让我打垮了，夹着尾巴逃到天津来，你批了他一个‘进’字，他才又招兵买马回柴猪堡跟我拼命。”

“这才是我暗中助你。他袁某人身为一介武夫，柴猪堡一箭之仇他必是怀恨在心，你虽然夺得了他的地盘，可此人一日不除，你一日不得安宁。你盘踞柴猪堡追他尚愁鞭长莫及，我让他回去自投罗网，难道不正是暗中助你吗？”

“呸！”荣军长可不是凭他无非子花言巧语能糊弄的人，“你那嘴跟屁股眼子一样，开着花地翻，你批的那‘进’字咋个解？”

“我批的这‘进’字原是劝他就此罢休，不要再跟荣军长过不去了。”

“瞎扯吧，你当我不识字？‘进’就是前进，前进，杀呀！”荣军长向无非子表演了一番冲锋陷阵的功夫，果然，这“进”便是前进。

“差矣，进者非进。”无非子被人绑住了双臂，说话时只能靠摇头摆脑表示得意。

“胡掰吧，进咋成了不进？”

“那里有纸和笔，请荣军长写个进字。”无非子支起下巴，示意给荣军长放笔墨的地方。

“写就写。”回过身来，荣军长操起笔来，在铺在案上的宣纸上写了一个“进”字，荣军长的墨宝是螃蟹体儿，但字写得横平竖直，且又是正体繁字，没有什么挑剔。

待荣军长放下毛笔，无非子又虚合上眼睛，似平日批命相面时那样操着抑扬顿挫的语调说着：“这‘進’字，上面是个佳字，外面是个走字，我明明告诉他三十六计走为上，他偏偏以为是我让他进军发兵收复地盘。是我无非子批错了命相，还是他不识我无非子的真言呢？”

“啊？”荣军长呆了，他一双手插在腰间，冲着自己写的那个“進”字端详了半天，他越看越觉得无非子说得有理，越看越觉得这个“進”字原来就是以走为佳的缩写。“三十六计，走为上？来人哪，给神仙松绑！”

七手八脚一阵黑旋风卷过去，无非子又端起了神仙架势，他整理好长袍马褂，将被绳儿系着皱巴巴的衣袖舒展平整，重新在太师椅上坐好，摇头摆脑地说道：“既然求问神明，就当深思神明的指点，袁军长一介鲁莽，得了一个‘进’字便以为吉星高照，所向披靡了。其实他根本不知道‘进’字作何解释。”无非子说着话将一双胳膊举起来，让长袖褪至肘间，露出一双手背上暴着青筋的大手，比比划划地说下去。“君子之‘进’，君子进德修业，他袁某人刚刚被杀了个落花流水，即使不是天意灭你，你也当暂且偃旗息鼓，进业修德，思想自己何以失德失道失助失时失势，进而悟彻做人的道理，从今后知天命守本分，再不可有分外之念。这个‘进’字，不正是劝他不可轻举妄动吗？而且，进者，尽也，《列子·黄帝篇》有言，‘竭聪明，进智力’，此所谓聪明、智力已经竭尽了，从此不能再成大业。更何况进退维谷也是‘进’，进寸退尺也是‘进’，偏偏他袁某人只将个‘进’字当作是率兵出征，他不明明是自找身败名裂吗？”无非子越说越得意，他已经将一个“进”字解得全无进意了。

“神仙圣明。”荣军长终于心悦诚服了。他立即向着无非子立正站好，一双马靴重重地撞了一下靴子后跟，清脆一声响，荣军长向无非子致了个军礼。“神仙别和我一般见识，只当我是个粗鲁人，刚才犯混脾气，神仙多包涵。您老若是觉着不出气呢，就抽我两个大耳光之（子）。”不等无非子动手，荣军长先抡起巴掌拍了自己两记耳光，看看无非子似是消了气，荣军长才又说道：“不管怎么说，我算是让姓袁的撵出来了，我这脸面往哪儿搁呀？”

“如此又是荣军长多虑了。”无非子活动着刚刚被绳儿勒疼的手腕，慢慢说着，“当初荣军长强攻柴猪堡，杀得袁军长丢盔弃甲，最后他只身逃到天津，八方筹措才借到军款，这才又收买下散兵游勇重回柴猪堡；而荣军长放弃柴猪堡未伤一兵一卒，只是张大帅忌星相，这才调虎离山，以荣军长的兵力……”无非子话到唇边不说了，这时鬼谷生献上茶来，无非子抿一口清茶，算是驱散刚才的一阵晦气。

“有话，神仙只管说，拿回柴猪堡，我给神仙打一百个金嘎（gǎ）子。”

“既然张大帅有令调荣军长出关……”无非子莫测高深地故意挑逗。

“嗐，将在外，君命有所不受呀！我咋不杀回去呢？神仙，你快给我算一卦吧。”

“算完了。”无非子收拾案上的纸笔，看也不看荣军长一眼，只向门外招呼：“送客！”

“啊？！”荣军长呆了，“这就是算完了？好歹神仙也得批我个字呀！”

“你自己刚才不是说出那个字了吗？”无非子向荣军长反问着。

“我说啥了？”荣军长寻思好久，终于他还是想了起来，“我说了一个‘回’字。”

“你把这‘回’字写下。”无非子又补充一句。

荣军长立即在纸上写了个“回”字，写好后，他呆望了一会儿，心领神会地说着：“神仙的心意我明白了，这次我杀回柴猪堡，要在柴猪堡里面设一个包围圈，外面再设一个包围圈。上次我吃亏就在只围了三面，给姓袁的留了一条逃路，这才给自己留下了后患。这次我大圈紧，小圈缩，给姓袁的来个全军覆没，活捉住姓袁的，杀头祭刀。”

“送客！”无非子又说了一声，然后便劳累万般地颓然坐下，再不说一个字了。

“谢谢神仙。”荣军长只得告辞了，走到门外他返身对无非子说，“今日先送神仙两千元大洋压惊，来日必有重谢。”

“送客……”

无非子最后无力地呼唤了一声……

小的儿

林　希

1

弥留之际，母亲将我紧紧地搂在她的怀里，这时的母亲早已经哭干了泪水，哭得失去了声音，她只是把我的脸颊贴在她的唇边，没有一丝力气，几乎听不到一丝声音，一字一字，她只是对我说着："孩子，娘败了，小的儿胜了。你是娘的儿子，顶天立地的男子汉，你可要给娘争这口气！"说罢，娘就在我的怀里咽了气。那年，娘，43岁，而我，只有13岁。

母亲的娘家姓马，母亲的名字叫马官南，名字是俗了一点，但那是家谱上早就规定了的，赶上哪个字，就是哪个字，根本没有选择的余地。天津的马姓人家是名震遐迩的大户，论财势，堪称是天津的首富，论品位，也更是书香门第，而且一不依仗官府势力，二不在天津卫称雄称霸，积善人家，必有余庆，马姓人家在天津卫独享殊荣。

和马姓人家比起来，我们侯姓人家就是暴发户了，我的先曾祖父大人，生前就任日本三井洋行中国掌柜，买办，吃洋饭的，没有根基，门第不高，也算是不齿于名门望族的小门小户，上不得高台面。

按道理说，马姓人家和侯姓人家根本就是门不当户不对，压根儿就不可能做亲，据母亲说，像侯姓人家这样的后辈，顶头，也就是娶个猪肉铺掌柜家的肥姑娘罢了，他们何以能攀上这么高的门第呢？算是侯姓人家有这步运气，不是赶上闹八国联军吗？八国联军攻克天津之后，烧杀抢劫，天津城一时之间成了一座死城，尸横遍野，血流漂杵，平民百姓只能任由强虏施暴，而大户人家则就要设法逃避。逃到哪里去呢？八国强盗满天津城为非作歹，简直就是如入无人之境，哪里还有什么避难之所？别着急，找我们老侯家来呀！忘了我们老侯家是吃洋饭的啦？自从八国联军一进天津城，日本国就在我家大门外挂上了一面日本国的太阳旗，太阳旗下面还有五个大字：日本国保护。你道“牛”不“牛”？

就这样，人家马姓人家一户人，就投奔到我们老侯家来了，别忘了人家马姓人家有两位千金小姐呀，大小姐已经许配了人家，偏这位马家的二小姐才貌出众，端庄大方，心灵手巧，多才多艺，你想想我家的先祖母大人能不在马家的二小姐身上打主意吗？当时自然是什么也不说了，我家的先祖母大人只是尽其所有，热情待客，不仅每日三餐必是山珍海味，而且还拿出绫罗绸缎，给两位马家小姐裁制新衣服，更为甚者，我家的先祖母大人还将马家的二小姐请到她老人家的房里，打开梳妆台，取出首饰匣："孩子，看着哪件好，就拿哪件吧。"直吓得马家二小姐暗自打战，我的天爷，这已经明明是不怀好意了，哪些有这样对待避难人家的？人家投奔这里来，不过只是要找个平安地方罢了，哪里敢妄想得到这般对待。当即，人家马家的二小姐只推说是自家的首饰尚且戴不过来，又东拉西扯地说了点闲话，便又说是要回房读书，施礼之后，人家便走出去了。吃了闭门羹，我家的先祖母大人非但没有恼火，反而一眼认定，她老人家的大公子，是非马家的二小姐不娶了。"你瞅瞅人家的孩子，金银财宝压根儿没放在心上，什么翡翠珠宝，人家孩子连一眼也不看，这叫名门闺秀、千金小姐，哪能一看见金活银活就眼里冒金星的？官南这孩子我看中了，她若是不肯嫁到我家来，做我的儿媳妇，我就落发为尼！"我的天爷，侯老太太的主意就算是拿定了。

可是你也得问问人家马二小姐愿意不愿意呀，马二小姐一声不吭，只是低头在绣架上绣花，一不小心，绣花针刺破了小手指，将手指咬在唇边吮一下，安稳一下心情，然后又继续在大木架上绣花，绣的是新燕梅花，好一手漂亮的女红。

马老太太更是思想维新，人家娘家祖辈上出过进士，而且还是桐城派作家群中的一员主将，家学渊博，自然就有些平等思想。所以人家马老太太对儿女婚事极为谨慎，那是绝不能只听父母之命、媒妁之言的。而且人家马老太太一不去庙里烧香，二不去问卦求仙，什么看命相、批八字，人家马老太太一概不信，人家马老太太要来一次调查研究，访亲问友，八方探询，各路的报子们传回来的情报说，这位侯家大少爷人才出众，不仅是学富五车，而且还满腹经伦，聪明智慧，精力过人，那才是百里挑一的上等人儿呢。

就这样把婚事订下来？也未免还是太草率了，正犹疑间，突然传来消息说，人家那位侯家大公子，被袁世凯选去，到海军大学读书去了。何以这位公子，弱不禁风，身无缚鸡之力，竟然被袁世凯挑去，要做海军尚书了呢？其实此中没有什么秘密，就是因为袁世凯就任都统衙门总督之时，到津那天，日本国三井洋行派出他的中国掌柜侯老太爷，前往都统衙门贺拜，且送去一份官礼，白银一万两。袁世凯大人一生最喜两件物什，一是金钱，二是美女，今日见了这一万两白银，就更是格外高兴，当即他便向侯老太爷问道，有没有什么事情要他袁大人暗中相助？侯老太爷说道：“我家虽属出身微寒，但也实在没什么大事要劳烦袁大人出力帮助。”这时，袁大人指着侯老太爷带在身边的孙儿向侯老太爷问道：“这是你的什么人？”当即，侯老太爷回答说：“回复袁大人的示问，这个小犬是我的大孙子。”

“多大年纪？”袁大人继续问着。

“一十八岁。”侯老太爷回答。

“好了，明日你着人把他送到大直沽，那里新立了一所海军大学，眼下正在招考学生，你让他入学读书就是了。”

“使不得，使不得，请袁大人另觅高材吧，我家的小孙子，是只可从文，不能习武的呀！他手不能提篮，肩不能挑担，出操演武，他是力所不能及的呀！”侯老太爷听说袁世凯要选自己的孙子当兵练武，立即便摇着双手赶忙推辞。

“嗐，你以为进海军大学就是出操练兵吗？”袁世凯当即解释着说，“那是平民百姓的孩子才让他去出操的，让咱们家的孩子出操练武，你舍得，咱还舍不得哩，咱们家的孩子穿老虎皮，那是只等着吃俸禄的，海军大学里享几年清福，风吹不着，雨淋不着，三年之后，出来就是海军将官，至少也是一名海军舰长，吃香的喝辣的，享不尽的荣华宝贵，不比你让他承继办洋务好？”

虽然是这样说着，可我们侯老太爷还是不愿让自己的孙子去学武，但是据明白人说，袁世凯既然选中了你的孙子，要他去进海军大学，你还是不要敬酒不吃，吃罚酒，如今他正在招兵买马，说是和你商量，其实是强要你家的孩子，驳了他的面子，吃不了，兜着走，到时候有你的小鞋穿。无可奈何，去就去吧，反正对孩子说好了，让你出操，你就说是肚子疼，再不行，就去蹲茅坑，千万别给他真卖力气。

没想到，就因为这位侯家大公子进了海军大学，我们侯姓人家和马姓人家的这门亲事还就真的做成了。何以这马姓人家的二小姐就肯屈尊下嫁到侯姓人家来了呢？也没什么太深奥的道理，世上的人，不全是要攀附名贵吗？清朝末年，糊里糊涂的老百姓不知道世态的动向，但是稍微有点心计的人，全都看出了这朝廷是保不住了，只是，这朝廷一旦寿终正寝之后，这天下又是谁人出来收拾呢？短视的人说，改朝换代，还得有人登极称帝，中国没有皇帝不行，而有远见的人则认为，清室一旦退位之后，中国必要实行民主自由，那时节，四亿神州皆舜尧，长颗人头的便是国家主人翁。果不其然，这往后的日子还真就是这么一回事了。

马老太太同意了这门亲事之后，自然就要去征求女儿的意见，而且还把这些日子暗中对侯大公子的种种查访，原原本本地向女儿做了转述。马老太太告诉女儿说，这位侯大公子，全名叫侯茹之，比马家的二小姐年长两岁，今年恰正是20岁年纪，容貌么，也许你留意过，避难时住在侯家，总听见书房里朗朗的读书声，子曰诗云地终日没完没了地背诵圣贤文章的那个白脸书生，便是侯家的大公子，侯茹之。这位侯茹之小哥天资极佳，读书可以一目十行，而且过目不忘，他家的侯老太爷见孙子聪颖，四岁上便在家里立了书馆，请来了一位做过侍郎的宿儒老学究给人家大公子开蒙，第一年讲《四书》，第二年讲《春秋》，第三年，第四年，那就越讲越有学问了，待到一十二岁时，人家侯大公子，已是把凡是带中国字的书全都读完了。读完了中国书，再去读外国书，最先读的是英语：*good morning*，*good bye*，现如今已是能和外国人说话了。学通了英语之后，人家侯大公子又学日本语：阿里嘎豆，沙由那拉……能和日本人一起猜拳喝酒，还能先把日本人灌醉了之后，自己再喝个一醉方休，那份本事，天津卫算是独占鳌头了。“这位侯公子别是生性荒唐吧？”听过母亲的述说之后，马二小姐不无担忧地问着。“也许不至于吧。”马老太太当然不敢打保票，只是心中暗想，这样的大户人家也许不至于出太离谱的孽障。果不其然，这还真让马老太太给猜中了，这位侯大公子确实没有离谱，人家压根儿就是自己编谱儿。

听说马家答应了这门亲事，侯家老太太可是高兴得真有些忘乎所以了，立即差人去找神仙铁嘴们批命相，生辰八字合回来，没这么合适的了，天作良缘，侯大公子属猪，马二小姐属牛，一个胡吃闷睡，另一个辛劳终生，而且，猪配牛，不知愁，绝对没错，我的老爹一辈子没遇到过犯愁的事，造化，这是人家侯大公子的福气。

刻不容缓，当即，两户人家就换了帖子，紧急动员，侯家和马家就各自忙起来了。马家忙聘女儿，不外是金银细软，古董玩器，据母亲后来对我说，人家马家给二小姐带过来的陪嫁，不算四名陪房的婆婆使女，只那些物什，就足够我哥哥和我坐吃一辈子的，莫说是那些金银首饰，只那两只压箱子的翠玉、猫眼儿碧玉，稀世珍宝，一只就是千顷良田，可以给日后的土地改革，提供一万名地主分子，这该是多大的贡献呀。

准备给侯大公子娶亲，侯姓人家就更是大肆挥霍了，我的先曾祖父大人有了吩咐：别给我办得太寒碜了。随后他便一头钻进三井洋行，忙他的公务去了。至于我的先祖父大人呢？彼时他老人家供职于美孚油行，任华账房大写，每年三个月在天津，三个月在上海，三个月去美国，另外的三个月，是在海上坐轮船，那时候不是没有飞机吗？据我家先祖父大人后来对我说，那在海上乘船的滋味是很不好受的，枯燥乏味，从上海出发，穿过太平洋，遇上风平浪静的好天气，至少也要20天，这无所事事的日子可是该如何打发呀，幸好，树林子大，什么鸟全有，偏偏一位不长进的中国洋奴就混到了船上，他不买船票，白吃白喝，只在船上给乘客们讲《三国演义》，当然是用English，而且这位爷的英语是绝对的顶呱呱，愣把洋毛子们听得不会转眼球儿，而此中我家的先祖父大人，自然也听得有滋有味。由此，我家的先祖父大人因为要在海上听英文的《三国演义》，这家里的事情就全交给我的先祖母大人了。先祖母大人最爱讲排场，凡事总要来个天津第一。于是她老人家就找来了天津卫操办红白喜事的各路英豪，当即便向各位问道："这天津卫自从设卫以来，谁家迎亲的喜事办得最是与众不同？""回侯老太太的示问，天津卫近五十年以来，娶媳妇最阔气的，还得说是人家杨翼德。"杨翼德大人彼时就任天津府巡警局局长，他为给儿子娶媳妇，一家伙挥霍了白银一万两，此中还不包括远近亲朋送的贺礼。

"好，就给我照着他杨邦子的排场办。"杨翼德绰号杨邦子，进了我们侯姓人家的大门，他不敢走方砖砌的大路中央，乖乖地，他得给咱来个黄花鱼，溜边儿。素日在外面吓唬老百姓的那套"架子花"，他得给咱侯姓人家收起来。为什么？什么也不为。就问问他杨邦子怕不怕外国人？你那个巡警局是整治中国人的，在吃洋饭的人家面前，你杨邦子往哪儿摆？连天津府衙门的道台大人，都得逢年过节的到我们侯家来给老大人请安，而且杨邦子对下属早有过交待：只要是侯姓人家的轿子马车出来，一定要让闲杂人等回避，不得挡路，知道这天津卫的大马路是给谁修的吗？无论是大街小巷，先得让人家有头有脸的大人先生走，人家不走的时候，才轮上你们去走，不三不四的别总在大马路上转悠，碍事，知道吗？爷们儿。

全新南绣的花轿，四八三十二抬，新打出来的四面丈二铜锣，要的是惊天动地第一声，六十四名童子，每人一套大红龙凤衣，四堂吹打，清一色的绵缎朝服，八匹大红枣马，唯一和杨邦子家迎亲排场不同的是，侯姓人家没有功名，没有功名不要紧，我们有北洋总督大人的面子：海军大学在读，比个五品六品的还要光彩。

震惊津门，空前绝后，侯姓人家就如此这般地将马家的千金二小姐给迎过来了。为了将这一场事办得非同寻常，天津地方县志还特意写下了一笔：某年某月某日，三井侯宅迎娶新人，极事铺张。如是，还就算是在历史上留下了光辉一页。

只是，从此难为了这位马家的千金小姐马官南，人间冷暖，苦辣酸甜，千般是非，万种磨难，就全落在了她一个人的身上。

2

马官南嫁到侯家来做大少奶奶，头一个月，正赶上侯茹之放暑假，头个月不空房，小夫妻如漆似胶地过了一个月甜甜蜜蜜的生活，据母亲后来说：“我和他只过了一个月的好日子。”说的就是这段时光。

一个月之后，侯茹之返回大直沽海军大学，侯氏府邸第三道院里，就只剩下了马官南一个人和她的四名陪房女子。早晨，马官南按时到公婆房里去请安，公公自然是不在家的，也不知是去了上海，还是去了美国，只婆婆一个人还没有起床。不亲自看着婆婆起床漱洗，大儿媳妇自然不能回房休息，由此，马官南就只能在婆婆房外恭立侍候，好在婆婆没有这些规矩板眼，“我还要再睡一会儿呢，你只管回房去吧。”婆婆还躺在床上说着。最先马官南也是不好意思，但去了几次，婆婆总是不起床，问起公婆房里的刘妈，这才知道婆婆历来有睡懒觉的习惯。这和自己的母亲不一样，人家马老太太白天吃斋，晚上烧香，夜里念佛，而我的先祖母大人，却是白天睡觉，晚上听戏，夜里打牌，打麻将牌，一打就是一个通宵，而且多大的牌桌子都敢上，一夜之间万儿八千地输掉，根本不算是一回事。输过钱之后，回到家来休养生息，一觉要睡到中午12点，然后起床用饭，下午再稍事休息，下午 5 时开始更衣， 6 时登车而去，中国大戏院，大舞台，上权仙。侯太太要去听戏，侯老太太听戏不能自己买票，各个戏院专门给侯姓人家留着包厢，我们侯老太太很有几个出名的干女儿，全是各戏班里的名角儿。侯老太太当然不能白听戏，偶尔她要给干女儿们打件金活首饰。也是据母亲后来对我说：“一年，你奶奶一次就给五个干女儿打了十付翡翠耳环。”也是一付耳环价值百亩良田，20亩地算是地主分子，就这样，我奶奶的干女儿，一个人的耳朵上挂着5名地主，你说说这是多大的罪恶吧！

免去了每日清晨的请安问候，大少奶奶马官南满以为少了许多繁文缛节的麻烦，谁料，一个月之后，马官南毫无准备，突然一天，前院里大账房给大少奶奶送来了当月的流水细账。双手托着厚厚的一本折子账，马官南犯了疑惑，新过门的媳妇，有什么权利审阅全家的日常开支呢？匆匆忙忙，双手举着流水账折，马官南就往上房里走，碰了一鼻子灰，侯老太太不在家，打牌去了。倒是公婆房里的刘妈转达了老太太的旨意，侯老太太留下了话，说是从这个月之后，这家中的日月就交给大少奶奶了。我的天，才过门就当家，这若是在小户人家可真是求之不得的事了，一袋米两袋面，一瓶油一堆土豆，谁当家谁占便宜。多少户人家婆媳不和，打得不可开交，争的就是这个领导权。可是这里是侯姓人家，老太爷年事已高，家里的事早就不闻不问了，公公辈弟兄三个，分家不分财，三处宅院走一个账房。侯茹之弟兄四个，茹之是老大，下面还有三个弟弟，和叔辈分支大排行，这支里是老五、老七、老九，除此之外，再加上另外三个分支的弟兄，这一辈上是共有弟兄一十七人，同胞姐妹二十五人。再往下，二弟娶了妻，三弟夭折，四弟是三爷房里的老大，也已经订了亲，五弟是自己的亲弟弟，不肯上进，只在家中养鸽养鸟，到了秋天养蛐蛐，还雇了一个把式养鱼，老六是四爷房里的独根苗，事事都要和长门长孙比，侯茹之怎么样，老六就要怎么样。下面，老七确实是个好青年，一心只知读书写作，倒不是如后来的新派人物那样要当作家，那时候还不知道作家是什么玩艺儿，在三教九流之中算是老几？所以，这老七的写作，也就是学着写些时文。再往下，老八嘴馋，老九好穿，十一十二，喝酒吸烟，一个比着一个地作孽，一个比着一个地花钱。总之，在这样一户人家里当家，那可是比日后在联合国里当秘书长要难多哩！

而且，一看当月的流水账折，这位新当家的大少奶奶惊呆了，老太太打牌听戏，无论是多大的花销，那是谁也不能说什么的，唯有这侯大公子在大沽口海军大学读书一项的开销，当月就是大洋400元。“不就是读书吗？而且还都是官费供养，这许多钱是做什么用项的？”新少奶奶找来账房总管，当面向他问道。“回复大少奶奶的示问，大公子的用项，那是一笔一笔都记清楚了的。饭钱是80……”怎么？不是说海军大学官费吗？对，没错，就是官费，可是官费的饭菜大少爷咽不下去，老太太有过吩咐，要一日三餐由大直沽的一家饭庄按时送饭，每餐四荤四素，外加一道裙边海参，那是大少爷最爱吃的菜肴。光吃饭也用不了这许多钱，大少奶奶新官上任三把火，一定要问个究竟。最后找来侍候大公子读书的佣人仔细盘问。终于问出结果来了，回答说是大公子喝酒。喝酒也喝不了这许多钱，一瓶老白干才几个钱？侍候大公子的佣人便又回答说，大公子不喝老白干，他人家喝洋酒，法国的白兰地，英国的威士忌，日本国的鹤之舞，还有刚从美国传过来的鸡尾酒。罢了，听过佣人的禀报之后，马官南再也不往下询问了，她把账目折子原样交回账房：“由他们可着性地挥霍去吧！”从此，她再什么也不询问了。

当然，如果马官南不是自己欺骗自己，倘她能够早一天愿意承认自己的丈夫原来是一个花花公子，也许日后她还不至于受到那么深重的伤害。马官南爱她的丈夫，她把自己终生的幸福系结在了这个男人的身上，她总是在暗中庆幸自己嫁给了一户好人家，自己又嫁给了一个好丈夫。的的确确，若是只看表面，这位侯家大公子真是一位非凡的人儿，仪表堂堂，眉清目秀，博学多才，俨然是一位不可多得的公子书生。婚后第四天，侯大公子陪伴马家的二姑奶奶回娘家走亲，马家老太爷设宴席招待新女婿和全族老小，侯大公子陪他的泰山大人坐上正席，那份大方庄重的神态，据母亲后来对我说，那才真是令马姓人家全班成员震惊折服的了，而且，席间这位新姑爷又能和各位亲朋对答如流，古今中外，诗词歌赋，一直到军事政治，天文地理，那才真是无所不知无所不晓，只他一个人，愣把马家全班成员们说得瞠目结舌。尤其令马老太爷雀跃不已的，是这位新姑爷吃着岳父大人家里的饭菜可口，一碗饭下肚之后，居然还说要再盛一碗，我的天爷，新姑爷第一次拜认岳父岳母，哪有吃两碗饭的？马老太爷当即把胡子一捋：“好女婿，真是洒脱大方！”就在宴请二姑爷的前半个月，马家也是设宴，宴请大姑爷，只是这位大姑老爷太迂腐，酒席摆好之后，全家老小入席，这时只见人家大姑老爷将筷子一举，菜都没吃一口，然后便说是酒足饭饱，离席而去了，窘得马老太爷光眨巴眼，你说扫兴不扫兴？一桌酒席纹丝没动，一家人也就只好不欢而散了。

何况，这位新姑爷还是这么大的学问，马老太爷高兴，马老太太更高兴，没想到一个暴发户人家，还真出息出来了这样一个人物。马官南呢？当然就尤其高兴了，自己的丈夫如此落落大方，那才真是自己的脸上光彩呢！至于在学校里喝几杯酒，和同学们一起胡闹，年轻人的荒唐，将来自然就会好的，何必过于认真？

但是，马官南却渐渐发现，自己的丈夫已经和自己疏远了，新婚的小夫妻，哪里有半个月才见面一次不亲近的？侯大公子就是如此，盼星星盼月亮，暗中在心间数日子，好不容易半个月的时间过去，早晨马官南就梳洗打扮得神采非凡，偷偷地还做了种种的准备，谁料想，待到丈夫回来之后，自己从公婆房里告安出来，回到房里一看，自己的丈夫竟然睡着了，马官南更衣洗漱时，故意把声音弄得大些，甚至于上床时把被子枕头拉得惊天动地，但是一切都无济于事，人家侯大公子是再也吵不醒了，而且，马官南还嗅到丈夫身上有一股女人的香味，眼窝一酸，不觉间泪珠儿从脸颊上便滑了下来。

恩也罢，怨也罢，反正在七八年的时间里，母亲在生了两个女儿之后，又相继生下了哥哥和我，而我的出生，实实在在是一个错误。我生于1935年，彼时侯大公子已经早成了侯大先生，而且早在我出生之前，我的老爹就讨了一个小的儿，“小的儿”，即小老婆是也，所谓的“刻部稿，讨个小”，就是讨个小老婆的意思。而母亲的所谓“小的儿”，后面的两个字要连起来发一个音：dir，表示一种轻蔑，根本排不上号，算是一个“的儿”。

小的儿，宋燕芳，比母亲小10岁，苏州人，相貌平平，不过扮相水灵，札靠齐整，走上台来，场场是碰头好。听出点眉目来了吗？唱戏的，艺术家，女演员，都不是，是我奶奶的干女儿。不是说过的吗？我奶奶爱听戏，天津卫几个大班儿里面，都有我奶奶的干女儿，宋燕芳就是其中的一个，不是出类拔萃的，但也很有几分姿色，如何和我的先父大人勾搭上的？说来话长，满清退位之后，袁世凯做了几天大总统，光做大总统不过瘾，他还要做皇帝，如此这般，他就登极做了洪宪皇帝，八十三天皇帝梦，鬼吹灯，他倒台完蛋，又一口气没接上来，他老哥翘了辫子，从此海军大学解散，我的先父大人也随之离开了北洋派系，就近，塘沽日本国的大坂公司到原海军大学物色人才，我的先父大人自然因其学优品不优而被录取重用。因为彼时日本人在国际上受歧视，日本人不敢出面和西方洋人打交道，所以，他们必得找一位既会说日本话，又会说英国话，既会喝酒，又会玩牌，既会跳舞，又会赌马的盖世奇才做他们公司的全权代表，你说说，这样的人物，除了我的先父大人之外，这天津卫还能找得出第二位来吗？

在日本国大坂公司任副理，西方人称之为是number-two，第二号人物，对内甩手大掌柜，当家不做主；对外，他就是大坂公司全权代表。他打个喷嚏，是大坂公司鼻孔通畅；他打个哈欠，是大坂公司酸懒儿犯困；他老先生放个臭屁，那准是因为大坂公司五谷杂粮吃的太多了。反正这样说吧，这位侯先生，他就是大坂公司的活动人形。后来，我倒是也问过我的先父大人，你当年到底在大坂公司是什么待遇？我的先父大人对我说："大坂公司的账房，就是我的私人小金库。"如此，我终于明白了，何以当年我的老爹坐在牌桌上，在他的怀前堆着的那成千上万的钞票，无论是输是赢，他都压根儿没往心里去。大坂公司有的是钱，侯先生又是花钱的一把好手，鱼儿得了水，我的先父大人就越活越自在了。

那么，那位宋燕芳女士，又是如何到了我家，并做了一员"小的儿"了呢？也没什么太离奇的情节，不是说过的吗，这位宋燕芳女士是我奶奶的干女儿，偏偏这位宋燕芳女士一打扮出来，便是容如花来貌如月，最后一场压轴戏还没有散，戏院门外早有小汽车等在那里了，跟着汽车来的马弁们先得盘问仔细，几位弟兄可都是接小燕芳来的？没错，数数吧，总共是四辆，就看今天晚上小燕芳老板跟谁走吧。那还有什么好说的？谁的势力大就跟谁走呗，暗中比一比，罢了，今晚上别找气，头部车子，认识吗？天津议事厅厅长，明日见吧，回去禀报主子，今天晚上，您老另打主意吧。

光是晚上有车接，也无所谓，吃的就是这碗饭么，有车接，那是咱小燕芳的人缘儿好，长相好，扮相好，天津卫的各界贤达有钱爱往咱姐儿这里送。只是，节外生枝，接着接着，有这么一天，两部车子，头对头，谁也不肯谦让了，而且，黑色的小汽车上架着机关枪，红色的小汽车上架着盒子炮，黑色小汽车亮出来的片子是华北五省联军司令，红色小汽车亮出来的片子是民国政府临时副总统，这一下可要了宋女士的小命了，你说是该跟谁走吧，无论跟谁走，最后都准是一场内战，三十六计，走为上，戏散之后，没敢卸装，从戏院后门溜出来，她就直奔塘沽而去了。宋燕芳去塘沽做什么？找她的干哥哥去呀，“大哥，你先收我在这里避几天吧，天津城里，二虎争雄，明着是抢我，暗里是他俩斗气，过不了几天，上峰知道了，出面调解，一个调离天津，另一个派去法兰西，这场官司就算结了，那时候我再回去，自然就平安无事了。”

本来呢，这事也没什么大不可，宋女士塘沽避难，别管是规矩不规矩吧，到时候你回来也就是了，没料到，待到天津的两只老虎各自都有了去处，这时人家宋燕芳女士却又不回来了。不光是宋女士不回来，连我的先父大人也不回来了。哎呀呀，这时侯老太太可是犯了愁了，万没想到，自己的亲生儿子，如今又做了自己的干女婿，亲上做亲，越做越亲，只是这以后儿子回来可又该如何称呼呀！称儿子吧，干女儿不愿意，称干女婿吧，又不成个体统。“呸，混帐，赶紧把这个孽障给我抓回来！”倒是我的先祖父大人动怒了，一声令下，捉拿大公子回津问罪。这一下，我家的太平日月算是从此一去不返了。

终于这一天，某年某月某日，侯先生回来了，自然，身边还羞答答地立着我奶奶的干女儿，“呸！孽障呀孽障，你可给我丢死人了。”这时连我奶奶都觉着难以为情了。只是人家小的儿会来事，咕咚一声，人家宋燕芳女士就给我奶奶头跪下了：“婆母在上，请受媳妇一拜。”又是眼泪，又是媚笑，把我奶奶气得光抽鼻子。

“你别给我磕头，我不认你，你先到大奶奶房里给大奶奶磕头去吧，只要她认你，我自然就会认你。”终于我奶奶说话了。

我的先贤家慈大人呢？她没有一点办法，也不过就是一个走呗。待到我的先父大人带上她的小夫人来到我母亲房里时，空空荡荡，我母亲早带着我的姐姐和哥哥回娘家去了。据母亲后来对我说，当时家里的详细情形，她是不得而知的，只是到母亲在娘家住到第三天的时候，侯家府上派人来了。“禀告大少奶奶，老太爷老太太的吩咐，无论如何，也要请您立即回府，府上要出人命了。”莫非是谁和谁动了刀子不成？没有，是宋女士在大奶奶房外已经整整跪了三天三夜了，不吃不喝，滴水不进，如今已是奄奄一息了。

人命关天，就算是我母亲无动于衷，可我的外祖母也不能眼看着侯姓人家出人命袖手不管呀！

待到母亲带着姐姐哥哥回到家来，侯氏府邸已是一片静寂，我爷爷一气跑到美国去了，我奶奶一气找牌友打牌去了，我的先父大人哩？他更是一气和他的狐朋狗友上起士林维格多利跳舞去了。家里几道大院空荡荡，里里外外只剩下了几位不主事的叔叔姑姑，大家眼巴巴地只等着大少奶奶回来理政。

第一个走进屋里的是我的大姐，她刚一推开房门，便只“啊”地一声，又从屋里跑了出来，“死人！”想必是她看见了瘫倒在堂屋里的那个小的儿。果不其然，待到母亲推开房门一看，堂屋中央，地面的大花砖上，一堆烂泥，倒着那个宋燕芳女士，是死？是活？问谁，谁也说不准，只说是从昨日晚上屋里就没了声音。

“赶紧送医院救人！”母亲一声令下，众人这才七手八脚地一番忙乱，男佣人们自然是要一旁回避，女佣们可是要一拥而上，你搀我扶，叫来自家的车子，这才往医院里送人。

“讨大少奶奶的示下，是送中医，还是去送西医？”佣人们自然要问个明白。

“哪家医院近，就往那家医院送。”我母亲发下了话来。

“还要讨大少奶奶的示下，若是半路上咽了气，是抬回来，还是直送殡仪馆？”佣人们当然不敢擅自做主。

“滚！都给我滚开，我恨你们！”哭着喊着，母亲狠狠地将房门用力地摔上，双手捂着面庞，她呜呜地哭出了声音。

3

本人，笔者，就是此时此际正在给诸位同胞编故事的我老人家，居然还能够来到这个世界上，据母亲后来对我说，这完全是一次错误，而且是一次不可宽恕的错误。小的儿进门的第二年，彼时母亲和父亲分居已经两年，突然，惊天动地，大张旗鼓，人家小的儿怀孕了。唉，到底是人家唱戏的会做派，天下这么多女人怀孕，也不见这样要死要活的，何以这小的儿一怀了孕，就闹得鸡犬不宁了呢，不吃不喝，折磨得人只剩下了一层皮，躺在床上连翻身的力气都没有，眼看着人就要完了，有生就有死，去了一个小的儿，还可以讨一个更小的。只是她身上不是有咱侯姓人家的肉吗？救，好歹把孩子生下来。家里没办法，那就送到医院去吧，就这样，小的儿在医院里住了半年。这半年时光呢，我的父亲大人就回到我母亲房里来了，我母亲当然不会理睬他的，只是也不知是怎么一回事，我就在不请自来的情况下，死皮赖脸地就混到人间来了，到以后，人世间几次要把我除名，无论送到哪里都没人收留，究其原因，毛病就出在这里。幸亏有一位了不得的人物，还给了我一点小小的爱，“送劳改队吧。”如是，我才有了一个固定的去处。

小的儿进了侯氏府邸之后，没给她正房正院，只在三道院和四道院之间，给了她三间南房，单独的小跨院，出来进去的都要从母亲院里经过，从心理上给她一点小小的威慑，随时随刻地提醒她，别忘了你是一个小的儿。但是小的儿不当是一回事，反而认为这很正常。第一，她从来不出门，她和外界没有任何往来；第二，没有任何人来找她，而且连封信都没有，看着也着实可怜。成年累月，从早到晚，小跨院里没有一点声音，小的儿从来不敢哼京剧唱曲，一心只在她的房里做针线。吃饭呢？当然要出来了，但是大桌面上，没有她的座位，她要在全家人都吃过饭之后，她才和佣人们一起吃。后来我看了一部电影，说一户人家四位夫人一桌上吃饭，而且那个顶小的还噘着小嘴不愿意，看着饭菜不称心，她居然站起来甩着袖子就走。真是没了王法！这哪里是一户人家，明明是个班子。

我们侯家的规矩，逢有喜寿节日，全家设宴欢庆，一家老小各有各的座位，正座，当然是爷爷奶奶，二位老祖宗的身边，上座是我的哥哥，下座便是本人。不是名分，这是身价，连两个姐姐都不和我们两个小爷争。正座下面，自然是父亲母亲，但是母亲不入座，她要站在祖父祖母的身后，指挥佣人们好生侍候，往下自然是叔叔姑姑，就是在叔叔们有的成亲之后，三婶四婶有座位，母亲依然是不肯入座，不就座，但是有她的座位，那个座位空着，谁也不许占据。那母亲什么时候用饭呢？她要在两位祖宗离位之后，才能坐下，但是待到母亲坐下之后，我的几位姑姑婶婶就都要侍候她了，这个端饭，那个上菜，母亲一时不站起来，她等是绝不敢离席而去的。那么小的儿呢？一时半时，还轮不上她进来照应呢，都吃完饭了，到后来连她的亲生女儿都吃完饭了，才轮上她进来吃饭呢，她居然还敢扎刺儿？姥姥！

这就又说到了小的儿的事，在我出生之前半年，小的儿生了一个女孩，女孩是生在医院里的，孩子一降生，立时便有人跑回家来向我母亲报信："恭喜大奶奶，生的是位千金。"你听听，多会来事儿，一下子就给她生的丫头报了名分，大排行，算是第四位，比即将出世的我，还要先一号。行四就行四，娘小儿不小，母亲当即便封了乳名，"就叫四儿吧。"从此，这个小老婆养的就算归了正位，轮到我出世呢，排在第五，好在男孩另外还有一个系列，我是老二，跟我的老爸一样，第二号人物，Number-two，在这侯姓人家的深宅大院里，我哥为王，我为霸，玩的就是混不讲理。

生下四儿之后，小的儿在侯氏府邸里的地位稍稍有了一点改善，至少，大家对她不那么歧视了。上下人等全都明白，这位宋女士是谁也赶不走了，而宋女士自己呢？她自生下四儿之后，非但没有摆姨太太的架子，她反而更加谨慎当心，从四儿生下来，过了满月之后，她便将四儿给我母亲抱了过来，从此再也不过问四儿的事，似是四儿压根儿不是她生的孩子。好在那时候各房里带孩子都有佣人，我们称之为姆妈，也就是奶娘，一只羊是牵，两只羊是放，多带一个孩子不是什么出力的事。但是把我和四儿交给一位奶娘带着，对于四儿说来实在不是一件幸事，也不知是怎么一回事，我自生下来就缺少博爱精神，奶娘将我和四儿同时抱在怀里，最后必是我把四儿打哭了才算完事，所以，四儿在离开我家之前，身上总是伤痕累累，最后几乎落了个三级残废。稍大一些之后，也就是上了小学吧，我开始学好了，我再也不打四儿了，这时每逢我犯混的时候，我就凑到四儿的耳边和她说悄悄话，话也不长，词汇也不多，就是五个字："小老婆养的。"据心理学家后来对我分析，只这五个字对四儿的伤害，那就比美国人在广岛给日本人丢下一颗原子弹还要厉害。好在四儿只能自行消化，她一不敢声张，二不敢去母亲那里打我的小报告，也就是一个人暗自掉两滴眼泪罢了。

小的儿呢？自然很会来事，无论遇上什么人的生日，她都要亲自来问候致贺，“给大小姐祝寿”，“给大小爷祝寿”，一直到“给四小姐祝寿”，给她的亲生女儿祝寿，她何等的低三下四？要的是个好表现，小的儿就要有小的儿的规矩，乱了方寸不行，若不，何以说是名门望族呢？

小的儿在渐渐地有了一点身份之后，她开始参政了。你以为她是要过问府里的事吗？姥姥，也不问问你算是哪一棵葱？她参政，从最低下的零碎事开始，什么事容得她去插手？烧水。

烧水算得是一桩什么差事？说起来外乡人不懂，在天津卫，清晨的开水是一桩大事，天津人夜里睡得晚，第二天早晨除了做小生意的以外，全天津卫的各界人等，一律是在十点之后起床，而且起床之后的第一件事，那便是去水铺买开水，天津卫大街小巷的大小水铺，便全日供应开水。而我们家里，还有个特殊的习惯，上学的，上班的，全都要在早晨6时之前有开水侍候。此中尤其是我的老祖父，他老人家更是从清晨4时起床之后，第一件事，便是要喝上一壶香茶，这壶香茶，去哪里弄开水？水铺还没有开门，自家的炉火又早就在昨日晚上灭了，唯一一家通宵供应开水的水铺是在三里地以外，谁去买这壶水，每天都是一桩难办的事。忽然间不知不觉爷爷房里不再为开水的事犯难了，每日凌晨，准准是在4点钟的时光，一壶刚刚泡开的香茶，滚烫滚烫地就送到了爷爷的房里。只是我们家的男人只知道要吃要喝，他们从来不问这按时送上来的东西，是从哪儿弄来的。倒是我的母亲心细，忽一天发下示问，公公房里这几日的开水送得及时不及时？佣人传回话来说，准时不误，老太爷房里有一壶滚烫的香茶。开水是哪里来的？可别是夜半三更的派出人去买水，门户当心。佣人说没有人出去买水。那，水是从哪里来的呢？姨太太烧的。你瞅瞅，就是出了这么一点力气，这姨太太的名份落着了，你说说不服人家行吗？所以，自古以来，做小老婆的总能夺得最后胜利，究其原因，就是做小老婆的，全都有这么两下子，这叫能耐，学着点吧，爷们儿。

恰又在这时候我们家出了一点事，我的七叔，在北京图书馆做事，人很好学，天资又聪颖，很是得图书馆馆长的赏识。一来二去的也不知怎么一个阴错阳差，七叔在北京就有了女朋友。彼时中国人还不管异性朋友叫对象，更不知世上还有情人这么一种物什，傻傻乎乎地就知道一个人若是自己找异性朋友，那简直就是大逆不道，不光他一个人不光彩，连他的侄子都脸上无光。所以，自从知道七叔在北京有了女朋友之后，我就觉着迟早得出点什么变化。果不其然，祖母派私下里自己讨了姨太太的我的父亲到北京去，便把自己想找个终生伴侣的七叔给押解回到了天津，七叔回来之后，自然是一对红眼泡，不吃不喝。只一个人关在他的房间里掉眼泪。这时自然就要派个人去给他做工作，这个派去的政工干部，便是我的母亲。母亲在家中威望极高，莫说是父亲的亲弟弟，就是父亲的叔伯弟弟，对我母亲的话，也是唯命是从。倒不是母亲多么厉害，而是母亲从来不说不占理的话，母亲无论劝解什么事，总是设身处地多为对方着想，而且以理服人，从来不搞强迫命令。到七叔房里去，母亲都说了些什么，我自然是不得而知，但是七叔的奸细，我的哥哥，却私下里告诉我说："这回七叔算是豁出去了，七叔说了，不自由，毋宁死！"毋宁死是怎么一回事？我当然不明白，这时哥哥就对我说："毋宁死，就是你跟小五丑要来的那只小家雀，你把它放在笼子里，它不吃食。"这一下我明白了，原来毋宁死就是家雀撞笼，但求着七叔可不要这样，毋宁死的悲壮景象我见过，太惨不忍睹了。

七叔自然没有走毋宁死的道路，但是母亲的一切努力都没能说服七叔，有一次我到七叔的房里去找母亲，就听见七叔抽抽噎噎地对母亲说："大嫂，您别管这种事，反正我的誓言是不能背叛的。"全是文明戏里的词，听得我直打冷战，闹不清七叔去了北京几年，何以就学会了这么多的文明病？恰在这时，雪上加霜，节外生枝，祖母又发下话来说："告诉七的，倘他不肯回心转意，我就在外边给他订亲，好在我有的是牌友，你一张东风，我一张发财，打对了牌路，打投了脾气，还愁订不下一门亲事？"

这一下可真是火上浇油了，七叔一心要争恋爱自由，祖母一意要执行最高权威，两下里互不相让，这一下，七叔可就要真来个毋宁死了。

祖父见七叔不肯回心转意，一生气，又去美国了，父亲知难而退，他又去到维格多利跳舞去了，祖母呢？打牌听戏的事那是不能耽误呀，一桩为难事，就推给了母亲。恰就在这束手无策之时，一天晚上，小的儿到我们房里来了。母亲正在为七叔的事儿犯难，当然没有心思理她，倒是小的儿先向母亲问过平安之后，再欠着半个屁股在一只小凳儿上坐下，然后才似羊羔儿见了老虎似地战战兢兢地向母亲说道："大奶奶若是不嫌弃呢，我倒想出个主意。"

"回你的小跨院去吧，这儿的事，一时半时的，还轮不上你来插手。"母亲当然没有好听的，看也不看她一眼，只冷言冷语地对小的儿说着。

还得说是人家小的儿有海量，尽管母亲不给她好脸子看，可是人家绝对是没有脾气。她仍然低声下气地说着："也许呢，七弟的事能想出个两全其美的好办法。我听说对方也是出身书香门第，在北京也是个大户人家，说起来也许还都有点情分，华竹王家，北京的富绅巨贾。"

"这我知道，可那又有什么用呢？北京的华竹王家，祖辈上和我们老太爷还是世交，日本国的三井洋行，专门和华竹有常年的贸易。只是日后两家人也没有来往，这交情就算是断了。现如今又是这种事，提那份交情又有什么用呢？"

"如今中国大戏院正是程砚秋唱连台的戏，《锁麟囊》，《教子》，《望江亭》，全是老太太们爱听的戏。咱们奶奶不是场场不落吗？所以我就想，去北京把华竹王家的老太太请到天津来，白天跟咱们奶奶凑手打麻将，晚上给她老二位订个包厢，一起去听程砚秋。这当中呢，再请大奶奶从中撮合，打牌听戏之间，就把儿女亲事订下来了。也别对咱们奶奶说，这华竹王家的千金小姐，就是七爷的女同学，正好咱们奶奶说是要给七爷订亲，这一下不正是将计就计，顺水推舟了吗？”

“可是如何把人家华竹王家的老太太请到天津来呢？”母亲也被小的儿给说活了心，只是想不出好办法，该如何把北京的王老太太请到天津来。

“若是大奶奶放心，我倒想去北京想想办法。”小的儿毛遂自荐，要亲自去北京成全这桩好事。

“那你就去碰一趟吧。”无可奈何，母亲终于同意了小的儿的建议。

说来也是该人家小的儿露脸，到了北京，转弯抹角，待到找上了华竹王家的府邸，人家王老太太正因为女儿玉体欠安而犯愁为难哩，说是天津的侯老太太请王老太太来听程砚秋，王老太太说得和女儿商量商量。谁料回家只和女儿一说，女儿的病立时就好了一半，当即买好火车票，王老太太就到天津来了。

天津的侯老太太见了北京的王老太太，没说上三句话，两位老太太就投上了脾气：哎哟，这许多年怎么就断了来往呢，多深的世交呀！“其实呀，我们家的七儿就在北京图书馆做事，怎么就没想起让他到府上去请安呢？”我们侯老太太终于说到七儿的事了。

“我倒是常想着来天津看看，可是女儿正在读书，离不开。”王老太太也提到了她家的千金小姐。

“侄女儿今年多大了？”侯老太太当然要问。

“19岁。”

“我家的七儿今年20。”侯老太太随着便说道。

“哎呀，这事可得回去问问孩子。”王老太太做事民主，当时没有做最后决定。只是把我七叔的种种情形问了个水落石出。

“我们这边的事，我说了算。您是不知道呀，七儿这孩子脑筋维新，他居然要自做主张了。”我们奶奶把七叔的底里，和盘告诉了人家王老太太。

程砚秋老板在天津中国大戏一连唱20天的看家戏，侯老太太和王老太太又一起坐在一个包厢里听着程砚秋掉了20天的眼泪，越掉眼泪越觉着这儿女们的终身大事不可轻易做主，到最后，侯老太太和王老太太共同商定，一定要征求儿女双方的意见，只要他们两个之中有一方不情愿，这桩亲事也不能换帖，由是，王老太太打道回府，一切只听下回分解了。

下回分解哩，当然是大团圆，有情人终成眷属，七叔和华竹王家的千金小姐结成夫妻，那才是花好月圆，皆大欢喜，七叔和七婶成了侯氏府邸中最美满的一对。

“只是，”后来母亲这样对我说着，“从此之后，你的七叔就把小的儿当成了好人。在这之前，你七叔称我是嫂子，见了小的儿，连眼皮也不抬，可是这桩事之后，你七叔就叫我是老嫂子了，而见了小的儿，他和你的七婶娘，都称小的儿是嫂子了，你说说这小的儿该有多毒吧！”

小的儿，她把母亲身边的人，都给拉过去了。若不，怎么就说是小老婆有能耐呢？

4

最让小的儿出尽风头，是她救了我们四爷一条性命，而且还使我们侯家免去了一场灭顶之灾。

这场事是由四爷引起来的，前面说过了，四爷是三老太爷的独根苗，我父亲如何挥霍，我们四爷也就要怎样挥霍，可是这怎么行呢？我父亲挥霍的是大坂公司的钱，你四先生身无一技之长，又不出去做事，谁有这么多的钱供你挥霍呀？他不懂这个道理，他以为全是侯姓人家的后辈，挥金如土，人人平等，谁也不能含糊。

何况我家祖父辈上，兄弟几个还是分家不分财，为什么不分财？我们家没有田地房产，没有固定产，就无产可分，日常的花销，曾祖父大人留下的一笔款项，就足够各房里的种种用项了。当然，这只是指各房里的正常开销，吃喝嫖赌，不在其中，那不属开销，那是败家。

偏偏这位四先生就不走正路，直到如今我也不认为我的四叔有多么坏，但他不本分，他总想天上掉馅饼，还不是掉一般的馅饼，是掉大馅饼，掉油滋滋，香喷喷，热乎乎的肥馅饼。就这样，他带着一笔钱，下赌场了。

赌钱，中国人本来不需要专门的赌场，随时随地，三三五五，凑齐了手，就是一场赌博，赌本可大可小，从一支香烟，到一个亲生女儿，什么都可以做赌本，而且输了不许赖账。赌桌上才见真君子，赖账的不是黄脸汉子，算不得是炎黄子孙。

只是待到我的先父大人将他的四弟接回家来的时候，我的四叔已经是负债累累了，欠债不要紧，咱还。还不起啦，哥哥，就是侯家把全部家财都拿出来，也是抵不上这笔赌债了。“你输了多少？”我的老爸向他的四弟问道。“说不清了，反正就是把金山银山搬出去，也就是顶多还上一半。”

“好一个孽障，你比我还荒唐，你真是我的好弟弟，青出于蓝而胜于蓝，侯家是不愁没有好后辈了，我的老四！”

头一遭，我的老爸犯了愁，“败家了，败家了！”一头扎进小的儿房里，我的老爸就不停地唠了起来，何以我的老爸就这样怕败家呢？你想想呀，这家若是让别人败光了，我的老爸又该败什么去呢？

“出什么事了？”小的儿见我的老爸犯愁的样子，这次有点动容，不像往次那样，小和尚念经，穿皮不入内，当即向我的老爸问着。

“嗐，这回算是真的败家了，谁也没有办法了，没想到，门第显赫的侯姓人家，就这样一夜之间给败落了，倾家荡产了，一文不名了，完了，变成穷光蛋了，我看，你也要过几天穷日子了，别充什么姨太太了，回梨园行唱戏去吧！”我的老爸垂头丧气地说着。

“怎么，出人命官司了？”小的儿见我老爹说话的神色不像是开玩笑，便也就开始有点紧张了。按照当时的一般情形，一户富绅老财，若会在一夜之间破产倒霉，第一种可能是遭了土匪的抢劫绑票，家中的重要成员被土匪绑走，价钱开出来，多少多少万，要钱还是要人？走投无路，只能倾家荡产凑钱赎人。何以不去告官？去警察署报案，请官方派防暴警察去捉拿土匪归案。既不致破产，又为民除害，岂不一举两得？只是不然，事情绝不像人们想得那么容易，告到官府，确确实实还真是没有不能破的案，当然，你要花钱。花多少钱？比土匪出的价钱要高，高多少？因人而异，如果官方看着你这块肉肥，有时候他们出的价码，比土匪要高出两倍，还其中有分教，因为土匪收了你的钱，自己放腰包里也就是了，官家拿了你的钱，还要拿出一份来去孝敬他的上司，你说他不多要出一份来行吗？那么，除了挨绑票之外，还有什么飞来横祸会使一户人家破产呢？人命官司，有一个人出来告你害死了人命，吃官司吧，到最后，即使是不偿命，也要倾家荡产，那就算是一败涂地了。

被小的儿问得没法，我的老爸就将他四弟在赌场输钱的事，一五一十地对小的儿说了，小的儿一听，当即也是傻了，“完了，这个家算是败了，树倒猢狲散，赶紧各自想办法吧。”

只是，约莫是到了下午，小的儿也不知怎么一下看了一眼日历：“哟，明日就是鬼节了！”突然间，她叫了一声。

“鬼节又怎么样？莫非你也有亲人要寒衣不成？”旧历九月十三，鬼神要寒衣，各家各户要给死去的亲人烧纸锞，每一个大纸包上，都要写上死者的名字，我们家是大户，去世的族人极多，每到鬼节烧纸锞的时候，几十个火堆，那也是颇为壮观的，常常是大门外人山人海，看老侯家烧纸锞，也是天津卫的一大人文景观。因为我们家烧的纸锞，有纸人，纸马，纸牛，到后来还烧过几辆纸汽车，因为我们都坐上汽车了，死去的先人们没有汽车坐，实在也是不孝。

“赶紧把四弟叫来！”突然，小的儿似有了锦囊妙计，风风火火地就让我的老爸去找他的四弟。

不容分说，我的老爸就把他的四弟找来了，“别犯愁了，也许你嫂子有办法了。”听说有了办法，喜得我的四叔回头就往我娘房里跑，一下子，我爹把他抓了回来：“是这个大嫂，你就听她的吧。”

“四弟，这件事，你有什么打算？”小的儿先不说自己的主意，听四爷述说过了事情的来龙去脉，这时，她才向四爷问着。

“嫂子，我有什么办法呀！要么是倾家荡产还赌债，要么是我去跳大河。”说着，四爷的脸上一片愁容。

“果然四弟真英雄，依我看，你如今只有一条路好走了。”小的儿胸有成竹地对四爷说着。

“嫂子，只要能想出办法来，就是刀山火海，我也敢去！”四爷拍着胸脯地对小的儿说着。

“既然你听嫂子的，嫂子如今给你指一条明路，只是你要真有胆量。”

“嫂子，你说吧，事到如今，无论是什么路也要走下去了。”四爷横下一条心，他已是别无选择了。

“这样吧，明日是鬼节，明日凌晨子时，你到万国老码头，站到桥当中……”

“干嘛？”四爷立时听得毛骨悚然，全身哆哆嗦嗦地就向小的儿问着。

“那还用问吗，往下跳呀！”小的儿说得如此轻松，连我的老爸都打了一个冷战。四爷当时的神态，那就更可想而知了。

“跳下去之后呢？”四先生瞪圆了一双眼睛问着。

“跳下去之后的事，你就不要管了。”小的儿坦然地说着。

“好一个小老婆玩意呀！”四先生急了，立即他一蹦三尺高，冲着小的儿就是喊了起来，“我都到了这步田地，你还看我的笑话，天地良心，你不得好死！大哥，你真是瞎了眼了。我大嫂这样好，你偏偏从外边领进来这样一个妖精，倒霉吧，大哥，迟早有你后悔的那一天，这个狐狸精，就是我变成了鬼，我也饶不了你！”喊着骂着，四爷回身就往外走。这时，只听小的儿在后面说道：

“不听我的，我可就撒手不管了。”

“有你这样管的吗！”四爷还回过头来骂着。

“四儿她娘，”我的老爸总是这样称呼小的儿，因为四丫头是小的儿生的，“想不出好主意来，你不该再拿他开心，他已经是走投无路的人了。”

“谁说我想不出好主意来？是我想出来的主意没人听。”小的儿自然要分辩。

“算了吧，你那是好主意呀？”已经走到门口的四爷，又回过头来说道。

“算了，既然你说我不出好主意，那你就自己想办法去吧。”小的儿似是生气地说着，然后便狠狠地把门关上，又把我的老爸撵出去，一个人坐在屋里，再也不出声了。

到了晚上，四爷坐不住了，他到小跨院找到小的儿，可怜兮兮地问道：“嫂子真是有好办法吗？”

“不是对你说过了吗，办法只有一个，跳河！”

“我跳！”四爷终于同意了“我明白嫂子的意思，我一个人死了呢，那笔赌债就算是一笔勾销了。我若是不死呢，一家人都要跟着吃亏。”

“随你如何想吧。”小的儿也不争辩，她只是和颜悦色地对四先生说：“当然要有个安排，一定要在鬼节的子时三刻，一定要在万国老铁桥上边。”

“换个别的地方不行吗？”四爷问着。

“听我的，还是听你的？”小的儿已是有些不耐烦了。

“听嫂子的，听嫂子的。”四先生忙着点头答应。

“听我的，你就按我说的去做，鬼节的子时三刻，你要坐一辆胶皮车，直往万国老铁桥上走，一面走，你还要一面哭喊，我可活不了啦，我可活不了啦！车子到了万国老铁桥上，你要一轱辘从车上跳下来，跳下车来之后，你就直往桥上跑，跑上万国老铁桥你就直往大河里跳，有话在先，这时你可是不能有一点犹疑，倘你一想到死在眼前了，一犹疑，回头一看，那可就一点也不灵了。”

“好吧，嫂子，反正我是走投无路了，再妨有一点办法，我也不能拿自己的小命儿唱鬼吹灯。积德行善，嫂子，就看你的品性了。看着四弟死得可怜，嫂子你给四弟把尸体收起来，拉回祖坟，打个穴位埋了。若是嫌四弟不成器，你就装做不知道，等着河水把我冲到海里去吧。”说罢，四先生抽了抽鼻子，然后就呜呜地哭起来了。

小的儿再也不说话了，她只是将四爷打发走，便又装模作样地缝她的衣服去了。倒是我的老爸有点不放心，他还是向小的儿追问着：

“到底你这只葫芦里装的是什么药？”

小的儿低头不语，似是她已经做了妥切的安排。

如此这般，四爷只能往小的儿给他画的圈里跳了。按照小的儿说的那样，鬼节的子时三刻，四爷坐在一部胶皮车上，我可活不了啦，我可活不了啦，一面哭着一面直奔万国老铁桥而去。坐在车上，远远地看见万国老铁桥了，四爷腾地一下子，就从车上蹦了下来，蹦下车来，他头也不回地直奔桥上跑去，在他后面，车夫一阵风地追了上来。“先生，你不能寻短见呀！”跑着，喊着，两个人就上了万国老铁桥。也许是四爷一时想不开，真的是不想活了，据拉车的后来说，四爷就像是发疯一样，一口气跑上万国老铁桥，咕咚一下，他就把半个身子探到桥栏杆外边去了。

“小爷回心！”恰正在四爷的大半个身子就要悬空而起，眼看着人就要跳下河去了的时候，突然，也不知是从什么地方跑过来一个老头，一把就将四爷给抓住了。

“混蛋，你不要救我！”似是四爷真的不想活了，他一挣扎，居然从老人的手里蹦出来了。

当！狠狠地就是一拳头，不容分说，老人就把我们四爷给打蒙了。“来人哪！给我把这位小爷抬回家去！”当即，这位老人便大声地把跟随在他身后的人，唤了过来。

老人姓洪，苍苍的白发，半尺的白胡须，鹤发童颜，看上去精神抖擞，是一个极有身份的人。

“宝贝儿，怎么了，身体发肤，受之父母，万万不可轻生呀！”将四爷抬回家中之后，这位老人对我们四爷说着。

“大伯，您老就成全了我吧，我是一个活不下去的人了。您老救得我一时，您老救不了我的一世，我是一个天地不容的人呀。”说罢，我们四爷还真就呜呜地哭了起来。

“无论你怎样为天地所不容，今天遇到了我，你也就算是死不成了。对你明说了吧，我洪老九原本是天津的赌王，手下有四条人命，每年鬼节的子时三刻，我到万国老铁桥上边来搭救人命，有时候碰上了，也有时是一连几年白跑。白跑腿好呀，这是天老爷宽恕我，不派冤魂来拿替身，你要知道，冤魂下界，拿不到替身，他们就要来拿我，我伤天害理，手里边有四条人命呀。托祖上的阴德，我已经救下三条人命了，再救你一条性命，我就赎清罪孽，可以从此吃斋念佛去了。”洪老九说明了原委，我们四爷这才在心中暗自钦佩他嫂子的神机妙算。

“洪九爷，您老还是放我去死吧，救下我一条命，抵不上我的赌债，过不了十天半月，我还是要投河上吊，多活一天，不过是让我多‘现’一天，您老还不如早早地让我清静一天去了呢。”我们四爷虽然看出了一些眉目，但他表面上还是要死要活地跟洪九爷耍迷魂阵。

“得了，宝贝儿，就别跟你洪九爷装大头蒜了，一准是背后有高人指点，若不，你也不会把时辰掐得这样准，过了鬼节夜半子时三刻，想让我救人，那就要等到明年的今天了。有话你就直说吧，我的宝贝儿。”我们四爷见这位洪九爷原来是江湖上的人物，嘛事也休想绕乎他，捡便宜拾了一条人命，老老实实，他只得把事情原委对洪九爷说清了。

“爷！”我们四爷已经把九爷两个字给省去了，直呼一个爷字，表示自己的一份孙子德性。“是这么一回事……”

“闲话少叙，咱们是开门见山。痛痛快快对你九爷说，哪道堤坝下的岸？哪个码头上的船？哪条河？哪道湾？哪个漩里把船翻？你跳的哪块板？抱的哪棵杆？哪路神仙把路拦？你一共输了多少钱？”

我的天爷，满嘴的黑话，我们四爷当即就蒙了，莫怪自己输钱呢，连起码的知识都没有，愣往河里蹦，不倒霉才真是见鬼呢。

“爷！您老听我细说吧！”咕咚一声，我们四爷当即给洪九爷跪在地上就磕了三个头，先谢过了他的救命之恩，然后才把自己在赌场里翻船的事，向洪九爷仔细地述说了起来。

“南门外大街，义和老店，头道院卖饭，二道院住店，三道院喝茶听书，小九成说的是《水浒传》……”

“行了行了，你就别往下面说了。”立即，洪九爷打断了我们四爷的叙述，不等四爷往下说，洪九爷便替他说了起来：“迈步你就走进了四道院，东厢房里是宝局，西厢房里骰子，南房的麻将牌，北房里的小牌九，一翻两瞪眼。说说吧，你是在哪间房里呛的水，你又是在哪间房里翻了船？”

小牌九，一翻两瞪眼，我们四爷总是要一口吃个胖子，最爱走钢丝绳，哪种游戏简便，他就玩那种游戏。

“输在哪张牌上？”洪九爷问道。

“毙十。”我们四爷回答说。

“废话，好歹有一个点，能输得倾家荡产吗？”洪九爷打断了我们四爷的话。随后，洪九爷又继续问着：“他给你配的什么牌？”

“二板加长三。”没错，正好是十个点，死牌。

“呸！狗食！”冲着我们四先生，洪九爷就吐了一口唾沫，“他给你配那种牌，你还不跟他翻车？连进门的规矩都不懂，你也敢上阵耍钱？”

我们四爷不吭声了，低头认罪，他接受专家训斥。

“罢了，谁让你小子有运气呢？正好我手里欠下的四条人命，已经救上了三条，你正赶在了最后一笔人命债上，就这一回，这次我把你救出来，倘你不知悔改，下次再赌输了，不等你跳河，我就把你往大河里踢，听见了没有？”

“九爷，只要您老人家这次救我一命，我若是不知悔改，我就是小狗子。”我们四爷指天发誓，表示他从此真要弃恶从善了。

…………

半个月之后，我们四爷回来了，兴冲冲闯进我们家大门，放开嗓子喊了一声“大嫂！”径直就往小跨院里跑，我母亲迎出来，还要向他问话，谁料他连看都不看我母亲一眼，一头就钻进小跨院去了。好长好长时间，我们四爷才又是鼻涕又是泪地从小跨院里出来，这才想起进我们屋，给我母亲请安，我母亲当然不高兴，狠狠地把门一摔，任我们四先生如何在外面敲门，也是不给他开门，让他吃了一个闭门羹，“我不是你的大嫂，你的大嫂在后边小跨院里。”明明是我母亲嫉妒了，反倒把不是拍在我们四爷身上。

当然，母亲也想知道我们四爷是如何赖掉这笔赌债的，据说，也没什么太离奇的情节，就是洪九爷把他又带去了那家赌场，什么话也不说，只是在一旁看着我们四爷继续下赌，赌着赌着，我们四爷就又碰上那个倒霉的毙十了，这时候只见人家洪九爷把庄家手里的牌一把抓了过来，立时，场里就乱成了一团。“老前辈，老前辈，怎么还劳动您老人家亲自出山，有嘛事派人来说一声也就是了，何必您还要亲自关照，真是有罪有罪。”说着，一大帮人就把洪九爷给拥到后边去了。

何以赌场东家就这样怕洪老九呢？因为洪老九手里捏着的那两张牌，是两张二板，因为，赌场里的规矩，抓毙十不许亮牌，把毙十亮出来，那是存心闹事，当场就是一顿臭揍，你受得了吗？

可是，如今半路上杀出来一个程咬金，一把抓走了东家的牌，甭问，不是门里人，他没有这么大的胆，赶紧让到后院，“有话好说，老前辈，不就是这个孩子翻船了吗？好说，一笔勾销，洗手走人。下次……”

“下次？下次他若是再登这个门，你就替我砸断他的双腿！”

就这么着，我们四爷算是起死回生了，你说说他能不念小的儿的救命之恩吗？

5

三爷院里派人来转告三爷三奶奶的邀请，说是请大少奶奶，少姨太太和七少奶奶过去说话。这又是大宅院的规矩，一家院里有了什么事，便要把相关的奶奶们请过去说话，这种说话，有的时候不过就是一种礼节性拜访，喝杯茶，吃点什么新鲜东西，也有的时候是家里的哪位爷从南边或是从外边回来了，带回来一点稀罕物什，各房里去送，怕彼此有猜疑，你多了，我少了，你厚了，我薄了，送了东西反而落不是，倒不如把各房各院的奶奶们一齐请过来，大家心明眼亮，人有人份，瓜子不饱是人心吧，谁也不会有挑剔。

但是，这次三爷三奶奶请我们这院的三位奶奶，当然是司马昭之心，路人皆知，这是三爷三奶奶为他们院里的四爷孽障向我们院里致谢。这次四爷在外边惹了这么大的祸，若是不能逢凶化吉，虽说是要全族老小都要受连累，但是受害最重的，还是当属三爷院里，只怕那时他们真的就要一败涂地了。而且，最为不该的，是四先生于事后到我们院去的时候，居然从我母亲房门前漫过去，迳直向小跨院奔去，事后他也知道是于礼不容，但是无论你如何解释，那已是无济于事了。所以，此时只能由三爷三奶奶出面调停，息事宁人，别惹出什么不快来。

三爷嘴馋，所以三奶奶烧得一手好菜，三奶奶最拿手的两样大菜，一是冰糖海参，第二种便是八仙会，所谓的八仙会，是把八种海鲜放到一起来烧，也就是后来所说的佛跳墙，彼时我虽然还小，但我也觉得这实在没什么了不得的能耐，将这许多本来就醇香无比的海鲜放到一起来煮，莫说是有三奶奶那样的手艺，就是交给我，我也能烧出一盆好菜来。到后来，笔者成家后并且兼任家庭厨师，每于因饭菜味道不佳而惨遭家人遣责的时候，我总是要极力争辩，只把这些萝卜土豆拿来烧菜，谁也是巧妇难为无米之炊，倘你等将鸡鱼虾蟹买来给我，如我再烧成这个味道，那时我自然就要服输。

梳洗打扮之后，母亲带着我和我的三个姐姐，又带着七婶娘和那个小的儿，便一起来到了三爷院里，三奶奶自然早做好了准备，几句寒暄之后，大家入席，这时三爷爷才把他家的孽障唤过来，命他给三位嫂子敬酒。当然这次是事前经过了认真排演的，四先生举起杯来，第一个就向着我母亲鞠了一个大躬，“大嫂在上，这次四弟我能够逢凶化吉，转危为安，真是要感谢大嫂的搭救。”嘴上是这样说着，但他的一双眼睛却向小的儿那边看着。我母亲当然只装是无所觉察，含含混混地也就算是接受了四先生的敬酒，但是万万没有想到，站出来为我母亲打不平的，你猜是谁？四儿！就是我的第三个姐姐，也就是那位小的儿生养的女儿，也正就是我常常私下里骂人家是小老婆养的那位女子，如今她已是十岁的人了。

“四伯伯，依我看呀，你这第一杯酒，倒真该先敬我们姨太太才是，我母亲可没有本事帮你办这种事，这要有多大的能耐呀！”

四丫头的话，把满屋的人都吓呆了，四先生举着酒杯，立时变成了一个木头人，三爷三奶奶也是满脸的肉拧得紧紧邦邦，哭也哭不出来，笑也笑不出来，支支吾吾地不知如何是好。

幸亏是我们七婶娘天资聪颖，她一把将小四儿搂过去，满面陪笑地当即说着："不怕两个姐姐过意，你七婶娘就是喜爱这个侄女，她知道咱们侯姓人家的男人，一个个全都是能惹事，不能搪事。若不是有少姨太太这么个能人，不怕你们笑话，连我都不知道现在是在哪儿呆着了呢。"

"七少奶奶可真是高看我了。"立即，小的儿忙着把话接了过去说着，"在侯姓人家里，我不过就是尽心尽力罢了，我一不是娶来的，二不是买来的，名不正言不顺地就只在小跨院里等着听各房里的招呼，有用得着我的地方呢，爷们奶奶们想到我，那是看得起我，我自然就要去赴汤蹈火，办成了呢，是我的本分，办不成呢，侯家也就不养我这么个没用的人了。"

"你们还让人吃饭不了？"我的大姐姐，大大咧咧，从来不过问家里的事。倒是她见了好吃的忍不住了，率先就冲着那盘八仙会伸过去了筷子。

"从今后可要改邪归正了。"最后是四先生把话题扯了回来，大家这才又轻轻松松地说起了话来。

从三爷院里回来，母亲把小四儿好一通数落："你怎么可以说那种话呢？"母亲把我搂在怀里，让四儿站在她的对面，面色严厉地对她说着："若不是少姨太太的神通广大，你四伯父的事，真不知该是如何了断了呢，人家帮了这么大的忙，你再这样说尖刻话，那可是让人家说是娘的不对了。人家准要在背后猜疑是娘和你们说了什么不容人的话，否则你们怎么就这样不给人家留面子呢？”母亲的话，把小四儿说得一声不吭，她只是撅着小嘴还是不服气。

“娘，我只问你一句话。”挨了一顿说，小四儿虽说是心里不服，但她表面上也只能听着。最后，她突然地又向母亲问道，“你别瞒我，你说这小的儿到底是怎么进的咱们家？刚才我听她说的，她一不是娶的，二不是买的，她就是这么名不正言不顺地在小跨院里眯着，真是那样，娘，你听闺女一句话，把她撵出去！”

“闭嘴！”这次是母亲发火了，她冲着小四儿厉声地喊着，“小孩子家，谁要你管这许多事？以后再这样多嘴多舌，当心我掌你的嘴！”

“娘，你就听闺女一次话吧。”小四儿还是在向母亲争辩，而且，她的眼窝里真的噙着泪花，“娘，如今你还看不清楚吗？一次一次，小的儿把你身边的人，全都拉拢过去了，七婶娘说小的儿是她的大恩人，如今三爷爷房里，更说小的儿是他们那边的大恩人，每天早晨的一壶开水，连下边的人都说小的儿的好话，娘，这家里还有咱们的地位吗？”

“出去！你现在就给我出去！”母亲将我一把推开，站起身来，伸出一根手指，指着小四儿的鼻子就骂，“这一次，我原谅你年幼无知，倘再听你说这种混话，下次我可是不会轻饶了你！”

挨了母亲的训斥，小四儿嘟嘟囔囔地走出屋去了，抽抽噎噎，我听到屋外传来小四儿的哭声。

多少年来，我一直不明白，小的儿是小四儿的亲生母亲，何以小四儿就这样对小的儿恨得咬牙切齿？很多年以后，还是那位心理学家把此中的奥秘告诉了我，经这位心理学家分析，中国人无论男女都将一个“名”字看得最为重要，对于小四儿来说，小的儿在家里呆一天，她就总让人想起她是小老婆养的，将小老婆从家里撵走，谁再说她是小老婆养的，她就敢和谁拼命。果不其然，多少年之后，待母亲把小的儿从家里打发走之后，有一次，也不知和一些什么人在一起说话，无意间，我信口说了一句“这个小老婆养的”，当即，小四儿竟发疯一般地向我扑了过来，抓住我的胳膊，狠狠地就咬了一口，直到如今，我的胳膊上还留着上下四个牙印。“活该！”当我指着胳膊上的牙印向母亲告状去的时候，母亲不但不同情我，反而把我好一顿臭骂。

那么，小的儿又是如何被母亲打发走的呢？此中话长，还有许多意想不到的故事，讲起来也很有趣。

冤有头，债有主，世间万物，有盛就有衰，有胜就有败，荣辱轮回，谁也逃不出如来佛的手心，小的儿虽说是聪明过人，神机妙算，但她也不过就是一个肉体凡胎，天定的劫数，她是不能幸免的。

那一年，我已经是八岁了，小四儿也是八岁，我们两个人在同一所小学的同一个年级里读书，每次考试，全班45名学生，小四儿总是第一名，我呢，又总是最后一名，我们的老师夸奖我，便拍着我的脑袋对我说：“你们侯家的孩子总是要占第一名，不是正数第一名，便是倒数第一名。”管得着吗？我本来不把这种事看得很重，我们侯姓人家的孩子认识几个字就够用了，学问大了，没用。谁料，到后来我的这种理论还真有了根据，读书越多越反动，上学时调皮捣蛋的，都一个个荣升到了高位。偏偏那时候我又不争气，出身不好，本人右派，一世的功名全都泡汤了，直到最后，一辈子竟连个小组长都没有混上，你说说，白活不白活？

一天，放学回家，小四儿背着书包走在我身边，走着走着，忽然她凑到我的耳边悄声地对我说：“听说了吗？咱爸又要往家里领人了。”往家里领人，这又是我们家族里的一句黑话，本来呢，顾名思义，领人，自然就是把外边的人领到家里来，这本来没什么不可以的。但是，我们侯姓人家的老少爷们，一但把人领进家来，那，这个被领进家来的人，就有权利再也不走了，从此她便要享有一点待遇，譬如给个小跨院吧，然后她就理直气壮地住下来了，一点一点地在侯家掺乎事，精明强干的，收买人心，有时候她还能真就把持了一方天下，你说说这往家里领人是多么严重的一件事吧。

这次我的老爸往家里领人，这还是人家小的儿先觉察出眉目来的，一天晚上，小的儿抱着一个大包袱来到了我们房里，这时小四儿正在娘的房里和娘说话，见到小的儿进来，小四儿立即就是老大的不高兴：“人家正跟娘读《尚书》呢。”说着小四儿就把一部《尚书》收起来了，随着便歪在娘的床上玩布老虎。

“这里面是他爸随身的替换衣服，我给您放在这儿吧。”

说着，小的儿就把那个大包袱放在了被格子上。

母亲还以为是小的儿要出远门，便信口无心地问道："要么让我房里的莺儿随你一起去。"

"我哪里也不去的。"小的儿语气平和地回答着说，"我是说，这许多日子他爸在您的房里，怕他更衣时有什么不称心的地方，您又不愿意派人去我屋里拿。这件衬衫，他爸最喜欢配那套灰西装的……"

"什么？你说这许多日子他爸一直在我房里住着？"不等小的儿说完，我娘便吃惊地问着，"这些年他不是一直在你房里的吗？"

"哎哟，大奶奶，这里面又有事了。"小的儿听说我爸原来不在我娘房里，她吃惊的程度，那可是要比我娘厉害多了。当即她就咬着嘴唇厉声地说道："我早觉出事情有点不对了，可是大奶奶宽宏大量，没有点把握，我也不敢多言多语……"小的儿说着，脸色已是变得十分阴沉。

"别绕弯子了，有话你就直说吧。"这也是我娘的习惯了，对小的儿说话，她总是不给好脸色，那口气远不如对底下人说话平和。

"他爸不在我房里，也不在大奶奶房间，这么说他爸是住在外边了。"小的儿还似是在猜测着说，"可是，大奶奶想一想，他爸又能在哪里过夜呢？"

"你说呢？"我娘当即问道。

"我可是说不准。"小的儿吞吞吐吐地说着。

"四儿，你先回你房里去吧。"娘见小的儿欲言又止的神态，便把小四儿支了出来，所以，这往家领人的详尽情节，她就没法再向我细说。

尽管小四儿对我说的情况十分严重，但男子汉大丈夫，我还是没往心里去，光学校里的那点事，我还顾不来呢，至于我的老爸要往家里领人，那就更不属我分管范围内的事了。好在我们家还有好几个小跨院，空着也是闹狐狸，每到夜间黑影闪动，吓得人毛骨悚然，多领进几个人来更好，再去小跨院抓蛐蛐就不用害怕了。

只是事情绝不似我想的那样简单，一天下午，我爸要往家里领的人，还真就来了。我没看见，小四儿看见了，说是一个新派人物，烫着飞机头，穿着高跟皮鞋，一嘴的京腔。真逗，天津人说是真哏，我们家要出来一个会甩京腔的人了，一口一个您哪，搂着点吧您哪，悠着点吧您哪，多五彩缤纷呀！

据母亲后来对我说，这位新领来的人儿，名字叫王丝丝，在维格多利舞厅，人们都叫她密司王，再下流的索性就叫她王小密，最放肆的，就只叫一个“密”。多王八蛋，我虽然彼时只有 9 岁，但这男女之间的自重自爱，我是极为了解的，所以，至今我在男性之中最绅士，知道出门进门要为女士开门，走在路上要为女士提着提包，见女士进得门来，要站起身来迎接，不能二郎个腿冲着女士瞪小眼。比当今那些自称潇洒的名士们可是要斯文多了。

这位王丝丝小姐，彼时只有25岁，而我和小四儿当年是9岁，我的哥哥14岁，我的大姐19岁，只比王丝丝小姐小 6 岁，若说起来呢，倒也是家里会更显得热闹些，住在小跨院里，也能来个满院生辉。只是我爷爷最生气，他生气的主要原因，是因为这位王丝丝小姐是维格多利的歌星，挂牌唱《特别快车》，爷爷说，家里已经有了一个唱戏的了，如今再来一个唱流行歌的，那可真是要姹紫嫣红了。而令他老人家生气的最后结局，就是去美国述职，买了船票，他就走了。奶奶呢，不能参言，还是她的老办法，去问大奶奶，只要大奶奶收认下了，奶奶没有意见。

恰这一天王丝丝到家里来的时候，母亲正在厨房里烧菜，这又要多说一句了，平时，母亲是不下厨房的，但只有一个例外，那就是烧鲥鱼，母亲烧鲥鱼味道最为鲜美，无论哪位厨娘都比不了，一旦新鲜的鲥鱼下来，厨娘们总要请大少奶奶亲自下厨烧鱼，别人也不敢抢这份差事。而且我娘烧鲥鱼要亲自收拾，她要亲自剥鳞，亲自摆盘，还要亲自看火。所以，当王丝丝小姐走进门来要见大奶奶的时候，佣人把话传到厨房，我母亲当即便提着一把切菜刀出来了，这一下，把个王丝丝吓了个屁滚尿流，“哎呀！不让我进门也就是了，总不至于拿刀杀人呀！”

“这就是我们家主事的大少奶奶。”佣人们也势利眼，他们见外面又来了时髦女子，知道是又要领进来的，便故意要说母亲在家中的地位。

“大奶奶在上……”噗嗵一声，王丝丝小姐就冲着我母亲跪下了，我母亲一看不好，提着切菜刀就走到了院里，“还有多少，你们也一起商量好了，别一个一个地往家里蹦，有几个是几个，一股脑地我全收下也就是了，这样收人，多麻烦呀！”说罢，母亲又提着切菜刀回厨房收拾鲥鱼去了。

王丝丝小姐自然早有准备，谁都知道愣往一个地方进人，不是那么容易的事，你知道人家有没有指标呀！王丝丝小姐见母亲不睬她，回身便走进三道院，在院当中选好了位置，冲着母亲的住房就又跪下了。如法炮制，和小的儿当年进门的做法一样，全是要来个感天地动鬼神，死乞白赖地非挤进来不可。

母亲这次倒没有太生气，她似是已经不往心里去了，天命注定，谁让自己遇上了这么个不争气的丈夫了呢？算了吧，只要你有本事往家里领，你领多少，我认多少，只看你日后如何打发吧。当然，这总要有个接受过程，哪能来人便认的道理呢，必要的手续总还是要有的，还是老办法，走一次过场。“小四儿，你去把娘的衣服拿来，咱们和你弟弟一起去外婆家住去，这个家我是不要了，谁愿意要，就由谁当家做主去吧！”

小四儿聪明，颠儿颠儿地她就跑回房里去了，不多时她抱着一个大包袱回来，好歹给奶奶把鱼安置好了，饭也没有吃，娘便带上小四儿和我，坐上家里的洋车，直奔外婆家去了。坐在车上，小四儿凑到我的耳边悄声地对我说：“嘻嘻，光脚丫穿皮凉鞋，大脚拇指指甲盖上，还涂着红指甲油呢。真不要脸！”

本来呢，母亲以为过不了几天家里就要来人的，前面有了先例，小的儿进门的时候，就是跪到第三天奄奄一息，请回母亲宽容留人。这一次也不会有什么新花招，过几天再回来呗，就让她住最后一道院里的小跨院是了。

一连住到第七天，家里居然一点消息也没有，莫非这位王小姐皮实，跪到第七天依然精神抖擞，体魄强健，果然是东亚病夫的往昔已是一去不返了。家里没有消息，母亲又放心不下，推说是派个外婆家的佣人回家去取衣服，顺便把母亲房里的佣人唤来，也好问个仔细。母亲房里的佣人一来到外婆家，见到母亲一把就抓住了母亲的胳膊，哎呀一声，便说了起来："大少奶奶，我可是长了见识了。"

"什么事让你这样大惊小怪的？"母亲当然不解，便拉着女佣人要她说个详细。据女佣人对母亲述说，我们家的这个小的儿，可真是办了大事了。

…………

母亲带着我和小四儿走了之后，王丝丝小姐仍在院中跪着，也许她心中有数，这就算是看到希望了，多不过跪上三天三夜，跪到还剩下一口活气，侯家自然要派人将大奶奶接回来，到那时自然又是先把人抬去看医生，看过医生之后，再回到侯家宅院，给一个小跨院，那就算认下人来了。

谁料，王丝丝小姐刚才跪到中午，扭答扭答地，小的儿从她的小跨院里走出来了，她来到三道院，也就是母亲的院里，站在院中，端详着王丝丝小姐，她就说了话："我说这位王小姐，你被领进侯家门来，是要做二的呀，还是要做三的？"

王丝丝小姐见来了救命恩人，便冲着小的儿先磕了一个头："姐姐救我！我当然是只求做个三的。"

"既然你只是要来做个三的，那你为什么不先到小跨院给我下跪，却先跑到这儿来给大奶奶下跪呢？你怎么就知道只要大奶奶认下了你，我就一定也能认下你来呢？”

这一问，还真把王丝丝小姐给问住了，抬起头来，她看了看小的儿：“姐姐不要见怪，我是不懂得大宅门里的规矩，才冒犯了姐姐的威风，我先去后院给姐姐下跪，求得姐姐先把我认下了，大奶奶面前，就有姐姐为我做主了。”

“这倒是句聪明话。”说罢，小的儿转身就走回她的小跨院去了，王丝丝呢？也立即从地上爬起来，随在小的儿的身后，来到小跨院，冲着小的儿的住房，规规矩矩地就跪下了。

只是这一跪，就真的跪出麻烦来了，小的儿和母亲不一样，母亲是菩萨娘娘，小的儿是铁石心肠，莫说是下跪，你就是拿刀子往下割肉，鲜血淋漓，你也休想能感动她，可怜的歌星王丝丝，就这样干巴巴地跪着，在小跨院里，跪死了，连一个人也不知道，好好的一个女子，眼看着就要糟践在小的儿的手里了。当然，这里要交待一下，凭人家王丝丝小姐，当今的走红歌女，为什么要跑到我家来，给小的儿下跪呢？好歹走一场穴，唱两支歌就是十万八万的，怎么活着不自在？侯家有什么了不起的。但是哩，时代不同，情况也不一样，那时候唱《特别快车》，一晚上也就是几元钱，远不似现在挣的这么多，那时候不是分配不公吗？那时候，挣得最多的是鲁迅，教育部每月给他的津贴是大洋800，什么事也不管，此外每月还有巨额的稿费，一个人靠写作就能养活一家人，而且吃的喝的都还不错。而那时挣得最少的，就是像王丝丝这样的歌星，和维格多利签合同，唱一个月，也不过就是几十元钱，顾了吃顾不上穿，和今天的我们差不了多少，基本上是老贫下。所以，这位王丝丝小姐才死乞白赖地要往我们家里钻。

只可怜这位王丝丝小姐太天真，她还是把事情想得太简单了，她以为，反正你侯姓人家怕吃人命官司，而大少奶奶又心慈手软，只要横下一条心来，天下无难事，只怕有心人，最后一定能感动上帝，总不会眼望着她跪死在院里。决心已定，这位王丝丝小姐就不慌不忙地在小跨院里跪下来了，跪了一天，腰酸腿疼，跪了两天，精疲力竭，跪到第三天时，这位王丝丝小姐已是奄奄一息了。一直到了第四天的晚上，王丝丝小姐才听见小跨院里脚步声响动，昏沉沉抬起头来，天旋地转，一片星光下站着一个人儿，仔细看了半天，才认出是小的儿。

"没事吧？"小的儿酸溜溜在问着。

"姐姐救我！"王丝丝小姐有气无力地唤着。

"嗜，还差着远的呢，这不还认识姐姐，还知道救命呢吗？再跪上这么几天，到时候我若是没有别的事呢，也许我就来看看你。"说罢，小的儿回身便要走开，只是突然，小的儿又转回身来，似是自言自语地说着："不过呢，你若是听我一句劝告，趁着还有点力气，你还是早早地自己爬出去好，如果是大少奶奶主事，也许最后经不住你的磨缠，发一点善心，最后也就把你认下了，救谁不是救呀？可是你别忘了如今是我在这儿，大少奶奶无所谓，无论认下多少，她都是正座正位，我可就不一样了，现如今我是二的，待来日你进了门，大先生喜爱谁，谁就是二的，那时候还有我的香饽饽好吃吗？所以呀，若是没有什么要紧的事呢，在这儿跪几天，倒也能松松筋骨，歇两天，再出去唱你的《特别快车》，就更有滋有味。若是你怕最终跪不出个子丑寅卯来呢，我还是劝你早早地另打主意。你休想指望我会发善心把你认下。跪死了呢，别忘了这儿可只是人家侯家的小跨院，不是正宅正院，你若是想给大少奶奶下跪呢，实话告诉你说，我早把大奶奶请出去了，没有我的话，大奶奶也不会回来。就这么着吧，我可是要回房里去了。”说完，小的儿真的就回她的房里去了。

以后呢？以后的事，那就不必细说了，反正是在第七天上，王丝丝小姐终于从我们侯姓人家的宅院里爬了出去，才爬到大门外，呀地一声，王丝丝小姐便不省人事了。

6

“蛇！毒蛇！”从来，我没有看见母亲发过这么大的火，来不及收拾衣物，匆匆拉着我和小四儿，坐上洋车，径直就向家里奔去。坐在洋车上，母亲不停地骂着小的儿，骂声中充满了仇恨，甚至于，我感到母亲的手在剧烈地颤抖，她握着我的一只手掌，手掌心冰凉冰凉。

“娘，你别生气。”立在我身边的小四儿连声地劝着母亲，母亲不说话，仍然恶汹汹地骂着，而且越骂越不解心头之恨，我感到母亲的手在狠狠地抓着我的肩膀，抓得我疼痛难忍。

不多时，洋车停在了我家门外，母亲这时突然放开我和小四儿，走下车来，一步就迈进到了院中。“大少奶奶回府了。”前院里，成排的仆人分站成两队，齐声地向母亲问好，而母亲却瞅也不瞅一眼，大步地就往后院里走。若在平常，母亲每次出门，回家时总要到祖父母的房里去先问安好，然后才能回自己房去。今天母亲必是因小的儿的所作所为气晕了，所以也就顾不得什么规矩礼法，先去找小的儿算账再说。

第三道院里，静寂异常，佣人们知道大奶奶突然回府，必是有什么事要发落，所以，一个个全都屏着呼吸，连一个敢喘大气的都没有。院当中，倒只有小的儿在母亲门前站着，垂手恭立，一副低三下四的神态。见到母亲走进门来，小的儿立即迎上一步，细声细语地冲着母亲说道："大奶奶身体可好？"明明是在想讨母亲的好。也许是她以为自己刚刚为侯姓人家做了一件大事，论功行赏，母亲也该给她个好脸子看。

"呸！滚回你的小跨院去！"怒不可遏，母亲冲着小的儿就喊了一嗓子，冷不防，倒把小的儿吓得打了一个冷战。

"大奶奶这是……"小的儿闹不明白这是为了什么事情，眨了半天眼睛，她还是想问个明白。

"滚！你这条毒蛇！我不想看你！"母亲这时已经走到了小的儿的面前，气汹汹，母亲伸过一根手指，直点着小的儿的鼻子，破口便骂了起来："都是我这些年太宽厚，活活把你个小妖精宠起来了，你还知道自己是什么东西变的吗？"

"大奶奶这可是说我？"小的儿还是不明白大奶奶何以以怨报德，明明是自己做了一件好事，怎么反要挨一顿臭骂？当然她要问个明白。

"我不是骂你，还能是骂哪一个？这院里即便是个猫儿狗儿，也不敢似你这般放肆，你眼里还有个家法吗？他爸在外面喜欢上的人，活活地就让你给撵出去，你算是个什么东西？你一不是娶来的，二不是买来的，你怎么就敢私做主张，把个要进门的人挤出了家门？”

这一骂，小的儿多少明白一点了，原来这侯姓人家竟是这样一户由着男人胡作非为的人家，明明是大先生在外边又有了新欢，把她领进门来，还不许你不认，横下一条心，把个来路不正的人儿打发出去，这不正是做了一件好事吗？谁料反说是犯了天条，竟惹得大奶奶发了这么大的火。

“你眼里没有我，你眼里也没有他们的爸，他们的爸让个他喜爱的人自己来家里认门，那只是给我留个体面，当年你来认门，我不也是最后收认下了吗？怎么这次你就敢自做主张，不给他们的爸留面子了呢？好了，我看如今你也是成了精了，从今往后，没有人管得了你了，把小跨院的门堵上，你另开一个门吧！”说罢，母亲在佣人们的簇拥下，走进房里去了。

“哎呀，听说大嫂回府来了，我迟到了一步，怎么大嫂子就生了这么大的气？”母亲才进房来，衣服都没来得及换，忽然窗外传来七婶娘的声音，随着，门被推开，不待母亲招呼，七婶娘便走进来了。七婶娘很会做事，她先看过了我和小四儿，又问过了母亲的安好，然后将嘴巴向门外呶了一下，才悄声地对母亲说：“姨太太有姨太太的难处，大嫂是名门闺秀，犯不上和她生这份气。给她个好脸子，先让她回房去，有什么说，还愁没有人替大嫂出这口气？人家还在院里站着呢。”

“你瞧瞧，这阵倒有了规矩了，谁说不让她回房去了？”母亲故意把声音提高了说着，好让院里的小的儿听见，果然母亲说话的声音传了出去，这时，才听见窗外小的儿说话的声音：

"大奶奶若是没什么吩咐，我就先回去了。"

"你先去吧，有什么说，我再派下人去请你。"母亲说话的声音还是酸溜溜地那么不是滋味，小的儿当然什么也不敢说，只能乖乖地自己走开。

小的儿走开之后，七婶娘便又坐在母亲身边的一把椅子上，知心地和母亲说着："若说呢，咱们侯姓人家也应该有这么个人物，像大嫂这样的菩萨心肠，就真要把人们都宠坏了。小的儿呢，做事太绝，也就是没和大嫂商量，有什么不是，该说就说她几句，再不解气，就拿家法吓唬吓唬她，还不全是大嫂一个人的权势？"七婶娘自然是既要哄着母亲，同时又得替小的儿说好话，八面玲珑，两头做好人。

七婶娘的一番劝解，不料却把母亲给劝哭了，紧紧地把我和小四儿搂在怀里，母亲抽抽噎噎地哭成了一个泪人："我只恨自己命不好，丈夫不给我争气，怎么我就理不好这一户人家呢？上上下下的这还有点规矩吗？他们的爸荒唐，可是男人的事，你是只能劝，不能拦，劝了不听，他总是于心有愧，你和他做对头，不给他留一点情面，他表面上也许就一时依了你，可他到底是外边的人，你又怎么看得住他呢？七婶娘，这话我先说下，慢慢地你只在一旁看着，这个家，我看是要败了。"母亲说着，已经是哭出了声音。

果然，从此，我们家遇到了一桩一桩不知是多少倒霉的事，兵来将挡，水来土挡，到最后，母亲一筹莫展，眼看着呼啦啦树倒猢狲散，显赫一时的侯姓人家，就一天天地败落下去了。

第一桩不幸的事，是父亲生了一场大病，什么病？我是说不出名来的，反正一头倒在床上，他是不肯起来了。连吃饭都要人喂，面无血色，全身瘫软，请了多少名医，都说不出个名堂来，反正他就是哪儿都难受。病从什么时候开始的？就从他外出许多天之后，回家来的头一天开始的。那一天他本来非常高兴，几乎是唱着跳着地走进家门的，而且还带回来那么多的好东西。给母亲买的衣料，给爷爷奶奶买的西洋蛋糕，给姐姐们买的各种头纱，还有给哥和我买的文具和书。当然，我们的老爸每逢如此讨好全家人的时候，那自然是他做下了什么亏理的事的时候。只是走进家门，一一地各房里都去过之后，唯独不见家里多出了一个什么人来，这一下他吃不住劲了，“没有什么事吗？”他含含混混地向母亲问着，母亲什么话也没说，只叹息了一声，便到奶奶的房里去了。

我的老爸当然知道这一切意味着什么，失败，可耻的失败，精心策划的一场丑剧，唱成鬼吹灯了。男子汉大丈夫，他咽不下这口气，按理说，他可以兴师问罪，大发雷霆，可是他又实在是说不出口。他能向家里人质问“我好不容易看上的一个人儿，你们凭什么不肯收留”吗？话说不出口，不能发作，唯一的办法，就是不吃饭，一头倒在床上，他老先生从此要装病了。好在，我的老爸别的本事都不太大，唯有这装病一桩，那是绝对地惟妙惟肖，装着装着，他还真就装出病来了。

我老爸的病状好怕人，发愣，一双眼睛只看着屋顶发呆，一声不吭，也不眨巴眼，就像是鱼缸里的金鱼望天一样，只是他不吧唧嘴。我老爸装病的第二个症状，是犯傻，你问他吃饭不吃？他理也不理你，你问他喝水不喝，他还是不理你，反正他就是那样脸冲着墙地躺着，也不知是睡了没睡。

父亲装病装到第三天上，小的儿出来了，她战战兢兢，活似老鼠要去见猫，胆战心惊，走路连一点声音也没有。那时恰好我伏在窗外，正偷着往里张望，也是想暗中向爹爹学点什么绝活，不料意外收获，小的儿探望父亲的一场好戏，正让我看个全出。那是在下午5点钟左右时光，小的儿端着一只托盘，托盘上一只盖碗，大概盖碗里是什么燕窝汤之类的东西吧，步子轻盈，活赛是架着流云，小的儿悄无声息地推开了我们屋的房门，这时我爹还以为是我母亲进来了呢，哼了一声，他还想多得一点同情。不料，走进房里来的不是我母亲，回头一看，是那个把他的意中人逼走的那个小的儿，腾地一下，我爹活像是炮弹爆炸一样，发疯般地就从床上蹦了起来，“滚！你这条毒蛇！”和我母亲骂小的儿的词汇一样，只是嗓门要高出许多，不记得父亲在什么场合喊过这么漂亮的一嗓子，倒也听过一次，《坐宫》里的“叫小番”，满堂的好，堪称是惊天动地，只是这次不是叫小番，这次是叫小的儿，也是十足的精神头。

这一嗓子，倒真把小的儿吓坏了，冷不防，她打了一个冷战，一连向后退了三步，险一些，小的儿差一点没跌倒在地上。

“茹之，”小的儿直呼我爹的名字，似是要和他说点什么话。只是我爹如今正在气头上，莫说是小的儿的话，就是皇帝老子的话，他也是听不进去的。当然，小的儿有话还是要说：

“茹之，我可是一片好心。”

“呸！你还是一片好心？滚出去，你给我滚出去！我这辈子再也不想看见你了！”真没想到，我爹还有这么大的志气，他居然连他领进来的人都不认了。骂过之后，我爹一屁股坐在床沿边上，抬起一只手来，指着小的儿的鼻子就又骂了起来：“你是什么东西？居然敢把我要领进门来的人给撵了出去，你大胆！放肆！混蛋！你不是个好人！”真难为了我的老爹，他居然还知道这世上还有好人和不好的人，骂着骂着，他老先生又发起火来了，一回手，就近抓过一只枕头来，气汹汹地就冲着小的儿扔了过去，当然，没有打着，要的是个做派。

灰灰溜溜，小的儿回身走了，我看见小的儿一面走着还一面抹眼泪。

父亲是一个有志气的人，从此后，他真的就恨上小的儿了，恨得咬牙切齿，恨得不共戴天，恨得不喝一条河里的水，恨得不吸一个烟盒里的香烟。平时在家里边，出来进去，无论在哪里他们两个人碰到一起，父亲都绝不和小的儿说话，母亲虽然还是带着我和小四儿在三道院里住着，父亲也凑过来在另一间房里住，除了去大坂公司上班之外，他一改往日的放浪形骸，规规矩矩地每天早出早归，似是从此真的就要改邪归正了。悄悄地我也问娘：“我爸跟咱好了？”我娘不回答。倒是小四儿一句话道破了天机。小四儿说：“哪里是和咱们好了，是咱爸暗里放出人去，四处打听那个王丝丝小姐的下落去了。”

我的天！我爹真有点不达目的誓不罢休的气概！

王丝丝小姐没有找到，三个月之后，一张传票送到家来，侯茹之先生，请按传票所具日期到本法院听审。我的天，我的老爸吃上官司了。

什么官司？当然是人命官司，原告人：王丝丝小姐的哥哥，被告人：侯茹之，事由：人命一条。说是王丝丝小姐自某月某日去侯府认门之后，再也没有消息，是死是活，音信全无，侯茹之或是谋财害命，或是拐卖人口，反正这场官司是吃定了。交不出人来，侯茹之一条人命抵偿，你算是跑不了啦！

偏偏我的老爸就是不爱打官司，倒不是他怕官面，是他老先生心善，与世无争，不就是一个赔偿吗？咱给！可是如今不同呀，如今你有钱没有用，人家要你赔的是人命，而且是要你侯茹之赔偿人命，不怕偿命的，你就来吧。

“我不去法院！”我的老爸摸都不敢摸一下传票，坐在椅子上耍赖。这时他装的病也好了，狼吞虎咽，他吃了半锅米饭，又吃下了一只红烧肘子外加一条鲤鱼，这才打起精神来又哭又闹。

只是人家法院不听你这一套呀，天网恢恢，执法如山，不按时来法院听审，人家是要用小绳儿拴你去的，怎么办？一家人又没了主意。

请律师吧，不就是一个钱吗？哪一位律师的名声大，咱就去请那一位。三爷爷房里的四先生说，有一位大律师名字叫袁渊圆，能把抢劫说成是募捐，好，咱就请他来为咱做主。

大律师袁渊圆，拙著中篇小说《天津闲人》里的一位名士，天津卫第一张嘴皮子，能把死人说得活过来，然后再把活人说得活活气死，只要给够了钱，什么没有理的事，都能给你说出七分理来，所以，人称袁渊圆大律师是说的圆，编的圆，唱的圆。圆圆圆，无论什么缺德事，都能给你说得圆而又圆。

第一次承蒙袁渊圆大律师的约见，我父亲带去了200元钱，谈话的时间只有20分钟。我父亲善于行动而不善于表述，啰哩啰嗦地才把事情说了个开头，一挥手，袁渊圆大律师便打断了我父亲的话，“侯先生，你的这桩案子，另请高明吧，我是没有办法的了。铁证如山，人是死在你手里的，你没见到过人？玩笑了，你没见到过人，她王丝丝小姐是如何认得你家大门的？第一，你犯了诱拐民女罪，王丝丝小姐本来是一名良家女子，不幸被你勾引，以致要卖身为妾。第二，你犯了重婚罪，你本来是一个已婚男子，却只为家中有钱，便想妻妾成群，一夫多妻，实为我中华民国根本大法所不容。第三，你犯了蓄谋杀人罪，经过一番谋划，你设下圈套，让王丝丝小姐去你家认门，然后你便将王丝丝小姐秘密害死，如实招来，你到底把王丝丝小姐的尸体埋在了哪里？或者你是将尸体肢解万段，放置木箱之中，一些抛至城外，另一些沉入大河之中，侯先生，这场人命官司，你就待着发落吧！”

偏偏我父亲胆小，经袁渊圆大律师一吓，当即他便瘫倒在了袁大律师的大椅子上，再也不能动了，约见的时间已过，袁大律师还另有要人等候，发下逐客令，袁大律师要往外撵人了。只是，我的老爸当然是不肯走的呀，“袁大律师，你要救我！”我父亲随之又掏出200元钱，便就又放在了袁大律师的写字桌上。

“哎，我知道你侯家也是天津的首善首富，怎么就让你家遇上了这种麻烦事呢？让我试试看吧，不过呢，这种人命官司，侯先生想必也是知道的……”袁大律师说着，脸上还带着不情愿的神态。

“袁大律师放心，不就是一个钱吗？好办，钱的事最好办。”我的老爸说着，他心里也敲着鼓，说到钱字，虽然侯先生不会有什么难处，但是，到底这次是不能由大坂公司报账了，可是如今这些钱找谁要去呢？跟我祖父说，这又是一件没有想到的事，1942年，太平洋战争爆发，正好我的祖父大人在美国述职，交通断绝，祖父已是留在了美国。家长不在，这打官司的花销，又实在不好从大账房里报。怎么办？和我母亲商量呗。

反正是要么出钱，要么让我老爸去蹲班房，母亲说，无论用多少钱，先从我这儿拿吧。就这样，请袁大律师受理诉讼，还没上公堂，先就用了几千元。袁大律师架子大，约见谈话一分钟要付一分钟的报酬，而且这法律上的事，平民百姓又不太了了，只一个侯先生你可就是侯茹之？袁大律师就和我的老爸谈了两个半天，最后把我的老爸谈急了，他指着自己的鼻子向袁大律师说道：“大律师，我若不是侯茹之，吃饱了撑的，我要认下这桩人命官司？”如此，侯茹之确实是本案的被告，才终于认定了下来。

就这样谈来谈去，待到袁大律师把事件的来龙去脉基本弄清，我母亲的几件翠玉，已是卖掉了一半了。及至到了公堂，我的老爸一心选择坦白从宽的道路，大法官问什么，我的老爹就承认什么，他承认他确实认识王丝丝小姐，而且这位王丝丝小姐又确实长得如花似玉，歌儿也唱得好听，在维格多利挂头牌。最以先呢，王丝丝小姐倒也没和我的老爸怎么近乎，两个人认识一年之后，产生了深厚感情。产生了深厚感情之后，自然就想结为夫妻，只可恨国法不容，明令禁止一夫多妻。不过呢，上有政策，下有对策，明娶不成，那就私下里收纳为妾。如此这般，我的老爸就给王丝丝小姐指了一条明路，某年某月某日，我老爸去日本办理公务，这时王丝丝小姐就找到我家门上来了……

不打自招，我的老爹算是把事情全认到自己头上来了，袁大律师一听就不愿意了："哎呀，我的侯先生呀，你如此这般地低头认罪，这可是让我如何为你辩护呀？算了，你另请高明吧，你的事，我是从此不管了。"说罢，袁大律师又要一推了之，花钱，赶快给袁大律师送钱，这样，袁大律师才答应挺身而出。

只是，这官司是已经输定了，王丝丝小姐下落不明，据知情人出庭作证，有人说王小姐是被我的老爹活活地给掐死了，掐死之后，尸体被装在一只大麻袋里，大麻袋又装了一块大石头，然后我的老爹花了47元 5 角钱雇了一个哑巴，让他背上这只大麻袋，就在一个伸手不见五指的黑夜里，把王小姐给扔到海河里去了。三天之前，海河口处漂上来了一具女尸，很可能就是王小姐的玉体。还有个证人就说得更玄乎了，这位证人说，那一阵，我爹根本就没有去日本国，他就藏在我们家的小跨院里，恰那天王小姐来我家认门，冷不防，抡起切菜刀，我爹就把王小姐给杀死了，至于犯罪动机么，很明显，那是因为我的老爸太喜欢听王丝丝唱的歌了。他爱听，他就不让别人也听，心理学上有这么一说，一位叫弗洛伊德的医生给这种现象起了一个名儿，也不知叫什么什么情结。铁证如山，侯先生你就等着偿命吧。

沸沸扬扬，一时之间，天津城的大报，小报，旭报，晚报，周报，画报，全都有了叫座的社会新闻，而且那标题一个比一个邪乎，一家报纸的大字标题是：情杀，仇杀？莫衷一是；爱兮，恨兮？有口难言。看着，就透着大学问。更还有一家画报，彩色封面上印着我老爸的半身大照片，照片下面的一行小字是："因为不能容忍世人与我分享她美好的歌声，我杀了她，是的，我杀了她。"你说说，这该是多露脸吧。而且，各家报纸卖报的报童更是编了许多民谣，唱的那才叫出口成章，"买报瞧，买报瞧，侯先生手里提的可是杀人的刀，王小姐的歌儿唱得好，因此上才丢了命一条。"第二天，去学校上学，路上小朋友还一个个地问我："喂，小侯子，报上说的那个杀人的侯先生是你的老爸吗？"真是丢尽了人。

而且，事态不久又有恶性发展，半个月之后，一个给我家担水的挑夫出来作证说，杀人的不是我爹，亲眼所见，王小姐到我家来的时候，出来迎她的是我的母亲，而且，千真万确，他看见我母亲手里提着一把切菜刀。

"岂有此理！"容不得这一番胡言乱语的是我的三爷爷，也就是我四叔的父亲，因为我祖父不在家，族里的事情，就要由他做主。书香门第，积善人家，这名声当然是最为重要，三爷爷出面发下话来，必须了断这桩官司，你们长房院里不顾脸面，我三爷爷房里还要脸面呢！花钱，赶紧买通机关，必须把这桩事件尽快地给我压下去，不许拖延！

这一下，我母亲也慌了，束手无策，谁也想不出办法来。钱，已是早就花了不知是多少了，只是事情没有一点进展，怎么办？母亲一筹莫展，眼见着一天天地瘦了下来。

“大奶奶，人是我逼死的，不就是一条人命吗？有我了。”出来说话的，自然正是小的儿，好一个刚烈的女子，她把这桩事情揽下来了。

可是，谁揽下来也没用，王丝丝小姐是被侯家逼死的，这条人命，总要算在侯姓人家的帐上。

“嗐，这和你们侯姓人家有什么关系呢？”小的儿一挥手道出了端底，“我一不是你们侯家买来的丫头，二不是你们侯家娶过门来的媳妇，我做下的事，与你们侯姓人家有什么关系呢？我不过就是在你们侯家宅门的小跨院里寄身的一个女子罢了，那个王丝丝来找我说情，说是要挤进侯家来做什么姨太太，我连自己还不是正根正叶，你王丝丝的事我怎么能管得了？我说了，她不听，一口气给我跪了整七天，到最后，我看她实在是奄奄一息了，这时候我才说了句，懂事的妹子，你还是走吧。谁料想，她一去没有消息，是死是活，这事与侯姓人家没有一点关系。”

救命的恩人呀，小的儿灵机一动，计上心头，我们侯姓人家的名声终于保住了。

7

小的儿与侯姓人家脱离关系，只在报上登了一个声明，倒也是没用多少钱。只是打发小的儿离开侯家，很是用了一大笔钱。据母亲后来对我们说，小的儿要离开侯家，也是出于无奈，因为她突然发现，她在侯家的靠山没有了。这些年来，说不上是轰轰烈烈，可也是辛辛苦苦，她总算在侯家创开了局面，上上下下争取过来不少的人，就连我们这一支里的七婶娘，都和她一条心了，爷爷奶奶也不再说她的坏话，凭她一个没有根基的小的儿，她还要怎么样？可是，她不自量力了，得意忘形，自然就胆大包天，她以为她从此就可以当家做主了。一个王丝丝，她以为无毒不丈夫，做出点你们侯姓人家做不出来的事，让你们也开开眼界，只是她忘了她毕竟是个小的儿。一事当前，躲还躲不迭呢，你怎么就敢一步窜上前去，要来个自己说了算呢？这件事，其实她无论怎样做，都不会有好结果。留下王丝丝吧，你算什么东西？谁给你的权力？不留下王丝丝吧，你又算是什么东西？侯家大先生看上的人儿，你如何就敢往外开？其实，那时候，小的儿若是多留个心眼的话，她应该躲进小跨院里不出来，外面无论发生什么事全都与你无关，你就安分守己做你的小的儿去吧，不是你自己愿意往侯姓人家里边挤的吗？

偏偏她自作聪明，就把个王丝丝小姐给挤兑走了。其实，她本来应该想一想的，既然是侯先生另外看中了一个人，他心里已是明明不再把你当一回事了，不惹是生非，他不会往外开你，好歹你生下了一个女儿，不知天高地厚，硬是也要耍点大奶奶的威风，把侯大先生得罪了，能有你的好日子过吗？三十六计，走为上吧，小的儿自知无趣，她决定离开侯家了。

问她，要多少钱？绝不能埋没了这些年她在侯家的辛苦。母亲说，至少要够她过后半辈的，我们不能不养活人家。父亲倒不那么认真："她糟的钱不少了。"看得出来，人一到了无情无义的时候，就不把别人的死活放在心上了。母亲心善，不做对不起人的事，要多少钱给她多少钱。话问到小的儿房里，小的儿回答说只要一件物什，请大奶奶开恩。要什么？母亲又问到小的儿房里，小的儿回答说，要她生的女儿。"呸！"吐这口唾沫的，是小四儿。

"娘！"小四儿找到母亲，理直气壮地问着，"我是不是侯家的人？"娘说当然是。是就行，小四儿又往下说："小的儿可不是侯家的人。"母亲回答说当然不是，她一不是花轿娶过来的，二不是花钱买过来的，她什么也不是。"那就好办。"小四儿说得更加趾高气扬，"既然小的儿不是侯家人，为什么小的儿要把侯家人带走？"谁说让她把侯家人带走了？母亲当然不答应。我侯姓人家再穷，也不能把自家的孩子让一个唱戏的带走，"四儿，"娘对小四儿说，"有娘一天，娘就不让你离开娘一天，谁也休想把你拉走。放心吧孩子，这儿没有你的事了，娘打发她吧，没什么难办的事，也就是一个钱呗。"

小的儿离家出走的情景，至今想起来仍记忆犹新，那一天恰是一个阴雨天气，也没有一个人出来送行，只说是门外车子准备好了，小的儿一个人便提着两只皮箱从小跨院里走了出来。佣人们大概是故意躲避她，谁也不帮她提皮箱，全都藏在个什么角落里，偷偷地瞧着她，她倒也不像是很难过的样子，就那么从从容容，神态极是自然，就和往日她出门逛劝业场一样。只是今天她走到院里，故意放慢了脚步，举目向四下里寻视一圈，也不像是要找什么人，就这么酸酸地说了一句："我走啦！"然后便放开步子，径直向前院里走去了，这时，母亲就坐在我们房里，什么事也没做，脸上没有任何表情，似是在用心地听她的脚步声，倒是我说了一句送行的话，这时，我正站在椅子上，扒着窗沿向外看，眼看着小的儿就要走出我们三道院了，我在屋里放开嗓子，冲着小的儿的背影大喊了一声："小的儿！"怪声怪调，自以为很得意，其实一定很难听。小的儿明明是听见了，但她没有反应，倒是母亲过来在我的屁股上轻轻地打了一巴掌。

小的儿走了，从此一去没了消息，七婶娘似是还有点放心不下，无心地对母亲说着："只怕她这场官司难打呀！若是能花几个钱了事，倒也算是便宜了，只怕对方一口咬定要偿命。"说着，七婶娘还叹息了一声，好像是还有点同情。

"反正咱们把钱给够了她，莫说是一场官司，就是三场两场，钱也足够用的。"母亲说着，心情已是十分坦然。

我父亲呢？一点表示也没有，就像是与他毫不相干似的，上班，回家，吃饭，睡觉，一切都不见有任何不安，唉，痴情女子负心汉，从那时我就对负心的男人深恶痛绝。只是经过这一场事，父亲似乎是痛改前非了，我倒也没听见他向母亲做了什么检讨，更没在我们面前做任何自我批评，糊里糊涂，他就算没事了，正人君子，还是我们的榜样。谁爱如何看他就如何看他吧，反正我是不向他学习的，谁敢保证他从今后再不往家里领人？

虽说父亲无动于衷吧，可是他对那场官司极是关心，当然，如今的被告人变了，逼人致死的是宋燕芳，她彼时只是在侯姓人家的小跨院里借住，王丝丝小姐以为宋燕芳在侯先生那里有面子，于是找上门来求她说情。情节倒是这样编得差不多了，头几天小报上还做了许多报道，可是看着看着，没有下文了。报纸上的热门话题变了，变成西广开一家西药房卖海洛因的事了，那时候咱们中国人管海洛因叫“白面”，而且据说这“白面”是用死人头盖骨研制而成的，于是旭报，晚报，画报，周报便一起来研究这“白面”到底是不是用死人头盖骨研制而成的，争论得无尽无休，而那桩王丝丝小姐的人命官司呢？似是被人们忘掉了。

倒是有一天，三爷爷院里的四先生风风火火地跑来报告了一个惊人的消息：“你们知道吗？王丝丝小姐的那桩官司，人家宋燕芳女士‘私了’了。原告撤回起诉，说是没这么一回事，王丝丝好好的，如今又在维格多利挂牌唱《特别快车》呢。你说说人家宋燕芳小姐是多大的能耐吧！”

据四先生从外面听来的消息说，宋小姐离开侯家之后，便找到了大律师袁渊圆，私下里一说，由袁大律师出面，也不知怎么一了结，人家双方就握手言和了，恰这时，王丝丝小姐又出来挂牌卖唱，一场虚惊，把天津爷们又给耍弄了。至于袁大律师呢？人家当然是闲不下的，如今又有一桩新案子，比我们家的那桩案子还起钱，人家自然就忙那桩案子去了。

至于宋燕芳女士呢？未过多久，人家又登台献艺唱戏去了，而且，一炮打响，如今正在中国大戏院挂头牌，场场爆满，天津卫大报小报，连篇累牍地登载着关于宋燕芳女士的种种文章，一家报纸的醒目标题是：《十载日月无光，小燕芳洞中只七日；一朝重返梨园，大舞台四壁更辉煌》。由此，足见小燕芳今日的飞黄腾达。

"人家的事，咱就管不了那许多了。"母亲听后倒也没有太感吃惊，安详平静，她只是王顾左右而言他地说着，"只求侯姓人家的男子汉们能够自尊自爱，以后再不要在外面招惹是非去了。"

"破财去灾的么，"四先生随声附和地说着："听说了结这桩事，大嫂把从娘家带来的陪嫁都搭出去了。唉，真可惜，真可惜。大嫂真是见过大世面的人，这么大的事，就是不动大账房里的钱，也是么，自己房里的事要自己了断，大账房的钱，那还要维持好几处宅院的日月呢，动不得，那可是动不得的呀！"

感叹了半天，四先生便走了，似是只要大账房里的钱没动，他这辈子的日月就不会有愁事似的，大户人家么，几辈子也吃不绝的。

……

表面上看，我们家的日月是归于平静了，母亲的私房贴己是没有了，好在每月还有父亲的工资。当然，如今大坂公司也不像以前那样，随着我父亲的能耐供他花钱了，“七·七”事变之后，日本人在中国横起来了，他们再不需要雇一个中国人做他们的代理，有什么事他们自己就可以出面办理了。这一下，侯先生在大坂公司只能做一名雇员，别的任何特权全都没有了。我父亲呢，自然只能是循规蹈矩地做事当差，打牌，听戏，种种的应酬就全都免了。不过，这一来，他倒也收心了，不去赌场，不去戏院，不去喝酒赴宴，也不再去跳舞，更再不去那些不该去的地方，每日按时回家，我父亲已是一个本分人了。

祖母呢，自然还是打牌听戏，打牌照旧是只输不赢，好在我奶奶打牌没有太大的赌注，千儿八百的，大账房也罢，小账房也罢，我母亲就全给了结了，谁也说不出话来。至于听戏呢，那我奶奶有的是干女儿，由着她们每天晚上轮着番地接也就是了，母亲只惊动着，听说是老太太回家来了，赶忙到上房里请安，别的也没有什么要她出力的事。

按理说，这一家人的日月就应该是过起来了，谁料，天有不测风云，人有旦夕祸福，突然又节外生枝，还是三爷爷院里的四先生，他又在外面惹下事了。

什么事？赌呗！

一天晚上，三爷爷和三奶奶神色惊慌地跑到我们院来，见过我奶奶之后，立即就跑到我们房里，还没容我母亲问清楚是发生了什么事，三爷爷便又哭又闹地对我母亲说：“大少奶奶行善呀，小四又惹下祸了。”

“三公公三婆婆先用茶，有话慢慢地说。”我母亲总是不忘礼法，先要让三公婆坐下，然后才向他们询问是发生了什么事情。

“他四伯已经是三天没回家了，我们还以为是他在外面荒唐，不管他，由他在外面住上几天也就该回来了。谁料，昨晚上突然送来了一封信，说是要带上九万元钱到一个什么地方去领人，绑票，这明明是绑票！”

三爷爷说着，脸上是一片恐怖，三奶奶在一旁更是说不出话来，只呜呜地早哭得喘不上气来了。

“三叔三婶先别惊慌，有事咱慢慢地先查清楚，若真是绑票呢，咱可是用不着害怕，警察署早先的署长，那可是咱们家的常客，新任署长虽说是新民会，新民会和大坂公司也是多少有一点面子，不三不四的小土匪，只怕他还没有这么大的胆子。赎人？自然有警察署派人替咱们去赎。”母亲安慰三爷三奶奶地说着，劝他们不必过于惊慌。

“不是这么回事呀！”三爷爷三奶奶见再也瞒不过去，这才说了真情，“是赌债，是小四在外面又欠下赌债了。不多，这次本来是不多的，他不过是又到赌场去了，没想到人家赌东认出了他。呀哈！你又来了，休想逃脱，这次你就留下来吧。新帐旧帐一起算，人家把赌债开出来了，一共是九万三千元呀！”

“不是这次没赌钱吗？”母亲奇怪地问，“怎么就欠下了这么多钱？”

“不是说新帐老帐一起算的吗？”三爷爷回答着说。

“老帐不是已经了清了吗？”母亲又问。

"原来说是了清了的，可那是洪老九出面找的赌东，洪老九又是看的小燕芳的面子，才出面管的这桩事，现如今，小燕芳不是侯家的人了，人家洪老九也不管这桩闲事了，这么着，新帐老帐加一起，才有了这么个九万三千元。"

"天爷，就是把侯家的老底全兑出去，也凑不齐这九万三千元呀！"母亲也没有办法了。可是，没有办法也要想办法呀，总不能让人死在赌场里吧，何况送到家里来的信还写的明白，三天不将钱送到，便要割下一只耳朵，五天不将钱送到，更要割下一个鼻子。这可如何是好，四先生年纪轻轻地就少了耳朵鼻子，将来该如何娶媳妇呀！

奶奶是没有办法的了，"你公公不在家，大少奶奶做主吧。"这为难的事，就落在了母亲的头上，凑钱，只要不卖儿卖女，家里的东西随便地拿，就让三爷爷看着办吧。三爷爷最先还有点不好意思，但是到了第三天一清早，大门外一只信封送进来，信封上写着：侯府亲收。三爷爷战战兢兢地打开一看，啊呀！三爷爷一声大喊，当即，人就晕了过去。信封里，鲜血淋漓：我们四先生的大耳朵一只。

八方筹措，救人要紧，母亲当即把她全部的金银细软一古脑都拿了出来，七叔和七婶娘也是倾囊而出，连把他们给未出生的孩子打的金锁都拿出来了，再四面八方去凑，可是这到底是九万三千元呀，一时半时地如何就能凑得齐呢？三爷三奶奶当然最是着急，从早到晚地缠着母亲要她立即拿出九万三千元钱来，就像这笔赌债不是他房里的四先生欠下的，而是我欠下的似的。其实我当时就想，倘若真有一天我欠下了一笔赌债，我母亲未必就肯变卖财产去赎我，不就是割耳朵吗？自作自受，让他留个永久纪念吧。

凑不齐钱怎么办呢？明天就是第四天了，到了第五天，人家就要割鼻子的，真若是割掉了鼻子，我想，即使人家把他放回来，只怕我也是认不出他来了。真是急死人了，连我都恨不能帮一把力气，好歹凑够了钱，快些把四先生赎出来吧。

只是，这可是九万三千元呀，去哪里凑呢？这若在两年前，也许并不为难，那时候有美孚油行，凭祖父的面子，好歹提一笔钱，就足够还这笔赌债了，祖父不是和美孚油行做石油生意吗？现如今去哪里弄钱？母亲已是没有办法了。

那就再去找洪九爷求求情吧，请他出面和赌场通融一下，好歹宽容几天，我们侯姓人家是一定交钱赎人的。只是这位洪九爷去哪里找呢？我们侯姓人家只认识宿儒贤达，青皮混混、地痞流氓，和我们这户人家是根本没有任何交往的。

“听说如今洪老九正在中国大戏院包厢捧角儿，捧的就是小燕芳，去中国大戏院，准能见到洪老九。”三爷爷突然急中生智，他想出了一个好主意。只是谁又能去中国大戏院呢？而且，即使是去了中国大戏院，你又该如何见到洪老九呢？一时之间，大家都没了主意。

“要么，我去撞一头试试看？”是我的七叔毛遂自荐，想去见见这位洪老九。当然此中还有一个机缘，那就是宋燕芳虽然离开了我们家，但她依然是我祖母的干女儿，老老实实，她还要给她的干娘留个包厢。而且，至关重要，小燕芳给我祖母留的包厢，必须是中国大戏院最好的包厢，也就是二楼的二号厢。二楼的一号厢，板上钉钉，那是给天津特别市市长留着的，二号厢紧挨着一号厢，侯老太太专用，只许侯老太太不去，不许别人占用，现在这个专用包厢已经空了一年多了。紧靠在二号厢旁边，三号厢，洪九爷专用，这就好办了，只要在二号厢一坐，隔着半截的木板，便是三号厢，便中，侯家包厢里的人就可以和洪老九说话了，赏他个面子，你洪老九是什么人物，侯家人不先和你说话，打死他，他也不敢主动和侯家人打招呼的，名份差得不是一星半点了。

就按七叔的办法去做，到了晚上，七叔带上我，坐着洋车，就直奔中国大戏院去了，去中国大戏院听戏，对我来说，实在不是什么新鲜事，上学之前，动不动地我就被祖母拉去陪她听戏，听得我都不耐烦了。不过这次，我倒想见见世面，我倒不是想看小燕芳唱戏是什么模样，我主要是想看看洪老九是个什么人物。

赫，这中国大戏院可实在是不同一般了，不光是灯火辉煌，座无虚席，而且是满台的花篮，满台的红帐子，从楼上拉下来，写的全是祝小燕芳重返舞台的贺词。

帽戏才开，只是散座里刚开始上座，我和七叔叔走进二号包厢，立即便有茶房过来侍候关照，茶水果品摆好，“侯爷有什么事随时吩咐。”随之，茶房退了出去。不多时，一号厢里走进人来了，向着我家七叔拱了一下的手，算是致礼问候。我问七叔：“认识吗？”七叔回答说：“谁认识他呀？新民会的，如今做了什么特别市的市长，少惹他就是了。”

又过了一会儿，三号厢里走进人来了，好大一个黑胖子，黑脑袋瓜子活赛是我们家佛堂里的黑瓷礅，好大的大块头，我们家后院两个大水缸叠在一起，就和这个洪老九差不多，熊，大黑狗熊。

洪老九走进他的包厢，没敢四处张望，只一个人低垂着目光安静地坐下了，似是无心听戏，一双眼睛还在往别处看。果然，未过多久,剧场里一阵骚动，立时，楼上楼下，人们的目光一齐向二楼的包厢集中过来，噔噔噔一阵脚步声响起，随之，八名壮汉带起一股旋风走上楼来，一时间闹不清发生了什么事，我还当是军警特务上楼来抓人，谁料，待到这八个壮汉散开，原来这八个壮汉当中，竟围着一个花枝招展的人儿，锦衣绣裙，满面春风，一双手上金光闪闪，明明是戴着八只戒指，有一只手指上，我看见是戴着两枚戒指，一只碧绿，另一只艳红，我知道那是红宝石。只顾了看这位非凡的女士的仪表，我竟没有留心这个人儿的相貌，待我举目一看，我的天爷，你道这人是谁？小的儿！宋燕芳，如今叫小燕芳，最最走红的名角儿。

开戏之前，历来的规矩，角儿要在上装之前，到她几位靠山的包厢里来请安，一来是对几位大人物的亲自光临表示感谢，二来更是向全场的听众示威，看见了吗？这几位惹不起的人物在这里坐着呢，有不怕死的，你就出来闹事吧。

小燕芳走上楼来，第一先去了一号厢，天津特别市市长面前道过感谢，说几句话出来，一抬头她看见了我和七叔，“哟，这不是七先生吗？”说着，小的儿就走了过来。

“宋小姐好。”七叔已经是改了称呼，不再称是姨太太，两不相干，只称是宋小姐了。

推开我们包厢的门，小燕芳走了进来，大大方方地笑了笑，就好似我们之间从来就没有任何关系似的，她是个角儿，我们只是听众，如此而已。

“呀！你可长高了。”我万没想到，小的儿是从我身上找话题的，措手不及，我让她摸了一下，直到今天想起来全身还起鸡皮疙瘩。

“总说要来看宋小姐的戏，就是凑不对时间，一年的光景了，这才头一次来，宋小姐真是得意呀！”七叔说着，眼睛却往洪老九那边望着。

“家里人都好吧？”宋小姐问着，又看了看我，“他姐姐们呢，都好吗？”小的儿问着，我知道这是在问她的小四儿。七叔当然心领神会，当即回答着说道：

“他的三个姐姐都好，四儿已是上到三年级了，还是班上的优等生。”

“哎，这一年时光呀，都好，就是闲下来的时候想孩子，算了吧，前世的事了。”说着，保证没有半个字的谎，我看见小的儿哭了，抽了一下鼻子。但很快，她就又淡淡地笑了一下，“七先生看戏吧，回去给干娘请安，对她老人家说，几时有空儿，就过来听戏，反正这个包厢是长年地给干娘留着的。”

随着，小的儿又到三号厢去了，和洪老九也不知是说了几句什么话，告辞出来，小燕芳到后台去了。

这时，我家七叔才向洪老九打招呼：“这位是洪九爷吧？”

最先，洪老九还不相信我七叔是和他说话，犹豫了半天，见左近没有旁人，这才受宠若惊地慌忙站起身来，连连向我七叔鞠躬哈腰地说道："在下姓洪，行九，不敢称爷，请问这位爷该是侯府上的七先生吧？"

"不敢不敢，"我七叔也是客客气气地说着，"久闻洪九爷的大名，总是没有机会拜识，真是一大憾事呀！"

"七先生高看我了，侯府上是书香门第，我洪老九一个粗人，做梦也不敢高攀的呀，今天倘若不是七先生先和我说话，打死我也没有胆量先给先生请安的，怕失了侯先生的身份。"洪老九诚惶诚恐地说着，连身子都站起来了。

"也是我平日太忙，本来上次我家四爷的事劳烦洪九爷成全之后，我就该到府上拜访去的……"显然，我七叔是故意往四先生的事上引，由此再好往下谈这次的事。

"什么？府上四先生有什么事呀？"洪老九故意装傻，好像他根本不知道四先生的事。

"就是上次四先生欠下了一笔赌债，走投无路……"我七叔尽力往上次的事情引。只可恨洪老九还是装傻不知道，眨了半天眼睛，他是什么也想不起来了。

"上一次若不是洪九爷暗中相助，我们家真不知要如何败落了。"我七叔向洪老九说着。

"七先生记错了，我哪里帮过侯府的忙呀，那岂不太高抬我了吗？记错了，记错了，我可是压根就不知道府上四先生的什么赌债，我也更没帮过府上的什么忙，怎么会有这种事呢？不可能，不可能，根本不可能。"一面说着，洪老九还一面摇着他的大黑脑袋瓜子。

“哎，也是我们的四先生不成器，本来上次好不容易地把事情已经了断了，偏他又旧习难改，这不，又让人家给扣下了，开出账单来，要家里还债。钱，我们是不会错的，只是不要今天割一只耳朵，明天再割一个鼻子，九万多块钱，总要给些时间的吧……”不管洪老九听见没听见，我七叔只管自言自语地说着，说得洪老九似是有点不耐烦了，终于，他才答言说道：

“还钱就是了，耳朵鼻子的，别怕他们，那全是假的。”

哟，天下还有这种事，用假耳朵假鼻子吓唬人，这次我算是长见识了，今后若再有人给我送人耳朵人鼻子的，我先找来一只狗，让这只狗嗅一嗅，是真耳朵真鼻子，它就叼走了；假的呢？它当然不吃，摇摇尾巴，它就走开了。

8

四先生回来之后，一头扎进自己的院里，哪里也没去。我奶奶让人捎过去话说：“告诉老四，就不必各院里走动了，全都败了，一败涂地了。”

四先生一笔赌债，倾家荡产，侯家已是穷困潦倒了，虽说还没有到一贫如洗的地步，但已然只剩下一个空门楼了。侯家败落的第一个迹象，便是大账房没有了，大账房里的钱全用完了，还留个空账房有什么用呢？奶奶说，就把大账房里的先生辞退了吧，谢谢他们这些年的辛苦，等来日吧。也许侯姓人家还有个东山再起的时候，到那时，一定再把几位先生请回来。

没有了大账房，侯家实际上就算是散了，各宅各院里各过自己的小日子，大户人家也就只是一个空摆设了。

侯姓人家败落的第二个象征，那就是把男女佣人全都辞退了，其中也包括母亲从外婆家带过来的随身佣人，这些老佣人离家而去的时候，那是比小的儿离家出走的情景要悲壮多了，一个个哭哭啼啼，过了这房，又去辞那房，临走到大门口时，还大声地和院里说话："大少奶奶，等老太爷回来，可得把我们找回来呀！"母亲答应着，早已是泣不成声了。

当然了，俗话说，瘦死的骆驼比羊肥，虽说侯家是不行了吧，可表面上的架子还是不减当年的，我前面的两个姐姐，照常在中学读书，要知道这在当年，可不是一件小事，我的哥哥又是在一个贵族中学上学，三个人加在一起的用项，据说已是非常可观了。这样，为了减轻一点开支，我母亲就在我身上打主意，打什么主意呢？就是转学呗，把我从原来的贵族小学转到公立小学去，无所谓，我早就在贵族小学呆腻了，男学生女学生，一个个全赛是得了瘟疫的鸡似的，挨一下碰一下，他就叫喊，就像是捅了他一刀似的，我早就恨透了他们，滚他的蛋去吧，今天爷可要走了。只是小四儿不好办，那时候公立小学不招女学生，即使有一处公立女子小学校，也是离家太远，母亲说让小四儿一个人去那么远的地方上学，来来去去的不放心。无奈，就仍然让她留在贵族小学里吧。

"四儿，"一天母亲把小四儿找去，万般作难地对她说，"咱们家虽说是不行了，可是娘不会委屈你们的，吃的喝的，还不到为难的时候。只是呢，有的地方，孩子就该体谅做母亲的了，别的我倒也没有让你们节省的地方，只是呢，这小学坐的车子，从今后就没有了，你也知道，咱们家把私家的车子全辞退了，你们上学呢，就要走着来去了。”小四儿没说话，可是也没点头，母亲自然也是知道的，在这私立贵族小学读书，读书是假的，比排场是真，一帮小崽子们，从早晨去学校的路上就开始比，比穿戴，比皮鞋，比书包，比皮球，而且，最是可恨，这帮小崽子比洋车，比跟在洋车后边的佣人，更有的谁也比不了，人家宝贝坐小汽车上学，别看光是三年级，他就上了整整三年，比的是个派儿。所以，母亲如今要省了小四儿的车子，这可真和被别人知道她是小老婆养的还要难为情，小四儿虽然不说话，但她的心里在想什么，我是十分清楚的。

就这样，我们全家人的生活都随着发生了不少的变化，而此中最能适应这场变化的，当属是我，我自从转入公立小学之后，竟一下子变得聪明了，不光教师讲的我全会，就是连教师没讲的，我也不知道是怎么一回事，居然也全会了，头一年期末考试，出乎意料，我居然考了个第一名，我娘说，你看这孩子，天生就是过穷日子的材料，再让他在那所学校上二年，非把他上成个傻蛋不成。其实，母亲不知道，就是在公立学校，到最后，我还照旧是一个大傻蛋，当然，这是后话。

转入公立小学之后，再回过头来看那些贵族小学的学生，自然，就觉得他们可怜了，功课不算太重，闲事堪谓不少，动不动地便是春游呀，同乐呀，制服呀，校庆呀，反正就是变着法地要钱。小四儿哩，当然不算不懂事，可是有许多统一的活动，她也不能不参加。参加怎么办？钱呗，伸手向娘要钱呗。

说老实话，我就是在这点上对母亲有意见，小四儿她不是咱的亲骨肉呀，干嘛要在她身上花这么多钱？有好几次，母亲是回到外婆家为小四儿的上学弄钱去的，弄来钱，还要向两个姐姐先做工作，要向她们说清，你们两个是娘亲生的，受点委屈是应该的，小四儿不是亲生的，慢待了她，外人要说话的。娘，不就是给小四儿添新衣吗？我们有旧的就行，让她照旧摆小姐架子吧。只是娘可别看错了人，知人知面不知心，家狗穷得团团转，野狗穷了不认门。娘说你们少多嘴多舌的，念好了书，比什么都强，瞧人家小不点，就是有志气，家里有钱的时候，上学光知道玩，现在，发愤读书，这才是出息呢！母亲说的这个小不点，就是敝人，有出息没出息的大家是自有公断的，反正我自己认为，若不是家道败落，说不定我也要学坏的，太坏了，我也没有那么大的本领，反正往家里领个人呀什么的，那是说不准的事。

反正母亲就是这样了，吃的穿的用的玩的，一切都是小四儿享受头份儿，基本上比我高半级，比我的两个姐姐，至少要高出一级，跟我哥哥那是不能比呀，我哥哥有外婆家特供，甚至比败家之前还要高出一些，外婆有指示，满足大外孙的要求就是我最大的幸福，一切你们就看着办吧。于是在我们家里，就出现了两个特殊的人物，他两个与我们的家境无关，彼君子兮，不素餐兮。他两个不陪着我们一起受穷。

可是，就这么着，到最后，小四儿还是给穷跑了。

那是一年的暑假，三奶奶院里来人送话，说是三奶奶日子过得冷清，要接过一个孩子去做伴儿。谁去呢？大姐二姐不去，哥哥人家早就被外婆家接走了，我说我去，娘说你老实地在家里呆着吧，你三奶奶家还经得住你去造反？那，谁去呢？众望所归，小四儿去吧。在家打点打点，小四儿就跟着人过去了。

小四儿在三奶奶房里住了整整一个暑假，四十五天，这当中她也回来过，但是回到家来，她有点心神不定了，只是各处匆匆地去看过，然后便忙着要走，我亲眼看小四儿走的时候是蹦着跳出大门的，看来，三奶奶院里，想必是待她很不错呗。

暑假结束，小四儿回来了，我的天爷，人家孩子带回来了那么多的衣服，还有各种各样新鲜的物什，让人看着真是眼红。

三奶奶为什么对小四儿这样好？也许是三奶奶觉得对我们不起，连累得我们一起受穷，所以就在小四儿身上做点补偿。真这样当然也好，小四儿那些穿的用的我也用不上，由她装阔小姐去好了。但是，一天，是我的二姐向母亲报告了一个惊人的消息，二姐说，她亲眼看见，小四儿去学校的路上，坐着洋车。

娘蒙了，家里的车子早就没有了，路上雇车，娘说没有给她钱，这不可能，你必是认错了人。二姐姐当然不服气，她说："娘，我若看错了，你只管罚我就是。"娘还是说不可能。二姐姐说，那就让小不点暗中跟几天，娘说那更不行，小不点一贯无中生有，能把没根无本的事说得有枝有叶的，让他暗中跟踪，他准能编出离奇的故事来。

那，怎么办呢？娘把小四儿找来，娘说从明天起，娘亲自送你去上学，小四儿当即就慌了手脚："娘，我不用您送，您已经太累了，我一个人走，没事的。"娘说不行，一定要送，去那样的学校，人家都是佣人送，咱们家的佣人辞退了，娘就亲自送你，同学面前也有的话说，只说是娘不放心佣人，一定亲自送才行。

从此，小四儿每天由母亲亲自送她去学校，到后来，小四儿终于走了，母亲才对我们几个说，在小四儿上学的路上，就在离我们家不远的地方，母亲看见有一辆洋车停在那里，见到母亲领着小四儿来了，那拉车的没有任何表情，就乖乖地拉起车子走了，母亲还说，她注意着了，小四儿还在暗中向那个拉车的使了一个眼神儿。这会是怎样的一回事呢？谁在暗中给小四儿定下了车子。

而且，事情又有蹊跷，小四儿每到星期五，就心神不定，星期六这一天，她最高兴，早早地就起床洗漱，好不容易把一天的学上完，回到家来，话都顾不上说，便忙着说要去三奶奶院里。去就去吧，派上个人，当然是我，反正天底下的倒霉事，全都要落到我的头上。就这样，我把小四儿送到三奶奶的大门外，看着她走进三奶奶家的大门，我才转身回来，这时候我哥哥早等得不耐烦了，人家外婆家正等着大外孙呢，若不是我留下话说，你若是不等着我，我就把你和你们同学一起偷着看卓别林的事，向母亲打你的小报告。这么着，纯属敲诈，哥哥不敢不带我一起去外婆家。

星期日晚上，我们全都回来，小四儿当然也不例外，但是，只有小四儿回来之后，无精打采，问她怎么不好？她只说是不舒服，不舒服你就早早地睡吧，她又不去睡，小老婆养的玩意，不长本事，光长毛病，迟早有你叫苦的那一天。

而且，母亲说，第二天吃早饭的时候，她看见小四儿皱眉头，怎么家里的饭就这样难咽？母亲说不对，带上我，一天晚上，我们来到了三奶奶家。听说大少奶奶过来了，三爷爷和三奶奶就已感到有些紧张了，因为，大少奶奶是平时请不到的人物，无事不登三宝殿，大少奶奶必是为什么难事来了。

在三奶奶房里，我才第一次看见母亲的大少奶奶架子，按道理说，在三奶奶面前，母亲是小辈儿，侄媳妇，那是要有板有眼的。但是，母亲是长门长媳，她就是侯姓人家权力和财富的全权代表，摆一下架子，那是谁都要敬畏三分的。大大方方地走进三奶奶房来，母亲一步就坐在了正位正座上，三奶奶当然心里有数，她更是知道自己是做了什么对不起母亲的事的，不等母亲说话，三奶奶便满面赔笑地迎了上来："总说请大少奶奶过来说话，又总是怕大少奶奶太忙，如今的家，该更是难当了吧？"

"富日子富过，穷日子穷过，这倒也没有什么好当不好当的，只是常言说，穷家不怕贼，穷家只怕鬼。"母亲说着，一双冷冷的眼睛直视着三奶奶，三奶奶心中有鬼，只能避开母亲凌厉的目光，低头不语，等着听母亲还有什么话说。

"三婶婆，"不等三奶奶说话，母亲又接着往下说，"若说是谁家受了谁家的连累，那也就没有意思了，本来是一家人，同舟共济，相依为命，一笔写不出两个侯字来。只是呢，人总得讲点良心的，以怨报德，不也是太不仁义了吗？"

"哟，"不等母亲的话说完，三奶奶便忙着把话接了过去，"大少奶奶这可是说的什么话呀，他三爷爷，还有我们院里的老四，更有我，成天累日地念叨大少奶奶的好呀，我们真把大少奶奶看做是救命的恩人呀！说到以怨报德呢，我想大少奶奶必是指的小的儿的事，不过呢，大少奶奶若是肯听你三婶娘的一句话，三婶娘就对你说，不是自己的亲骨肉，那颗心是焐不热的。"

"三婶娘这是从何说起呢？"母亲故做不解问着。

"明说了吧，我说的就是你们房里的小四儿，大少奶奶拿她当亲生女儿一般地养着，大少奶奶腰缠万贯的时候，儿是儿，娘是娘地过着，眼看着家境败了，人家可就心活了。那还是那年放暑假的事，小四儿住在我这里，一天早晨，你猜人家孩子问我什么？人家问我，三奶奶，我若是找那个小的儿要点什么，她不能不给吧？

噢，我明白了，这孩子是受不住穷了。也正好就在这时，宋燕芳托人带过来了话。

说就是想见见她的亲生女儿，做件积德事吧，我倒也没想这会有什么节外生枝的事，就让我们老四带上小四儿见宋燕芳去了，你猜怎么着，大少奶奶，我可不是挑拨你们母女的情感，人家小四儿一见到宋燕芳，母女两个人抱在一起就放声地哭了起来，大少奶奶，你的这一番苦心真是白费了。"

三奶奶的叙述，肯定是文过饰非，我在一旁听着，真为她捏着一把汗，我想，娘听过三奶奶的叙述，一定要追问她许多细节的，譬如小的儿是如何提起要去看小四儿的？以及小四儿又是如何向小的儿述说家里这些日子的变化的？由之，小四儿上学坐的车子是谁花钱雇的？而小四儿每次在外边又是跟着小的儿去哪些地方？等等等等，肯定要有好多的问题。但是，出乎意料，母亲听后什么话也没说，突然地她站起身来，领着我就往外走，这一下倒把三奶奶吓坏了，她忙着在后面追着，还大声地对母亲说着："他大嫂，你可是要往开处想呀，这一家上上下下你全对得起，小四儿这孩子自己没志气，不是你慢待了她……"

只有母亲一句话也不说，她领着我匆匆地走出三奶奶的家门，头也不回，一直就回到我们家来了。进到门来，母亲没有回房，拐个弯，母亲进了七婶娘屋，正好，七婶娘正在给她刚出世的孩子做小衣服，见到母亲便忙起身迎接。

"七弟，"母亲和七婶娘说了几句家常话，随之便招呼过七叔来，极是严肃地对七叔说："有件事要劳烦你去办一趟。"

"行！"七叔对母亲的吩咐历来是言听计从，也不问是什么事，便一口就答应了下来。"这就去？"七叔还问了一句。

"你随我来一趟吧。"母亲也没有说是要七叔去办什么事，便让七叔跟着走了过来，来到我们房里，母亲匆匆忙忙地收拾好了一个包裹，然后才把小四儿唤了过来。小四儿是何等精明的人呀！她走过来一看，咕咚一下，便给娘跪了下来：

"娘，饶了孩子这一回吧，以后孩子再不去小的儿那儿了。"说着她就抽抽地哭了起来，跪在地上的身子还一个劲地哆嗦。

一把，娘就把小四儿拉了过来："孩子，娘疼你，爱你，娘从来就把你看做是亲生女，只是娘怕委屈了你，就算是你替娘分担点家务，这几年，先求你去外边住些日子，等咱们家的日月一好起来，娘一准派人把你接回来。"

"娘！我不走！"哭着喊着，小四儿一头扎在娘的怀里，死乞白赖地和娘厮缠，只是娘的决心已定，她一点也不被小四儿的恳求感动。

"把他们也都找来。"娘对我说着，当即我就把两个姐姐和我的哥哥找了过来。这时母亲将小四儿拉起来，又把她搂在怀里，这才对我们说："你们姐弟五个全在这里，天下只要还有一个'侯'家，你们五个就是亲生骨肉，一个人成就了大事业，姐弟五个就一起扬眉吐气，一个人做了见不得人的事，姐弟五个全脸上无光，这就叫一荣俱荣，一损俱损，姐弟手足，全是娘身上的肉。小四儿，你跟着你七叔去吧，娘只有一句话，别跟她学戏。"

当然，又是一场骨肉离散，小四儿哭，母亲落泪，两个姐姐两头地劝，哥哥面色严肃，猜不透他在想什么，类如日后的阶级斗争，拥护和反对都包容在一张脸上，只有我无动于衷，泰然处之，生死轮回，福祸相依，一切全都是天意，你和他犯拧不管用，倒不如听之任之，怎么着也是活。

就这样，七叔带上我，当然更要带上小四儿，雇上一辆车，我们就直奔皇宫饭店而去了。去皇宫饭店做什么？找宋燕芳女士去呀，宋女士今非昔比，唱红了，发了，抖起来了，天津卫，说说道道，人五人六的了，当然，人家要住在皇宫饭店里面。

走进皇宫饭店，我的天爷，就连我这见过世面的人，都看着犯傻了，这皇宫饭店那个亮呀，从楼下往上走，一个灯泡连着一个灯泡，墙上，屋顶上，全都是灯，照得楼上楼下贼亮贼亮的，而且那许多灯泡还轮着圈地变色，照得人脸一阵红一阵绿的，活赛是进了盘丝洞。果不其然，还真有妖精，画着黑眼圈，涂着红嘴唇，怀里抱着小叭狗，我本想伸过手去摸摸小狗，可我知道这里面的规矩，对女人不能动手动脚，你说是摸小狗，她诬陷你是要摸她，无论年龄大小，反正你是男人，跳进黄河洗不清，咱别找麻烦。

七叔真有本事，三问两问，他就把宋燕芳女士的住处问出来了，这在皇宫饭店可不是件容易的事，来这里找人不能说找某某某，更不能问别人他在哪里住，来这里找人先要说是找多少号房间，再要说出这房间里住的是何许人，然后，茶房才给你通报，里边传出话来，说进来吧，这才让你往里走。我七叔何以就有这么大的本事呢？我七叔有“谱”，相貌不凡，看着就像是大学校长，谁都不敢问他来找谁，只说了一句找小燕芳：“随我来吧，爷。”就有人把我们领上楼去了。

一走进宋女士房间，呵！真阔气，绝对的总统套房，一间房套着一间房，先是一老女人走过来将小四儿领过去，然后又是一个茶房过来接去了七叔的外衣，我没有什么要人侍候，一伸手，接过来一沓条巾，不错，没拿咱爷们儿不当人看。

过了一会儿，宋燕芳从里面出来了，一见宋燕芳，七叔没有先说话，倒是我先冲着宋燕芳说了一句话：“行呀，混得不错呀！”宋燕芳装作没听见，七叔从后面拉了我一把。宋燕芳见到七叔也没有多说话，倒是她一把拉过去小四儿，两个搂在一起便哭了起来，也算是骨肉团聚吧，咱看着不是高兴吗？小四儿哩，哭了一会儿，觉得有点不好意思，暗中冲着我看了一眼，我没理她，只从嘴角处流露出一丝轻蔑，我早把你看透了，装的什么蒜？

“真要感谢大少奶奶的恩情呀，我跟了侯家多年，没什么苛求，只想身边有个姓侯的人，又是我的亲生骨肉，这样我就时时想着自己是侯家的人。七先生回去代我们母女两个向大少奶奶道谢，说我们一生一世也忘不了大少奶奶的恩德。”

“行了，该办的办完了，该说的话也说完了，我们走了。”说这话不是七叔，是我！多大的胆量，多清楚的界限，从小我就不是个凡人。

七叔呢，当然还要对小四儿说几句话：“你呢，先住在这里，几时想家，只管回家去住些日子，过个把月，我也来看你，你娘嘱咐过你了，好好念书。”“等等，”说着话，宋燕芳拉开抽屉，从里面取出一大叠钱，一伸手，她就塞在了我的手里：“给你，带上吧，随便买点什么东西吧。”我当然知道这是对母亲的感谢之情，给我零用钱，不能给我这么多。

这时，就看我的觉悟了，当即，我把钱接过来往桌上一放，然后便酸溜溜地说道：“你唱戏赚来的钱，不容易，留着自己用吧。”

没想到，我这句话刺疼宋女士，一赌气，她接过钱去，顺手就扔回到了抽屉里，随着还不怀好意地说了一句：“那就等着花你念书赚的钱吧。”

“念书赚钱就更不容易，连亲生父母都养不起，不三不四的，就更别指望了。”不甘示弱，我当然要反唇相讥，不过是要表现一下我的水平，让她也长长见识，侯家的后辈，只九岁，就是这个水平。

七叔知道我的小脾气，闹不好，我有可能撒野的。赶紧，说上句告辞的话，领着我就往外走，宋女士当然要追着送出来，一面走，还一面和我七叔说话，小四儿呢，还和我套近乎，这个那个地呀和我说话，我不答理她，只是最后在她的耳边说了句悄悄话：“小老婆养的！”然后，放开脚步就跑，怕她咬我。

眼看着我们就要从屋里走出来了，突然，只听房门从外面被一个人用力地推了开来，兴冲冲，外面的人就大声地说起了话来：“大嫂！果不其然，那个王丝丝小姐跟上刘市长走了，这次我大哥说只一心跟着大嫂过了。”

宋女士一听声音不对，她还要把我们往屋里领，只是来不及了，一个大步，外面的人闯了进来，险一些和我们撞个满怀，“啊呀！”一声喊叫，你猜是谁？四先生。

“七弟！”四先生一时惊慌，手足无措，他已经是失魂落魄了，嘴巴哆嗦了半天，他才唤出了声来。

“你还知道有我这个七弟？”七叔当即沉下脸来，毫不客气，当面冲着四先生就责问了起来：“你来这里做什么？”

尾声

审问四先生，地点选在祖宗祠堂，我奶奶在正座上正襟危坐，祖母的身旁是我们的母亲，三爷爷和三奶奶坐在偏座，表示他们只是一起听审，没有权利为四先生辩护。四先生呢，早吓得魂不附体，战战兢兢，活赛是一个被当场捉住的贼。此时此际，母亲一句，他便如实地回答一句，说半句谎，只要母亲一句话，便可以对他动用家法。为什么母亲就有这么大的权力？国有国法，家有家规，我祖父不在家，我父亲又不成器，老嫂如母，长门长媳便是家长，这一点连我祖母都要敬畏着三分的。四先生，如今是到了你自作自受的时候了。

据四先生如实的交代，原来自从小的儿被撵出家门以后，她就一直暗中和四先生有来往，先是她买通四先生把小四儿领到她那里去，然后，她又给了四先生一大笔钱，让他想尽一切办法把我父亲拉到他那边去，而这时正好王丝丝在维格多利唱《特别快车》。“带上钱去，”宋燕芳对四先生说，“别以为那个王丝丝会和我一样，一心一意地要做侯家的人，那个王丝丝是个水性杨花的人，谁的权势大，人家是就要跟着谁走的，现如今天津特别市的刘市长看中了这位王小姐，你侯茹之一个大坂公司的职员，能争得过人家吗？”

“就是这么地，”四先生胆战心惊地说着，“我天天陪着大哥去维格多利，钱由着大哥随便地花，大哥也问过是哪儿来的钱？我就告诉说是大大嫂……不，不，是宋小姐的钱。大哥一听，就感动得不知说什么好，只是连连地自言自语，燕芳好，燕芳好，心里对宋女士自然是感激不尽的。我猜想，这宋女士就是要笼络我大哥的心，果不其然，王丝丝跟了刘市长，我大哥呢？一头住进了皇宫饭店，他又和宋小姐好上了。”

……

这就是父亲和宋燕芳的故事，母亲的一番苦心终于化为泡影，最后，还是宋燕芳把父亲拉过去了。

倘若是我，我一定要想一想，是什么力量使我父亲成了小的儿的人？而母亲对父亲这样的一片真情，却一点也打动不了他的心，男人真的是自甘堕落吗？

然而，母亲决定离开这个家了。她对祖母说是到我姨母家去住，我姨母远嫁到山西大同，知道母亲不幸，多次请母亲去她那里住些日子，母亲总是抱着一线希望，想把父亲感化过来，但是如今母亲绝望了，她最后做决定，远走他乡，再也不要看见我的父亲了。

我的祖母当然要百般劝阻，但是母亲的主意已定，那是谁也改变不了的。最后只是祖母说了一个条件：“你去他姨家里住些日子可以，孩子你不能全带走，大孙子是侯姓人家的长门长孙，一步也不许远走，两个女儿，娇生惯养，吃不了外乡的苦，带孩子只能带上小不点儿，家里留着你的骨肉，你不会抛弃这个家。这个家，是对不起你呀！”

在山西大同府，我们住了三年，最后母亲一病不起，在我十三岁的那年，就离开了我们，当时守在她身边的，只有我一个人……“小的儿胜了，娘败了，孩子，你要给娘争这口气！”

我记着母亲的话，直到今天。

天津作家写天津

——《林希小说集》英、法文版序言

邵燕祥

这是一本天津作家写天津的书。

天津在哪里?

天津在北京东偏南,汽车车程两小时处,海河平原一角。海河的五条支流由此注入渤海。整个海河平原,千万年前原都是汪洋海水,地质史上叫北京湾。中国古代传说,时间女神麻姑曾三见沧海变桑田,桑田变沧海;中国人说沧桑之感,就指的是历史的寥廓感、荒凉感,对世事变迁、兴衰隆替的种种感触。

15世纪初,这里有了军事行政设置,命名天津,意为天朝的渡口。19世纪中叶以后,英法联军和八国联军都由此登陆。1860年天津开为商埠,又因两条铁路干线在这里接轨,于是一个畸形繁华的北方滨海城市诞生了,并且成为畸形政治和畸形文化的舞台。

如果说自然界的沧桑是以百万年、千万年甚至亿年为周期,那么人间社会的沧桑却频繁得多,快得多,“你方唱罢我登场”,像走马灯似的。作者着意截取的是天津在本世纪最初二三十年间这一段，特别是1911年辛亥革命之后，清王朝垮台，袁世凯上台，像拿破仑一样，先当共和国总统，再当皇帝，他死了，他所培植的各个军阀集团混战十多年，前朝遗老和当代军阀，许多人都在天津的外国租界里有宅邸或别业；其间日本势力早已伸张到包括天津在内的北方许多地方，直到把居住在天津的清王朝末代皇帝弄去做伪“满洲国”的傀儡皇帝……我们的作者在这个历史背景上要弄他的故事万花筒。

作者写历史，又不是写历史。他不像所谓正史为权力者树碑立传，各样权力者在他笔下都露出了假面下的真容；他的笔墨所及，那从来不上经传的社会底层人吃人、“黑吃黑”的场景淋漓尽致地折射出达官贵人衮衮诸公的皇皇业绩。不必是实有的真人真事，但是可信的历史真实。

作者写那时，又不只是写那时。因为他丝毫不带着怀旧的感伤；他貌似平静，如中医一般地望闻问切，细说病情，如外科医生持手术刀，条分缕析，把流氓政治赖以存身的流氓文化的活化石，一一加以解剖，暴露出它们的灵魂。中国历史上帝王将相诸般人物，成功者多带流氓气，即欺骗、阴谋、暴力和不择手段，在作者写的各类流氓无产者和“流氓有产者”身上全部体现出来。

作者写天津，却又不限于天津。作者写的是上世纪10—30年代前后天津社会的“瓤子”，自然不同于北京，也不同于上海、武汉、广州这些码头。但不仅军阀的利害、帮会的规矩到处相通，而且许多伦理道德和精神面貌，是同一阶层的人所共有的。相士无非子心灵深处是要做刘伯温辅佐开国皇帝，而许多文化档次远高于他的传统读书人甚至留学生的人生哲学不是与他如出一辙吗？

作者写故事，但远远不是为了说故事。我说他要弄故事万花筒，是因为他确实故事编得好，有头有尾，有曲折有跌宕，有出人意外又有原在意中，有伏线又有交代，让人信服。不过，讲故事不是他的目的，其目的在于写人，写各种人的生存过程，生存状态。他写人坑人，人骗人，人整人，人吃人，他要突出的原则是：人要做人。他呼唤人的尊严。他揭露和鞭挞那人性的丑恶，为的是叩问为什么出现人不能活得像个人这样的现象：那被吃的人，谈不到人的尊严、人的价值，连人身的生存也失去保障；即使是吃人的人，岂不同样是毫无人格可言，失去了做一个真正的人的资格，而且他们也还时时会有被更有权势的人吃掉的危险。这一切是合理的吗？这是文明社会的人类应有的生活吗？……这是读者从这些——被吃的人、吃人的人以至各类社会渣滓的故事中体会到的，作者并没有特别地说明，他隐在了故事的背后，我们甚至没有听到他面对尘世的沧桑发出一声叹息。

但我懂得作者的心，懂得他不露痕迹的感慨和几无声息的呼吁。他不但从历史上、书面和口头的传说上，而且从自己血肉之躯的经历中，深深体味到不把人当做人的野蛮和残酷。

本书作者林希，1935年生，原姓侯，名红鹅，一个别致的名字。可惜小小的红鹅泅入逆水，由于十七岁时得到一位诗人、诗评家的称赞，1955年就跟许多人一样无辜地卷入所谓“胡风反革命集团”的政治风暴；随之在两年后的反右派斗争中被划为“资产阶级右派分子”，剥夺了一切，送入被称为“劳动教养”的劳改营中——这是没有刑期的苦役。后来他在唐山的林西矿劳动，便以矿名作为自己的姓名：林希。直到1979年，在他重获自由，发表以劳改营生活为题材的长诗《夫妻》、《无名河》的时候，就用了这个名字。那些诗写了凄苦中的绝望和希望。

从80年代中期开始，林希发表了一系列长篇、中篇、短篇小说。这本书选入的是1990年后的作品，艺术上已臻圆熟，而使读者动心和深思的，仍然是交互出现的绝望和希望。

1993年12月17日 于北京

玩伴儿林希

柳　萌

早年写诗的林希，几年前开始写小说，而且一发不可收拾，这还不说，竟然还越写越火爆，成了小说界一颗新星，而且连鲁迅文学奖都拿到了，这是我万万没有想到的。守着他，我不说；私下里，真佩服。这说明老作家阿垅先生很有些识才的眼力。在几十年前，林希还是个中学生时，他就看出林希有出息。作为小时候的玩伴儿，也是为了沾他点光，有人打听林希时，我总是说："我们是中学同学。"不过，我说这话，绝非吹牛。

建国初期的天津市，社会文艺活动非常活跃，我和林希就读的一中，当时就有各种文艺社团。那时我们两个并不同班，只是都喜欢文学，一起参加文学社活动，就这么认识了。天津市立第一中学，在我和林希读书时，光招男生，没有女生，有些社团，譬如话剧团，演戏需要女角，就由男同学担任。我们那会儿，最活跃的"女角"，大概要属金乃千，后来乃千上了"中戏"，真的成了戏剧教授、名演员。在我们那拨喜欢文学的同学中，林希同样是最早成名的，只是那时他不叫林希，叫的是本名侯红鹅。金、林这两位校友，可说是一中的同学中，真正实现了理想的人。有次我们三个人在乃千家中，谈起那段想入非非的生活，三个人着实快乐了一阵子，仿佛又回到了少年时。几十年不幸遭遇的伤痛，在这短暂的欢乐中，顿时从心灵上得到缓解。可惜的是乃千英年早逝，刚在改革开放年代松口气，就永远地离开了他事业的舞台。去年林希的话剧《蛐蛐四爷》上演，我坐在剧院观看时就想，这要是乃千还健在，他一定愿意饰演个角色。演老同学写的家乡戏，那该是多么有意思的事情。

离开天津一中，我参加军干校到了北京，林希后来去了唐山，在林西煤矿学校教书，可能是有文学这根绳子牵着吧，我们仍然有书信来往。正是因为两个人都系在这根绳子上，这根绳子也就把我们狠狠地勒了一番。先是在“反胡风运动”中，后来是在“反右派运动”中，我们两个谁也没有跑掉，而且理所当然地成了“同案犯”。只是林希的才气大，成名早，在颇看重名气的中国，他也就不容置疑地被报纸点名。由于他的大名上了报，我在单位说了几句同情的话，再加上我别的“罪状”，因此，在他被划为“胡风分子”以后，我也在单位受到审查批判。

现在重新审视那个运动，我觉得实在抬举我们了。林希还不算“冤枉”，他毕竟有文学天分，又是阿垅先生的得意门生。我当时算什么呢?充其量是个文学梦想者，听过阿垅、鲁藜、王琳等几位作家的课，连一点联系都没有，运动一来简直就不得了啦。其实无论是他还是我，以及我们那代的青年人说白了，头脑里装的都是盲目的热爱，真要是有点“反叛思想”，谁还肯一门心思走文学这条路。早就以当时有的人为榜样，跟在政治战车的后边，等待运动来了冲锋陷阵，弄好了还可混个一官半职。尤其是林希，用他自己的话说：“这辈子连个小组长都没当过。”他倒是真的无官一身轻。难怪那些机灵人说，吃文学这碗饭的人，都是十足的傻瓜蛋，赚不着大钱当不了官，运动来了还得首先挨整。林希更是个典型的“傻瓜蛋”，两次大劫仍不改初衷，如果没有这几年的改革开放，恐怕这辈子也难有平顺日子。他的创作才能和满腹故事，都得在苦难的劳役中，被一点点地蚕食掉，中国也就少了一位优秀小说家。

不过话还得说回来，人就得认命，自己会走到哪一步，谁也说不清楚。按道理讲，人的命运是自己掌握，历史要由自己来写。但是，在那个运动频仍的年月，说不定什么时候，上边就吹来一阵风，哪还由得你自己。就以林希来说，要是没有“反胡风运动”，受不到那么大株连，他也许成了外交官哪。记得在这场运动之前，我和他都准备到大学读书，我的目标是北大中文系，他想读人大外交系，他在给我的一封信中，非常明确地表示了这个意向。谁知就在这时“反胡风运动”来了，我们的理想之灯被吹灭，还相继成了“运动员”。后来紧接着又是反“右派”运动，我和他更没有躲过这场灾难，一人戴了一顶“右”字荆冠，那时我们不过20几岁。把我们这些有理想有抱负的青年，从红颜乌发折腾成满脸皱褶，这一晃就是22年的时光。一个人能有几个22年呵，何况还是最宝贵的青年时期，这简直是天大的罪恶。幸亏赶上现在的好日子，让我们抓住了生命的尾巴，这才多少干了一点实在的事情。

我现在正在写前半生经历，写到“反右派运动”时，为把有些事情弄清楚，特意找出当时“改正”时的“结论”，我的头条“罪状”就是关于林希的，说我在“反胡风运动”后说：“我的朋友林希年纪轻轻的，在‘反胡风运动’中被整了一通，把身心都摧残得未老先衰。”便以此话定我同情“胡风分子”，替“胡风分子”喊冤叫屈，借林希的事否定“反胡风运动”，等等。这种不顾事实的定性，稍有点良知的正直人，听了都会笑掉大牙。定性者完全高估了我认识问题的水平，以我当时的年纪和经历，思想哪能有那么大的“穿透力”，无非是跟林希从小儿一起玩大的，对他的为人多少知道点，面对政治谎言说了一句真话，结果也就成了我的“右派罪状”了。不管怎么说，我毕竟还算了解林希，他也还算多少了解我，当后来看到别人揭发我的材料时，还好，即使在最艰难的情况下，个别“朋友”实在顶不住了，有的没有的胡乱揭发我，林希也没有乱咬我什么，这使我感到十分欣慰，认为林希还算条汉子。所以在1978年我在《工人日报》工作时，偶然从《天津日报》上看到一首署名林希的诗，断定他还在天津并又开始写作了，我就立刻请《工人日报》驻天津记者，为我打探寻找音讯隔绝20多年的林希，这样我们两个又算接上了前缘。说实在的，要是发现他那时背后使绊儿，我才不会理他哩，就是他有今天这样火，我也绝不会沾他的光。

我在前边曾说过，现在总算过上了好日子，这里说的好日子，当然包括物质生活，但是主要的还是精神。要是没有今天的宽松环境，林希就是想写小说，也只能写那些规范题材，他熟悉的他的家族生活，他知道的天津市井风俗，绝对不可能从他笔下流出。我们也就不会看到，诸如《小的儿》、《相士无非子》、《蛐蛐四爷》、《天津胖子》、《买办之家》等这类作品，所以林希的小说一问世，立刻在北京文学界引起关注。林希的小说作品，我没有全部读，仅就读过的一些来说，我以为，他跟别的带有地域特点的作品不同，有的这类小说的地域味儿，颇有点像芝麻沾在外皮的烧饼，半生半熟的芝麻缺少香味儿，而林希是把芝麻捣碎放上调料，跟面和在一起烙成外焦里嫩的烧饼，因此吃起来又香又脆又有余味儿。也就是一些评论家说的，林希的小说非常好读，一拿起来就放不下了。我以为，小说就得这样写才好，才会让普通读者更喜欢。

这类作品能写得如此得心应手，没有对生活的熟悉和文学天分，我想就是使出吃奶的劲儿也不可能。作家李国文先生就曾跟我说过，林希的小说写晚了，要是他前几年出道，早就成气候了。这话并不过誉，鲁迅文学奖评奖时，他的小说《小的儿》，评委两次投票都是全票，这是相当难得的。

现在的大环境，比之前些年好，是个出作品的条件，这是谁都承认的。倘若自己没有个好心态，恐怕也很难写出东西。因为市场经济下，人们最容易浮躁，作家要是耐不住寂寞，为了捞个一官半职，今天给这个进贡，明天找那个磕头；或者是终日当明星，一会儿在这儿讲话，一会儿在那儿上电视，哪还有心思爬格子。新时期以来，我一直混迹文学界，这些年亲眼看见，一些被称为作家的人，由于混上了个职务，就俨然以为是官儿啦，结果创作上再无长进。至于本来就是下三烂的人，写了几篇马屁作品，给某位大官树过碑，再加上厚着脸皮活动，真的坐上一把交椅，那又该怎么样呢？还不是让人背后指指点点，有一天下台恐怕再无人理。林希这几年能写出好作品，另外一个重要的原因，就是他有个理智的头脑，知道作家这碗饭怎么吃，而且有个平和的心态，坐在电脑前没有功利考虑。据我所知，早几年他也有调京的机会，并被某杂志许以小官做，但是被他婉言谢绝了。要是他的志向不是写作，头脑一昏，想过过比小组长还大的“官儿”瘾，文坛是非和编务琐事，足可以把他压垮，哪会有诗人兼小说家、散文家的林希。

在当今健在的作家中，有好几位跟我相交于40年前，是我做编辑时结下的朋友，唯有林希是小时候的玩伴儿。尽管我们两个不在一个城市生活，但是有机会相见或通电话时，总还是要互相聊聊天儿。他几次在电话里告诉我，上午用电脑写作，下午跟电脑下棋，悠闲自得是可以想见的。有时我跟他说点文学界的破烂事，他总是不屑一顾地说：“管那些干什么，与咱们有何相干，写自己的东西就是了。”听了他的话，这几年我也开始练笔，还真的出了几本书，到底是老同学，小时候的玩伴儿，互相之间有个照应。别看林希对文坛上的“杂耍”不爱看，犯起嘎来偶尔也会喊两声倒好，而那倒好也完全是林希式的。譬如最近有人写了篇文章，说到“娘打儿子”论的论者时，对一位作家没有勇气点名道姓有微词，林希就给打了一个横炮，在《文论报》上著文，说“点儿子名，算什么本事，有能耐点娘的名呵”（大意如此），读到这里我不禁暗笑起来。早年间侯红鹅的嘎样儿，又历历如在眼前，只是多了几分成熟的智慧，这大概跟生活磨砺有关。后来听说京城有几位作家，读了林希的这篇文章，都为他的嘎劲儿生笑叫绝。作家中能说俏皮话犯嘎的，其实可以开出一个长长的名单，但是像林希这样俏得深沉，俏得含蓄，嘎得让人叫绝，嘎得让人佩服的，似乎并不是很多，这正是林希之所以成为林希的缘故。

林希会讲故事，接触过他的人都知道。倘若是只会讲那些旧故事，倒也罢了，大凡一个小说家，有几个不会讲故事的呢？这里说的林希讲的故事，主要是指他讲的那些，在他受难时的种种趣事。有次我们一拨儿人在泰山，他说起劳改时在河里洗澡，被一群农村姑娘看见，夸他皮肤白嫩的事，边讲边形容，绘声又绘影，逗得几个听的人哈哈大笑。在场的老作家汪曾祺先生，不禁用天津话说了句：“林希，你真哏儿呵。”随后汪老又非常正经地说：“这是苦难中的幽默，含泪的笑话。”我相信在讲这些往事时，林希的心情也并不轻松，一个正经的读书人，沦落到那种地步，只有在荒唐的年代才会发生。

如今，我和林希都进入老年行列了，偶尔想起年轻时候的事情，难免会惋惜逝去的宝贵年华。我们在20岁出头的时候，就被人整得找不到东南西北，人到中年才开始有点好日子过，中间最富于创造性的20几年，完整地被罪恶的手斩断。打个蹩脚的比方，好似一条条活虾，去掉一头一尾，来了一道红烧中段儿。厨师也许得意他自己的手艺，可是我们失去了的岁月，这是谁也补偿不了的，只能自己在有生之年，想着怎么在最后再拼搏一次。林希在同辈作家中，现在可说是高产的一位，小说、诗歌、散文、话剧，文学的诸般形式，他都要伸伸手，大概也是从争取时间考虑吧。祝他老运亨通。

一九九八年十月二十四日

于北京亚运村

林希访谈录

林　希/肖　子

天津日报记者肖子采访文字

林希：1935年4月出生于天津，我国当代著名诗人、小说家。“津味小说”的杰出代表。著有长篇小说《北洋遗怨》《买办之家》《爱、恨、仇》《桃儿杏儿》《爱的荒原》等，出版诗集及中短篇小说集等30余部，500多万字。其中，《林希小说选》被翻译成英、法文版在海外发行。诗集《无名河》获1981年全国中青年诗人优秀作品奖。中篇小说《小的儿》获第一届鲁迅文学奖。《丑末寅初》《高买》获《中国作家》优秀作品奖。近年来，其作品《买办之家》《蛐蛐四爷》《天津闲人》《高买》《醉月娘娘》《相士无非子》等被改编成电影、电视剧、话剧。

印象：埋头读书　潜心写作

敬仰林希，是因为很早就爱读他写的小说，那种让你拿起来就放不下，养眼养心，特别有味道的小说。

后来当了记者，采访过两次林希，还冒昧地把自己胡乱涂抹的一个中篇请林先生指点。他多忙啊，不仅看了，还指点迷津，让晚辈获益匪浅。

林希不曾大红大紫，却是文坛上的常青树、不老松。他的小说，一经出生，就活得欢实、活得长远。30多年前的小说，还被人惦记着，再版的小说仍然受读者喜爱，不断有作品被改编成电影、电视剧、话剧。在文坛上形成令人瞩目的“天津现象”，为提升津味小说品位做出了突出贡献。比如，以同名小说改编的话剧《蛐蛐四爷》早已名噪全国，成为天津人艺经典的保留剧目。日前，由林希操刀根据同名小说改编的话剧《相士无非子》，被天津人艺搬上话剧舞台，观众反响热烈。

蒋子龙说，林希的创作瞄准了天津历史上很有味道的那个阶段，即北洋后期和抗战前那个特殊时期。不是天津味道培养了林希，而是林希给了天津味道以品位。他的小说更接近于文学的本质，使津味小说具有了经典元素。

肖克凡说，津味小说是有传统的，传承至今，环环相连，林希先生发扬光大，是其间最为结实的一环。

1月17日，在林希家的书房里，我们整整聊了一个上午。78岁的林希，思维清晰、反应机敏、娓娓道来，犹如口述历史。已过中午时分，他毫无倦意，戏称自己心还不老，是“70后”小伙儿。

林希就是一部“人生传奇”——这是他给我最强烈的印象。

他出身于“买办之家”，曾祖父是中国第一代买办，祖上三代都是“吃洋饭”的。生活殷实，耕读传家。既遵从儒学，又吸纳西学。在这样一个中西文化融合的大家庭长大，酷爱文学的林希，在上个世纪50年代初，已经是才华横溢的青年诗人了。

命运多舛。得益于诗歌，也倒霉于诗歌。他被无端卷入“胡风案”，被此后一系列的“政治运动”所株连，受到不公平对待，在工厂、农村、农场从事体力劳动长达25年。他用“体力劳动”这个词儿，其实，从那个时代走过来的人都知道，那其实是“劳动改造”……

25年啊！一个人最美好的青春年华就这么被耽搁了，他却说得很平淡。他不愿揭那痛苦的伤疤。过去的，就让它过去。

25年生活在社会底层，他种过地、挖过河、在工厂里干勤杂工、蹬过三轮、扫过厕所……所承受的精神压力，不堪回首。他说，如果说那时还有一点儿心灵支撑的话，就是坚信自己没有做过伤天害理和对不起别人的事。读书写作，就算惹了祸，也是写作上惹的祸，没做过害人的事。所以，他内心坦然。

生活就是这样：看似无情却有情。大磨难，往往给人大智慧。林希从磨难中参悟出许多生活的哲学。

他说，艰苦岁月的磨难，不仅身体和精神蒙受折磨，实际也是灵魂的挣扎与洗礼。我可以静下心来想一些东西，对人性的理解、对文学的理解，比以往更深刻了。

“劳改”期间，他与广大的底层民众朝夕相处，接触三教九流各色人等，跟他们聊天，听他们讲各种奇闻逸事，对他来说，都是一个认识社会的过程。使他对近百年来的天津社会和市景民俗，增加了许多感性认识，看到了一些更接近人性本质的东西。当时是偶然得之，后来感到，这也是一种间接的生活体验，是生活的恩赐。

终于熬到1980年，林希得到“平反”。他重回文学队伍，先是在《新港》杂志做文学编辑，很快就从事专业写作了。不到5年时间，他就出版了4本诗集，还得了全国新诗奖，那是国家级的奖励。

就在他踌躇满志，诗如泉涌的时候，正逢改革开放初期，中国诗坛发生了大裂变，一些新思潮涌上潮头，成为时尚。这让林希感到茫然，觉得自己一时难以适应。是迎合这种“时尚”，还是另辟蹊径？他面临着写作上的抉择。

最终，林希选择了放下诗歌，走一条新路。那年，他55岁。

俗话说三十不学艺，年过半百，黄土埋半截的人了，改写小说，那行吗？

就在人们迟疑间，林希一篇又一篇的“津味小说”呱呱坠地，赢得读者的喜爱。1989年，发表在《中国作家》上的中篇小说《相士无非子》震响文坛，就是现在天津人艺正在上演的话剧。随后，中篇小说《小的儿》又荣获第一届鲁迅文学奖。林希的创作一发而不可收，30余部著作，洋洋洒洒，蔚为大观，使他成为“津味小说”的代表作家。

受尽磨难，大器晚成，老来走红，年近耄耋仍笔耕不辍，如林希者，文坛有几人？这样的人生，难道还不够“传奇”么？

更让人感到惊奇的是，林希还酷爱读书，兴趣广泛，尤其爱玩最新电子产品，他从“286”开始玩电脑，是最早用电脑写作的作家。在天津作家群里，一些人的电脑出了毛病，都找他“求诊问方”。他喜欢玩最时尚的苹果智能手机，惊得年轻人大叫：老爷子，您太潮啦!

作家要找准自己的定位

记者：如今的诗坛太萧条了，一蹶不振。您当年退出诗坛真是有先见之明呀。

林希：其实，有许多东西，只要你不心浮气躁，是不难看透的。就说诗歌，它是中华文化璀璨的明珠，我们写诗，受中国古典诗歌和“五四”新诗的影响太深。诗歌总要关心人民的疾苦，总要唱响时代的强音，总要有真情实感。那种完全表现自我，表现阴暗心理，表现茫然、空虚的东西，我不欣赏，也不会装腔作势地跟着写。我认为，从事写作，你要有学识，要读过许多书。要同情最广大的民众，要有自己的见解。中国诗坛一蹶不振，原因很多，从诗歌创作本身来说，是不是自己毁掉了自己？那种灰色的情感，脱离了生活，也脱离了艺术，最终走进了连死胡同都不如的地步，陷入泥潭。

记者：我记得，当时的文坛也很热闹，您的写作定位在当时也是冷门吧？

林希：上世纪八九十年代，中国文坛还不像现在这么浮躁，大家集中表现的是“伤痕文学”“改革文学”，当然这是生活的需要、社会的需要，但它毕竟把文学限制的面儿太窄了。文学不能不关注当代，但也不能局限于当代。我觉得自己的生活积累，家庭背景，从少年时代接触的人和事，还可以扩充一下文学的表现空间。别人写什么，那是人家的事。我考虑的是自己能写什么？在别人看来，55岁改写小说，那是不可能的。我的精神支柱，或者叫写作信心，就是觉得自己对旧时代的天津比较熟悉。我就把自己的写作定位在清末民初，或者新中国成立前夕天津社会的市井人物。我对这一时期的生活了解一些，再加上我的家庭背景，我觉得自己可以写这些东西。我不敢说这是我的长处，起码这可能是别人的短板。我蒙冤受屈与家庭背景有关，之后，反而成为我创作的财富。没有这种独特的家庭背景熏陶，有些东西，有些感受，仅凭作家的“想象”，是“想”不出来的。味道不对，让人一看，假的。

作家要肯于坐冷板凳

记者：实践证明，您的定位是准确的，您有哪些成功的经验？与读者分享一下可以吧。

林希：如果说这些年，我还能总结出一两句话来，那就是：肯于坐冷板凳、不追风。我曾写过一篇文章《作家要肯于坐冷板凳》，不要抢那热板凳，你看着哪边热，就跟着追，追来追去，你就不认识北了。自己心里有一杆秤，有一个评判标准。不论有的人多么走红，知道他哪些东西是值得我学习的，哪些东西是我不赞赏甚至反对的，自己心里有个“定盘星”。而且，知道自己应该走什么路。我的道路，就是埋头读书，潜心写作，是每一个踏实的作家踏踏实实走过的道路。

记者：坐冷板凳，说起来容易，做起来难啊！现在人们面对的诱惑太多，很多人坐不住呀!

林希：坐冷板凳有几种可能，一是坐不住，跑了。二是也坐住了，但板凳一热，就不知道天高地厚了。这是一部分作家的通病，没成名之前，坐冷板凳，一旦板凳热乎了，成名了，他就膨胀了。要这个，要那个，掺和事呀，争名逐利。自己把自己给异化了，这个我们见得太多了。他从文学走进来，很快又从文学走出去，再也写不出好的作品。三是把冷板凳坐热乎了，还能坚持坐下去。这是对一个人的考验。我这些年没跟着风转，不赶时髦，坚持下来了。

我的一些小说写于30多年前，现在还有人愿意把它改编成电影、电视剧、话剧。再版的书，还有人买，卖得还挺好。30年了，这证明什么？起码证明，这些作品还活着。孙犁先生当年说过，如果一部作品能活50年，就是经典了。我希望我的作品，即使不被称为经典，但它经过岁月的洗礼，大浪淘沙还留下来，就深感欣慰了。

记者：读者是作家和作品最终的评判官。读者最有情，也最无情。您的小说还活得这么欢实，就是因为它好看，让读者喜欢。读者认可的还是写出文学本质的小说。

林希：我觉得，作家与其跟风，不如安心写几部好作品。你无论怎么跟风，不能脱离了文学的本质。我当年在《北京文学》的一次讨论会上，主张“小说要好看”。好家伙，群起而攻之呀。包括咱们中国台湾的一些作家，说这是胡说八道，小说为什么要好看呢？我就写我的理论，写我的意识流。但是，我认为，不论你有多么高深的理论，你写了一堆，你写的小说没人愿意看，这能叫小说吗？

我走的路子，就是小说要好看。作家就跟厨师一样，鸡鸭鱼肉、山珍海味都给你，咕嘟咕嘟弄出一锅菜来，人家一闻就吐了，这是好厨师吗？你做出来的菜，色香味俱全，人家爱吃，这是好厨师。小说是写给读者看的。不是几个人，或者很小的圈子里孤芳自赏的。我就是写读者想看、爱看的小说。

用文学品位引领读者

记者：用文学品位引领读者，您这个观点和主张太重要了！现在，各种艺术形式中，一味迎合的东西很多……

林希：我一直主张，评判一个作家的标准有三条，第一，作家要有社会理想。第二，要有生活基础，或者叫生活积累。第三，要能够善于使用文学语言。比如，天津以前也有一些不错的作家，像刘云若这些人，作品的天津味道、文学味道也不错，为什么在文学史上，就显得没有多大分量呢？他们没有社会理想。他们也揭露旧社会的黑暗，但他是为揭露而写黑暗。社会越过这个黑暗时代应该是什么样子？他写不出来。他没有社会理想，而且，没有生活批判。优秀的文学作品永远是社会的精神财富。

现在，有人不承认文学是社会的精神财富。你不承认，你搞的那些东西那就是文化垃圾！生活中的事物，一种是可用的、有益的，一种是无用的、有害的，后者就是垃圾。现在，社会太浮躁，一些人在文化感觉里寻找刺激。垃圾泛滥，不堪入目。比如，有些“爆笑剧目”，一个半小时，让你笑破肠子。这个，不值得夸耀。你用什么东西让人家笑？能够让人笑的作家非常多，能够让人笑的作品也非常多，从法国的莫里哀到英国的莎士比亚，有很多喜剧，有很多笑的包袱。但是，你不能乱来，不能为逗笑而逗笑。甚至到了胡说八道、下三烂的地步，那绝对不能算艺术。

我不是说自己有多么高雅，至少我是严肃的。严肃地对待自己、对待读者、对待文学这个事业。我没有别的优点，我就是不追风。不论外面的风刮得多热闹，我不追，我也追不了，没那个本事。但我坚持自己认准的东西。你弄那些东西能发财，你就发财去，你写一个东西赚一百万，那跟我没关系。我也不眼热。我能做的，就是对得起自己，对得起喜欢我作品的读者。再说得直白点儿，咱别留骂名，别误人子弟。

写出天津和天津人的本质美

记者：您为“津味小说”做出了杰出贡献，您的小说给天津人提气，您为什么对天津的感情这么深？

林希：生于斯长于斯的热土嘛，我家祖上三代都是老天津卫，这种情感就像海河水，是渗透到我们血液里的。大家说我写的作品是津味小说，津味小说能不能从理论上界定，也不是我的事，大家可以继续努力吧。我想，我们这叫“本土写作”吧。一个作家写本土的生活，这是很自然的现象。中国作家如此，外国作家也如此。比如，马克·吐温写密西西比河，俄罗斯作家写伏尔加河和顿河，写那片广袤的土地和人民，谁都在写自己的乡土。

这里也有一个信念，你写天津，要让读者看到一个可爱的天津。你写天津人，要让读者看到天津人的可爱。这是两点最根本的东西。过去，一些文学作品、影视作品，天津人一出来，不是特务，就是坏蛋、地痞。很多从艺的人就拿天津人“遭改”，丑化天津人。这也是一股歪风。一位在南方生活的天津人跟我说，哎呀，那样的东西品位太低了，搞得我们在南边抬不起头来。人家一看见天津人，以为跟电视里的人是一个德性。

记者：这种现象让正直的天津人非常反感，有些人就是靠拿天津人找乐儿赚银子。您的作品却写出了天津和天津人的本质美。

林希：我写的天津人，不敢说有多成功，读者可以自己去评判。天津是九河下梢，水旱码头，也曾是十里洋场。天津人在历史上的功绩，是不可磨灭的。天津是中西文化交融的桥头堡啊！西方文化传进来，经过天津进行一次通俗化的过程，辐射影响北方地区，甚至全国。尤其在近代中国，天津的这种贡献尤为突出。近代中国看天津，这是历史真实的体现。近代史很多重大事件发生在天津，或与天津有关，比如孙中山北上、溥仪出宫、洋务运动等等。在近代史上天津有许多第一，比如，话剧就是由天津走向全国的，篮球运动在美国开展的第5年，就传到天津，基督教青年会的美国人教天津的青年学生打篮球，中国第一个室内篮球馆也在天津。天津的“南开五虎将”为什么那么厉害？横扫亚洲篮坛。天津还出了很多大知识分子、大艺术家，严复、弘一法师、曹禺……所以，作家、艺术家的责任，决不能丑化天津人。

我觉得自己在这方面，还能坚守。天津人艺最近上演的话剧《相士无非子》，是我根据同名小说改编的剧本，全场用天津话，所有演员、所有台词都说天津话。最初，大家也担心，天津话出来，会不会笑场呀？结果，演出之后，我非常欣慰，很多观众说，原来天津话不难听呀。还有很多观众说，天津话这么好听啊！

记者：这是一个前所未有的突破呀，这是需要勇气的，还有您的自信。

林希：对，我就是想给天津文化做一点儿实实在在的事。《蛐蛐四爷》只有两个人说天津话，那还是为了制造喜剧效果，其他人物，特别是正面人物都不说天津话。那还是沿用以往的所谓模式或者套路，反派人物、滑稽人物才说天津话，就为了逗乐。这算是一个大胆的突破。观众的反响很好。实际上，咱天津话很有味道，它的幽默元素是与生俱来的。在语言学上，天津话被称为“孤岛语言”，就城里这些人说天津话……为什么天津是曲艺之乡？为什么天津出说相声的？天津话的文化内涵值得研究。我从文化内涵的层面表现天津、表现天津人，让人喜欢天津和天津人。当然，我不是说所有的天津人都是可爱的，天津人五行八作、三教九流，也有坏人。坏人是可以用艺术的手法进行揭露、抨击和讽刺的。

关键是对主体的把握，天津人主体人格和主体精神的本质是什么？这个，应该表达准确。天津人有自己的地域人格特性，比如，热情、善良、机智、幽默等等。这一点，一定要在天津文化上有所坚守，天津地域文化的特色越鲜明，越能丰富发展中华文化。优秀的文化应该得到弘扬，糟粕的或不好的文化应该受到遏制，应该受到批评。有人以俗为荣，说我就是俗，我能赚钱就是对的。你俗，要看怎么俗，通俗是好的，低俗是不好的。作家应该有这个良心。我还敢说话，这是一种底气，也是一种自信。

作品年表

诗集

《无名河》1984年江苏人民出版社

《高高的白杨树》1986年百花出版社

《海的诱惑》1987年上海文艺出版社

《柳哨》1988年花城出版社

长篇小说

《爱、恨、仇》1985年工人出版社

《北洋遗怨》1988年作家出版社

《买办之家》1997年中国文学出版社

《天津卫的金枝玉叶》1997年中国青年出版社

《桃儿杏儿》1998年作家出版社

中篇小说集

《天津闲人》1989年北京出版社

《林希小说精品选》2000年百花出版社

《菊儿姐姐》2000年北岳文艺出版社

《1957刻骨铭心的爱》2000年工人出版社

《林希小说精选》2003年四川人民出版社

《家贼》2005年中国出版社

《小的儿》2006年新华出版社

《相士无非子》2007年百花出版社

《糊涂巡抚》2007年中国文学出版社

其他作品

《百年记忆》2007年农民出版社

《白色花劫》2007年长江出版社

《林希散文》2007年北方文艺出版社

《我不是流氓我怕谁》2007年北方文艺出版社

《其实你不懂天津人》2010年天津人民出版社

《天津话逗你玩》2010年天津人民出版社

《你不知道的旧社会》2013年天津人民出版社

外文版

《林希小说选》英、法文版

第2辑（12册）

她是一个弱女子	郁达夫	定价：18.00元
林家铺子	茅　盾	定价：15.00元
莎菲女士的日记	丁　玲	定价：12.00元
小二黑结婚	赵树理	定价：15.00元
铁木前传	孙　犁	定价：15.00元
大淖纪事	汪曾祺	定价：12.00元
美食家	陆文夫	定价：15.00元
晚霞消失的时候	礼　平	定价：22.00元
小灯	尤凤伟	定价：12.00元
到城里去	刘庆邦	定价：12.00元
世界上所有的夜晚	迟子建	定价：10.00元
谢雨的大学	钟求是	定价：12.00元

第3辑（12册）

桥	废　名	定价：18.00元
九十九度中	林徽因	定价：15.00元
长河	沈从文	定价：23.00元
星	叶　紫	定价：18.00元
憩园	巴　金	定价：18.00元
我们夫妇之间	萧也牧	定价：18.00元
红豆	宗　璞	定价：18.00元
被爱情遗忘的角落	张　弦	定价：10.00元
大墙下的红玉兰	从维熙	定价：13.00元
命案高悬	胡学文	定价：13.00元
第三个人	钟晶晶	定价：10.00元
跑步穿过中关村	徐则臣	定价：15.00元

第4辑（12册）

阳光	老　舍	定价：15.00 元
清明时节	张天翼	定价：16.00 元
无望村的馆主	师　陀	定价：20.00 元
芭蕉谷	艾　芜	定价：20.00 元
在其香居茶馆里	沙　汀	定价：12.00 元
海滨故人	庐　隐	定价：23.00 元
达吉和她的父亲	高　缨	定价：13.00 元
红高粱	莫　言	定价：15.00 元
奶奶的星星	史铁生	定价：13.00 元
她吸的是带薄荷味儿的烟	张　洁	定价：13.00 元
黑白电影里的城市	陈　河	定价：15.00 元
双驴记	王　松	定价：13.00 元

第5辑（12册）

玉君	杨振声	定价：20.00 元
伍子胥	冯　至	定价：20.00 元
黄泥街	残　雪	定价：22.00 元
北京有个金太阳	李　锐	定价：25.00 元
美穴地	贾平凹	定价：22.00 元
妻妾成群	苏　童	定价：20.00 元
迷舟	格　非	定价：25.00 元
一九八六年	余　华	定价：20.00 元
白杨木的春天	吕　新	定价：25.00 元
西藏，隐秘岁月	扎西达娃	定价：20.00 元
战俘	艾　伟	定价：20.00 元
告密者札记	李　浩	定价：20.00 元

第 6 辑（12 册）

春桃	许地山	定价：24.00 元
八月的乡村	萧　军	定价：32.00 元
石秀	施蛰存	定价：28.00 元
洗礼	韦君宜	定价：22.00 元
李地	林斤澜	定价：23.00 元
高的是秫秫，矮的是芝麻	戴厚英	定价：28.00 元
爬满青藤的木屋	古　华	定价：28.00 元
白狐	叶蔚林	定价：30.00 元
蛐蛐四爷	林　希	定价：28.00 元
上海女人	杨显惠	定价：28.00 元
烦恼人生	池　莉	定价：28.00 元
甩鞭	葛水平	定价：22.00 元

购书联系方式

编辑部电话：（020）37592320

发行部电话：（020）37602954　37604082　37570310

邮 购 电 话：（020）37604658